The Stone of Days

세월의 돌

— 기억의 폭풍 —

이진즈 숲
세 르 무 즈
스 조 렌 지 방
앵스
멘느강
앙글라제
푸른 오라즈
하라시바
라베넌드 유적
예종 호수
흰 오라즈 강
남스조렌산맥
융스크-리테
조하일-리테
리테도른
파하잔
팔겐-리테
페르보하스-리테
해 안 절 벽 지 대
마르텔리
오소블섬 (서쪽의 끝)
에 름 로 이 츠
(남쪽의 끝)
넓 은 바

남부 해안 지대
아라스티나아 숲
아라스마드 샘
아라스티나아 강
룬시스
데들란
록저스
위트비산맥
강
리에주
코로시츠
상델로즈 숲
엘자스 오롤리레
도크렌-시거
크로즈님 강
달크로즈
리뉴
위그티그 만
테르시델레
고원
델로헨
아이즈나하
데이아이 섬
블로이아이 군도
르 만
이스나미르령
하르마탄
피아
에모랑드 성
하르마탄섬
하르마산맥

[아룬드_Arund]

수레바퀴, 도는 것, 순환, 되풀이, 달력의 한 달

세월의 돌 세계의 달력 체계
; 14 아룬드(月) 달력

5월 '키티아(Kitia)'

6월 '인도자(Guardian)'

7월 '약초(Herb)'

8월 '파비안느(Pabianne)'

9월 '환영주(Harsh Miosa)'

10월 '방랑자(Wanderer)'

11월 '점성술(Astrology)'

12월 '문자(Word)'

13월 '황금(Gold)'

14월 '노현자(Elder Sage)'

1월 '음유시인(Troubard)'

2월 '암흑(Darkness)'

3월 '아르나(Arna)'

4월 '타로핀(Tarophin)'

차 례

The Stone of Days

세월의 돌 5

기억의 폭풍

6장.

5월 '키티아(Kitia)'

7장.

6월 '인도자(Guardian)'

6장.

5월 '키티아(Kitia)'

6월 '인도자(Guardian)'
7월 '약초(Herb)'
8월 '파비안느(Pabianne)'
9월 '환영주(Harsh Miosa)'
10월 '방랑자(Wanderer)'
11월 '점성술(Astrology)'
12월 '문자(Word)'
13월 '황금(Gold)'
14월 '노현자 (Elder Sage)'
1월 '음유시인(Troubard)'
2월 '암흑(Darkness)'
3월 '아르나(Arna)'
4월 '타로핀(Tarophin)'

5월 '키티아(Kitia)'

노란 고양이 키티아의 별 '키티아니(Kitiani)'가 지배하는 아룬드. 우기인 다임로존드가 다가오는 말기의 며칠을 제하고는 매우 따뜻하며 늦봄을 맞아 고양이의 솜털 같은 잔디가 가득 자란다. 예언자들은 이 시기에 예니체트리를 위해 성대한 제를 올린다. 그대는 오래된 어머니의 품속에서 세상의 첫날부터 끝날까지 계속되는 수레바퀴의 흔적을 기록할 수 있으리라.

키티아니는 예언자들의 수호성이며 노란 고양이는 예언자들의 수호 동물이다. 전설 속의 고양이 키티아는 옛 이스나미르 왕국보다 더 오래된 전설 시대의 가장 위대한 마법사이자 인류의 지혜를 만든 어머니, 예니체트리가 데리고 다니는 커다란 고양이이다(다른 전설에서는 예니체트리 자신이 변신한 모습이라고도 한다). 이 고양이는 육식을 하지 않았으며 메르종이라는 식물의 붉은 열매만을 먹었다고 전해진다. 키티아 아룬드에 열매를 맺기 시작하는 메르종은 일부 지역에서만 자생하는 희귀한 식물로 알려져 있다. 또한 지금까지도 예언자들의 의식과 마법, 그리고 환영주(幻影酒)를 빚는 데 사용되는 중요한 식물이다.

전설과는 별개로 통칭 '키티아'라고 불리는 노란 고양이가 있는데 이들은 보통 고양이보다 골격이 두 배 이상 크고 발톱과 이빨이 억센 야생 짐승이다. 그러나 외모에 비해 사납지도 호전적이지도 않으며 무리를 짓지 않고 홀로 생활한다. 이 고상한 고양이들은 흔히 키티아 고양이의 후손이라고 생각되어 예지 능력을 지녔다는 오해를 사기도 했다. 그리고 그 때문에 이 고양이들에게 해를 끼치는 것은 각지에 오래된 금기로 남아 있다. 키티아 아룬드에 이 고양이를 보면 앞일을 느끼게 된다는 말도 있다. 이 고양이를 길들여 키웠다는 예는 아직 기록에 남은 바가 없다.

별자리에 나타나는 고양이 키티아는 밀밭에 숨어 몸이 절반밖에 보이지 않는다. 이처럼 미래에 대한 예지란 드러난 고양이의 머리처럼 뚜렷하면서도, 숨은 고양이의 꼬리처럼 끝을 잡을 수 없는 것이다. 그런 까닭에 많은 사람이 자신이 느낀 예지를 부정하고 잘못된 길로 나아간다. 예지란 예언자뿐 아니라 어떤 사람에게나 찾아오는 힘이며, 본질적으로 주인을 보호하고자 한다. 내면의 경고를 무시하고 나아가지 말라. 밀밭 속의 고양이를 놓치고 말 것이다.

"밀밭 안에 고양이가 있음을 깨닫다"라는 경구를 지니며 보지 못했던 보물의 존재를 감지함, 미래에 대한 예지를 얻음, 무언가를 꾸준히 갈구함, 자신이 가진 능력을 발휘할 곳을 찾아냄, 운명의 수레바퀴에 직접 뛰어듦, 자신의 마음을 나침반 삼아 길을 떠남 등을 암시한다. 이 아룬드의 상징 색은 고양이의 털 빛깔 같은 노랑이다.

— 점성술사들이 달력에 적는 각 아룬드의 의미,

그중 다섯 번째.

5. 예지

"운명이 나를 불행에 빠뜨릴지라도, 나는 위선을 받아들이거나 거짓말을 하지 않을 것이다."

– 차크라타난에서 비카르나 족이 맹세할 때 쓰는 말 중 하나

작자 미상, 〈대륙 각지의 풍습과 전설〉 4권 서문

이상해. 들어오던 것과 너무 달라. 내가 잘못 알았나? 원래 이런가?

"왜 그래?"

나는 유리카의 손을 잡아끌며 뱃전 아래 물살을 가리켰다.

"야, 우리 이렇게 쾌적하게 여행해도 되는 거냐?"

마르텔리조를 떠난 지 어느새 열흘째, 오늘은 키티아 아룬드 29일이다. 줄곧 그랬듯 드맑은 아침이었고 배는 블로이아이 군도(群島)를 눈앞에 두고 있었다. 해로 중간의 좋은 자리에 솟아 있어 롱봐르 만을 지나는 배들이 대부분 들러 보급을 한다는 곳이다. 항해는 평화롭고, 안전하고, 어떤 문제도 없었다.

"쾌적하게 여행하는데 뭐가 문제야?"

마주 보고 있지만 유리카의 얼굴은 자꾸 올라갔다 내려갔다 했다. 바다는 끊임없이 배를 흔든다. 꼬박 열흘 만에 나도 그 흐름을 타는 데 조금 이력이 붙었다.

"항해라기에 거친 바다와 폭풍우를 연상했더니 이건 뭐 재미도 없고. 이진즈 강을 따라 내려가던 때랑 다를 것도 없네. 항해하는 맛이 없잖아. 기대가 어그러졌어."

유리카가 은빛 눈썹을 찡그렸다.

"너, 바다에 목숨을 맡기고 있을 때는 농담 한마디라도 함부로 하는 게 아냐. 그녀의 손짓 하나면 이런 배쯤은 판자조각 하나도 남지 않는다고."

"그녀라니?"

"바다 말야."

얘가 겁을 주네.

새삼 바다를 바라보았다. 얼마나 넓을까. 또 깊을까. 어딜 봐도 흙 한 줌 없다는 걸 생각하니 좀 섬뜩하긴 하다. 사방 천지에 퍼런 물과 하늘뿐이다.

새가 이렇게까지 없는 하늘도 참 낯설다. 여행하는 새들이 떼 지어 가기도 하지만 평소 고개만 들면 눈에 띄던 작은 새나 벌레들은 온데간데없었다. 대신 뱃전 밑을 유심히 보면 물고기 떼가 수면에 닿을 듯 말 듯 줄지어 달렸다. 작은 놈들도 있고 제법 큰 놈들도 있다. 보이지 않는 실에 엮인 것처럼 질서 정연하고 유연한 몸짓으로 멀어져 간다.

처음에는 그것도 나름 구경거리였지만 열흘쯤 밤낮으로 보다 보니 시들해졌고, 바다 위의 일출이나 수평선을 용광로처럼 달구는 석양도 볼 만큼 봤다. 검은 바다에서 홀로 등불을 달고 별들 중 하나가 된 것처럼 미끄러져 가는 묘한 기분도 처음만큼은 아니었다.

아티유 선장은 이 계절에 순풍만 불어주는 경우는 드물다며 선주의 행운에 몇 번이고, 실은 엘다렌과 마주칠 때마다 감탄했다. 선장은 어느새 엘다렌의 열성적 추종자가 되어 있어서 나는 그가 조만간 새로운 종교를 하나 창시하지 않을까 하고도 생각해 보았다. 아티유 선장이 조금만 덜 현실적이고 덜 성실했더라면 진짜로 걱정했을지 모른다.

"마디렌, 프로첸, 점심 드십시오!"

사환 소년은 우리가 사양하든 말든 끝끝내 존댓말을 쓰겠다고 우겨서 결국 승리했다. 선장실에서 식사하는 사람들을 친구처럼 대하는 경우란 있을 수 없다고 잘라 말하는 품이 흡사 명령이라도 내릴 기세였던 것이다. 선장실에서 식사할 수 있는 사람은 선장과 항해사들, 그리고 선주 일행이라는 이름으로 불리는 우리뿐이었다.

"갑니다!"

우리도 나름대로 고집을 발휘해서 그에게 존대를 하고 있었다.

호화로운 요리야 없지만 식단은 다채로웠다. 블로이아이 섬에서 보급품을 채울 예정이어서 신선한 빵과 치즈, 포도주를 아끼지 않아도 좋았다. 배를 타면 누구나 먹게 된다던 눅눅하고 벌레가 낀 비스킷 따위도 없었다. 다채롭다는 평가는 심심한 선원들이 낚아 올린 생선 덕택인데, 가끔은 30년도 넘게 물일을 했다는 선원조차 처음 보는 생선이 누군가의 낚싯바늘에 발견되어 식탁에 오르기도 했다.

"슬슬 비가 내릴 때가 됐는데."

엘다렌은 아무도 꺾을 수 없는 고집으로 식탁의 상석에 아티유 선장을 앉혔다. 그래서 선장은 식사 때마다 약간 부끄러워하는 표정을 지었는데 그거야말로 그에게 전혀 어울리지 않아서 우린 늘 웃음을 참아야 했다.

"그렇습니다. 이틀 뒤면 다임 로존드에 접어드는데 날씨가 지나치게 좋습니다."

선장의 목소리에 걱정하는 빛이 있어서 나는 의아했다. 그는 오늘도 새로 발견된 생선에 나이프를 꽂아 넣으며 말을 이었다.

"오랜 평화 뒤에는 한층 지독한 고난이 찾아오기 마련입니다."

엄숙한 목소리와는 반대로 선장의 손은 생선뼈에서 살을 발라내려고 악전고투하는 중이었다.

"제가 하죠."

나르디가 나섰다. 존경하는 엘다렌 앞에서 예의를 지키기 위해 나이프와 포크만으로 어떻게 해보려 애쓰던 아티유 선장 대신, 나르디는 똑같은 도구만으로 순식간에 생선뼈를 깨끗하게 분리하고 흰 살만 고르게 남겨 놓았다.

"아, 저…… 어쨌든 그렇다는 말씀입니다."

아티유 선장은 애매하게 말을 맺더니 입을 다물어버렸다. 대신 나르디가 내려놓은 조각품 같은 생선뼈를 바라보며 고개를 갸웃거렸다. 저렇게 잘 발린 생선뼈는 처음 본다는 것처럼.

난 별로 놀라지 않았다. 나르디 녀석이야 본래 별가지 재주를 다 지닌 놈 아니겠어. 식당에서도 일한 일이 있었나 보지 뭐.

식사를 끝내고 밖으로 나오자 세 항해사들이 어슬렁어슬렁 나타나 저들의 식사를 챙겼다. 본래는 함께 식사해야 하지만 자리가 좁다는 핑계로 은근슬쩍 빠져버린 그들이다. 처음엔 미안하게 여겼지만, 항해사들이 선장실의 요리보다 하급 선원들과 어울려 멋대로 고기를 뜯고 사과를 씹는 것을 더 좋아한다는 것을 알고 나서는 그런 생각도 깨끗이 걷어 버렸다.

덕택에 아티유 선장만 불쌍해졌다. 항해사들이 느꼈을 기분을 우리 앞에서 대신 느껴야 하는 사람은 그였다.

장루 교대 시간이 되어가나 할 무렵, 당번인 델고린 선원이 나를 불렀다.

"어이, 파비안, 잠깐 장루 좀 봐주지 않겠나? 속이 불편해서 그런데.

나아지면 곧 따라 올라갈 테니까. 양떼가 나타날 때가 됐거든."

"그러죠."

나는 그동안 뱃일을 이것저것 배웠다. 항해가 순조로워서 느긋해진 선원들은 나를 데리고 다니며 가르치는 것을 즐겼다.

'양떼섬' 이라는 의미를 가진 블로이아이는 다섯 마리 새끼 양을 닮은 섬들로 이루어진 자그마한 군도다. 섬들은 모두 세르무즈 령이고 그중 가장 큰 섬을 데이아이, 즉 '우물섬' 이라고 부른다고 했다. 다섯 섬 가운데 유일하게 수원을 가진 섬인 까닭이다. 다른 섬은 빗물을 받거나 아니면 데이아이에서 물을 가져다 쓴다고 했다. 따라서 사람들도 주로 데이아이에 살았다. 우리가 들러 갈 곳 역시 데이아이 섬에 있는 아이즈나하 항이었다.

장루를 오르다 보면 자연히 떠오르는 일이 있다. 항해 시작하고 하루 정도 지났을 때 얘기다.

배에서 하나뿐인 여자인 유리카는 옛날 성녀로 떠받들던 산적들이 아쉽지 않을 정도로 선원들 사이에서 폭발적 인기를 누렸다. 유리카가 다시 배를 타면서 가장 해보고 싶어 한 일이 뭐였는지 아는가? 전에 다짐했다시피 그녀는 이번에야말로 장루에 올라가 보고야 말겠다고 분연히 선언했다.

여러 선원들이 말렸지만 이제 유리카도 엄연히 선주 중 한 명이지, 남의 배에 얹혀 타는 입장이 아니잖은가? 그녀가 들은 체도 하지 않자 선원 하나가 그러면 자기가 업고 올라가겠다고 하는 바람에 우리 모두는 죽을 듯이 웃어댔다. 불쌍한 유리카가 얼굴을 붉히며 고집을 피웠지만 그 선원의 고집도 만만치 않았다. 유리카가 혼자 올라갔다가는 떨어져 죽고 말 거라고 굳게 믿기라도 하는지 나중에는 반쯤 울 것 같은 얼굴이 되어 사정사정했다.

어떻게 되었느냐고?

유리카는 아직도 장루에 올라가 보지 못했다.

유리카는 몹시 약이 올라 몰래 밤에라도 올라가고야 말겠다고 쏘아붙였고, 덕택에 데스텐이라는 문제의 선원은 이제 밤낮을 가리지 않고 돛대 앞을 어슬렁거리게 되었다. 그러고 보면 선원들은 여자를 유난히 약한 존재로 보는 모양이다.

돛대 꼭대기에 이르자 나는 가볍게 밧줄을 타넘어 장루 안으로 들어갔다. 이 일의 요령은 절대 아래를 내려다보지 않는 것이다. 괜히 내려다봤다가 몸이 얼어붙어버리면 낭패니까. 그렇지만 올라온 다음에는 이야기가 다르지.

"휘유……."

올라올 때마다 느끼는 거지만 유리카는 정말 안됐어. 이 광경을 못 보다니.

빛 방향에 따라 심청색을 띠기도 하고 연녹색으로 반짝이기도 하는 천지사방의 물. 바다는 끊임없이 잔 숨을 삼키고 뱉으며 하늘과 맞닿고 세상을 메웠다. 높은 곳에서 부는 해풍이 거침없이 몰려든다. 한결 가까워진 구름이 무한히 모양을 바꾸며 흘러간다.

세상에서 가장 높이 오른 이 기분을 무엇에 비하랴.

물론 장루에서 오래 망을 보라고 하면 선원들은 다들 질색을 한다.

바람 탓에 얼굴이 뻣뻣해질뿐더러 한번 망보기를 시작하면 두어 시간은 내려올 생각도 못하기 때문이다. 물론 요즘은 날씨 좋을 때니까 장루의 환경은 좀 나았다.

이윽고 나는 사방을 두리번거렸지만 양떼섬이 보이는 기색은 없었다. 아래를 보자 델고린이 올려다보고 있기에 양팔을 벌려 좌우로 휘저어 보였다. 보이지 않는다는 뜻이다.

그만 내려가도 좋았지만 잠시 풍경을 즐기기로 했다. 당번 선원 대신이라고 하면 좀 그렇고 그냥 오랜만에 바람이나 맞을 겸, 그리고 여기에 올라오지 못하는 누군가를 애도하는 뜻에서…….

이튿날 해가 뜰 무렵 우리는 아이즈나하에 도착했다.

데이아이 섬에서 가장 큰, 아니 유일한 항구이긴 하지만 중간 기착지 이상의 의미는 없어서 부두는 조촐하기 이를 데 없었다. 아니지. 생각해 보면 중간 기착지라는 이유만으로도 충분히 발전하고 남았을 텐데 묘하게 한적하다. 까닭은 내가 알 리 없지.

보급을 맡은 선원들 외에 내려갈 사람은 없었다. 선장이 두 시간 후에 출발하겠다고 했기 때문이었다. 별로 볼 것도 없는 곳이고 괜히 나갔다가 시간을 어기게 되면 번거로워진다.

"저길 좀 보게."

나르디가 가리킨 그대로였다. 아이즈나하에선 오히려 우리가 구경거리였다.

"와, 진짜 멋진 배로구만."

“저기 돛에 달무늬를 좀 봐. 돛마다 다 새겨져 있어. 저런 거 처음 보지? 선주가 돈 좀 있나본데.”

삼삼오오 모인 섬사람들이 푸른 굴조개호를 보며 한마디씩 떠드는 중이었다. 이만한 최신형 배는 자주 볼 수 없겠지 싶어 우쭐해지려는데, 그들의 눈이 곧 다른 데로 돌아갔다.

“어, 저 배도 그럴싸한데?”

아이즈나하는 부두가 좁아서 한 번에 댈 수 있는 배는 세 척 정도에 지나지 않았다. 그런 가운데 새 배가 들어오니 눈이 쏠릴 수밖에 없었다. 게다가 돛, 배쌈, 그리고 돛대까지 파랗게 칠한 신기한 배였다. 저래서야 바다에 나가면 눈에 띄기나 할까 모르겠다. 조난당했을 때는 어쩌려고 그러지.

고참 선원 멜립이 다가와 말했다.

“저 배도 가격이 만만찮았겠는걸.”

그래봤자 150만 메르장보다 비싸진 않을 거다.

이윽고 그 배도 정박했고 배다리가 내려왔다. 10여 명의 사람이 내려오는 것이 보였다.

“근데 전부 애들이로구만?”

멜립이 말한 ‘애들’이라는 말은 좀 정정할 필요가 있다. 딱 내 또래였으니까. 하지만 차림새는 나와 비할 바가 아니었다. 어느 댁 자제들인지 귀티가 줄줄 흐른다. 유리카도 다가와 손으로 차양을 만들며 시선을 보냈다. 지나치게 쳐다보면 실례가 될지도 모르지만 그들은 우리가 쳐다보든 말든 신경도 쓰지 않았다.

그러나 그때였다.

"바스케스! 올라간 화물 정리는 끝났나?"

부두에 내려 보급품 선적을 감독하던 아티유 선장이 뱃전에 선 2등 항해사 바스케스를 큰 소리로 불렀고, 그래서 그냥 지나갔어야 했을 그들은 무심코 우리 쪽을 보게 되었다.

"예, 선장님! 마저 올려 보내시죠!"

바스케스가 대답하는 순간 나는 그들 중 하나와 눈이 마주쳤다. 우연이었을까?

우연이 아니었을 수도 있다. 나는 그를 보았고, 그는 나를 보았다. 우리 쪽도 여럿이고, 그들도 여럿인데도.

너무 멀었다. 표정이 보이지 않는다. 아마 그도 마찬가지겠지. 시선이 오래 맞닿지도 않았다. 누가 먼저랄 것도 없이 우리는 눈을 돌렸다. 그러나 우리가 서로를 보게 된 이유까지 없어지지는 않았다.

"파비안, 자네하고 같은 머리로군?"

나르디의 말대로 나는 여행을 시작한 이래 처음으로 검푸른 머리를 가진 사람과 마주쳤다.

푸른 배의 소년들은 곧 마을을 향해 멀어져갔다. 하지만 내 눈은 검푸른 머리를 가진 소년의 뒤통수에서 떨어지지 않았다. 유리카가 마찬가지로 그를 보고 있다는 것도 한참 뒤에 깨달았을 정도로.

유리카는 나와 또 다른 표정이었다. 놀라움도 아니고 호기심도 아니다. 굳이 말하자면 화가 난 것 같달까? 이유는 몰랐다. 그녀는 설명하지 않았고 나 역시 내 기분을 말하지 않았다.

"선장님! 이게 전부입니까?"

마지막 보급품을 끌어올린 바스케스가 다시 외치고, 선장의 그렇다는 대답이 뒤따랐다. 내려갔던 선원들이 배로 돌아왔다. 포도주 통, 비스킷 상자, 치즈, 나무 궤짝에 든 절인 고기, 커다란 통에 든 사과와 여러 통의 물.

"선적이 끝났습니다. 출발할까요?"

엘다렌에게 묻는 아티유 선장을 보고 있는데 이상한 예감이 솟아올랐다. 무엇 때문에 이러지? 그래, 부족한 물건이 있는 것 같아. 그게 뭐지? 항해에 능한 선장도 빠뜨린 그게 뭐지?

"출발하자."

엘다렌의 대답이 떨어지는 순간이었다.

"잠깐만요!"

선주와 선장의 대화에 내가 끼어드는 것은 처음이었다. 모두 나를 돌아보았다. 선장이 물었다.

"뭐지?"

"저기, 선원들은 모두 무장을 하고 있습니까?"

선장은 의아한 표정이었다.

"이 배는 전선(戰船)이 아니지 않나. 처음부터 상선으로 만들어졌고, 그나마 지금은 운송용일 뿐이지. 호신용 단검 정도야 다들 있겠지만. 더구나 이 항로는 통행세만 대강 내주면 해적들이 마구잡이로 덤빌 일도 없고……."

나는 고개를 저었다.

"무장이 필요해요."

"아니, 그게……."

선장의 얼굴이 난처한 빛으로 변했다. 그는 엘다렌을 바라보았다. 설명, 또는 설득을 요구하는 눈빛으로. 설명이라면 자신에게, 설득이라면 나에게.

엘다렌은 유리카를 돌아봤다. 유리카는 망설이는 듯했으나 이윽고 단호하게 고개를 끄덕였다.

"파비안 말대로야. 무장이 있어야겠어. 모두 다."

나르디가 우리 둘을 번갈아 보았다. 그는 이번 항해 내내 별로 말이 없었다. 선원들과 터놓고 지내지도 않았다. 예전에 별과 검의 노래호에서 지내던 모습을 생각하면 이상한 변화였지만 굳이 참견할 일은 아니라고 생각해 왔다. 그런 그마저도 엘다렌을 향해 입을 열었다.

"제 생각도 같습니다. 준비해서 손해 볼 것은 없으니까요. 그리고 저 역시……."

나르디의 눈이 나를 향했다.

"파비안과 마찬가지로 어떤 일이 일어날지도 모르겠다는 예감이 듭니다."

이제 모두의 눈이 엘다렌에게 쏠렸다. 나는 그의 대답을 기다리며 옆에 정박한 배를 바라보았다. 명판이 보였다.

젊은 정복자들

지나치게 도전적인 이름인 탓일까. 묘하게 미간이 일그러졌다. 저들이 정복하겠다는 것이 뭔지 모르지만, 그리고 그게 우리하고 관계있을 리 없지만, 그냥 신경이 쓰인다.

고개를 돌리는데 엘다렌과 눈이 마주쳤다. 나를 보고 있었던 건가?

"선원들에게 개인 무기 한 가지씩, 방어구를 원하는 자에게는 그것도 지급한다. 항해 계약이 끝나면 반납하는 조건으로."

"예!"

아티유 선장은 엘다렌이 결정을 내리자 이의를 제기하지 않았다. 그는 즉시 항해사들을 선장실로 데려가 엘다렌이 항해 전에 맡겨 놓은 돈을 세어 내주고, 각각 어디로 가서 무엇을 사야 하는지 일러 주었다. 1등 항해사가 선원들을 집합시켜 상황을 설명하는 동안 2등 항해사와 3등 항해사는 직속 선원 몇을 불러 할 일을 설명했다. 순식간에 의견이 조율되었다. 종류와 수량이 결정되자 2등 항해사와 고참 선원 세 사람이 다시 건장한 젊은 선원 몇을 거느리고 배를 나섰다. 혼란도 낭비도 없는 깔끔한 진행이었다. 아티유 선장은 모든 사람을 필요한 곳에서 움직이는 재주가 있었다.

나는 엘다렌에게 이유를 묻고 싶었다. 유리카와 나르디에게도. 나 자신에게조차 설명하기 어려운 주장에 다들 찬성한 이유가 뭐지?

그러나 결국 묻지는 못했다.

"출발은 세 시간 후쯤이 좋겠지."

엘다렌은 혼잣말처럼 말하더니 선실로 들어가 버렸다.

이윽고 아티유 선장은 선원들을 모으더니 뱃전에서 전투 위치를 잡으라고 지시했다. 각자 자리를 잡자 그들의 위치를 조금씩 고쳐 주었다. 선원들은 선장의 지시를 척척 알아들었다. 긴 세월 동고동락한 아티유 선장과 손발이 잘 맞는 것은 물론이고 항해 중 전투 경험도 대다수가 갖고 있는 듯했다.

"다 됐나! 자리를 기억해 둬라. 만일 무슨 일이 일어나면 그 자리가 바로 너희 자리다. 적이 갑판 한가운데로 들어오기 전에는 다른 자리로 가는 것을 용서하지 않는다. 자, 해산!"

상선을 전선으로 바꿀 수 없는 지금 가장 적절한 조치인 셈이었다. 흩어지던 선원들을 지켜보던 나르디가 말했다.

"우리가 언제까지 이 배와 함께 하게 될까?"

이스나미르에 도착할 때까지일 것이다. 그럼 그 후 배와 선원들은 어떻게 되는 걸까?

사실 세르무즈 사람인 선원들, 심지어 아티유 선장마저도 우리의 목적지를 몰랐다. 우리는 이스나미르로 간다. 그 때문에 배를 샀다. 정확히는 이진즈 강 하구에 위치한 델로헨 항구가 목표다. 블로이아이 군도를 떠나 곧장 북동쪽으로 항해해야 하는 곳이다. 오랜만에 고물 사기 엉터리 지도를 꺼내 보니 그렇게 나와 있었다.

그러나 이 배가 이스나미르로 가는 것은 세르무즈 법에 어긋난다. 아티유 선장은 우리 목적지가 세르무즈 어디쯤이겠거니 생각하고 있을 것이다. 세르무즈 남부에서 출발해 아이즈나하에서 보급을 하고 롱봐르 만 안쪽으로 들어가는 것은 흔한 항로였다.

그들이 과연 가 달라는 대로 가 줄까?

어느새 세 시간이 흘렀다. 그동안 선원들은 무기와 갑옷을 나눠 가졌다. 개중에는 제대로 된 검을 처음 만져본다는 자들도 있었다. 계약에 없는 싸움을 하게 되는 것 아니냐고 묻기도 했고, 새 무기를 갖게 됐다고 싱글벙글하는 단순한 부류도 있었다.

그러나 큰 혼란은 없었다. 모두 아티유 선장의 공이었다.

"어떠냐, 전사가 되어 본 기분은? 괜찮으냐? 선원보다 낫냐?"

아티유 선장은 무기를 나눠준 뒤 그렇게 말했고 선원들은 선장의 밝은 말투에 힘입어 이 일을 놀이처럼 받아들였다. 모두 그랬다고는 하지 않겠다. 그러나 분위기를 주도하는 것은 지휘자의 역량이었다. 그리고 분위기란 하고 싶은 말을 쉽게 뱉지 못하게 만드는 것이기도 했다.

"출항한다!"

우리가 꽤 지체하는 동안에도 '젊은 정복자들' 호가 출항하지 않은 것을 의아하게 여기며 우리는 항구를 빠져나왔다. 여전한 순풍에 돛의 금빛 달이 팽팽하게 부풀었다. 푸른 굴조개는 미끄러지듯 내달렸다.

"목적지를 어디로 잡을까요?"

선장과 우리 일행은 식탁 앞에 앉아 있었다. 오늘 생선은 며칠 전에 안면을 튼 친구인 듯했다. 저게 오징어라는 놈이던가?

실은 딴 생각을 하고 있을 때가 아니었다. 나는 일행을 둘러봤다. 기다리던, 아니 기다리지 않던 질문이 나온 것이다. 아이즈나하라는 임시 목적지가 사라졌으니 빠르든 늦든 닥칠 일이긴 했다. 엘다렌은 아주 잠깐 나이프의 움직임을 멈췄다.

"북쪽이다."

아직 말하지 않겠다 이거군. 하지만 안심하긴 일렀다. 내가 어느 다리를 잘라 볼까 궁리하며 오징어란 놈을 노려보는 가운데 아티유 선장이 다시 물었다.

"북쪽이라면 마리뉴입니까?"

우리는 다시 한 번 먹던 포크를 멈춰야 했다. 엘다렌이 가장 오래 멈추고 있었다.

"……."

그리고 우리는 아무도 대답하지 못하고 말았다.

식사가 끝났다. 저 어떻게 먹으면 좋을지 끝끝내 답이 안 나오는 오징어 녀석이 아니더라도 오늘 점심은 어떻게 끝났는지 모를 지경이다. 나는 일행을 배 한구석으로 데려갔다.

"무슨 말 하려는지 알아."

유리카가 말했다. 하긴 모르는 사람 있겠어. 이어 엘다렌이 말했다.

"아직이다."

"곧 침로를 바꾸지 않으면 다시 세르무즈로 가야 되는 데도요?"

다들 잠시 입을 다물었다. 침묵을 깬 것은 나르디였다.

"선장부터 설득해 봐야겠지."

"만만한 상대가 아냐. 저렇게 강직한 사람도 흔치 않으니까."

유리카가 고개를 흔들자 내가 덧붙였다.

"그런 사람일수록 자기 나라에도 충직하겠지."

이거 참 어려운 문제네.

우리는 이틀 안에 아티유 선장을 설득하기로 합의를 보았다. 그 날짜를 넘기면 계절풍을 거슬러 돌아와야 하는 셈이라 물길부터가 골치 아파진다. 일단 세르무즈에 내리면 이스나미르로 가도록 설득하기는 더 어려울 거다. 바다에서는 침로만 살짝 바꾸자고 어떻게 해볼 수도 있겠지만 한번 배에서 내린 사람들을 붙잡고 불법을 부탁한대서야 쉽사리 먹힐 리 없다.

그렇게 결정하고 우리는 흩어졌다.

저녁 무렵 구름이 몰려왔다.

"예전에는 마법으로 바람을 불러 뱃길을 잡곤 했는데."

점차 불길하게 뭉치는 구름을 보고 있자니 유리카의 옛날이야기가 무척 그럴듯하게 들렸다.

"들을수록 아쉽다니까. 그 마법이 없어졌다는 게. 혹시 마법 말고 뭐 딴 건 없었냐?"

"정령의 도움도 있긴 했지."

"바람의 정령일 테니, 요르실드?"

유리카가 고개를 끄덕거렸다.

"그런데 정령에게 부탁하는 쪽이 마법으로 바람을 일으키는 것보다 훨씬 어려워. 전에도 말했지만 정령을 설득하거나 정령의 뜻을 알아듣는 건 보통 어렵지가 않거든. 정령들이 근처에 없을 수도 있고. 그렇지만 한번 부탁을 들어주기로 한다면 그들은 확실하지."

"그런 좋은 시절엔 풍랑에 침몰하는 배 따위는 없었겠네."

"그럴 리가. 평범한 마법사들은 바람의 방향을 살짝 바꾸거나 바람이 잘 때 순풍을 일으키는 정도가 고작인걸."

"쳇, 그래, 너는 대마법사랑 같이 다녔다 이거구나."

유리카는 피식 웃었다.

"에즈가 폭풍을 잠재우는 것을 본 적 있어."

"오, 얘기 좀 해봐."

유리카가 흐음, 하는 표정으로 팔짱을 꼈다.

"네가 이야기책을 많이 읽은 것 같아서 하는 말인데, 진짜 마법사들은 팔을 풍차처럼 휘저으면서 '어쩌고저쩌고의 이름으로 명령하노니 내 말을 들어라!' 하고 외치는 법은 없어. 생각해 봐, 얼마나 미친 사람처럼 보이겠는가."

유리카가 흉내를 내려는 것 같아서 나는 재빨리 말렸다.

"알았어. 그럼 어떻게 하는데?"

"소곤소곤 말을 걸지."

유리카는 손나팔을 만들어 입에 댔다.

"너, 무, 시, 끄, 러, 우, 니, 까, 제, 발, 조, 용, 히, 좀, 해, 달, 라, 고, 요."

엥? 그걸로 마법이 돼?

내가 당황한 표정을 짓자 유리카의 미소가 씁쓸해졌다. 그런 미소조차 곧 입가를 떠나 바다로 날려갔다. 은빛 머리카락이 뒤따라가려는 듯 나부꼈다. 하얀 새 날개처럼. 어느 날 날개를 펴고 영영 날아가 버릴 것처럼.

유리, 어디로 가려 하니?

"말이야 뭐라 하든 사실 중요하지 않아. 말 몇 마디에서 마법이 튀어나오는 건 아니거든. 같은 마법이라고 매번 같은 방식으로 불러내는 것도 아니고. 시전자가 다르면 방법도 달라지지. 마법이란 몸과 정신에 의지를 '각인' 시키는 과정이거든. 사람마다 그걸 해낸 과정이 다르니까, 마법을 불러내는 방법도 천차만별일 수밖에. 마법을 배우는 법을 책으로 쓸 수 있는 사람이 있다면 정말 대단한 사람일거야. 내 생각으론 불가능할 것 같지만."

"마법 책이라는 말은 많이 들어봤는데?"

"그러니까 옛날 얘기 좀 그만 읽으라니까."

"이제 더 읽을 이야기책도 없어. 아참, 네가 하나 써봐라. 네가 쓰면 진짜 옛날 얘기네."

유리카는 눈을 흘기더니 내 제안을 무시했다.

"그러니 방금 에즈가 폭풍우를 잠재웠다는 주문도 항상 그렇게 말해야 하는 건 아냐. 그렇지만 그땐 참 재미있었지. 에즈는 정말로 폭풍우와 귓속말을 주고받는 것 같았고. 아니, 반쯤은 장난을 치는 거였을까."

"진짜 장난이었던 거 아냐?"

"그럼 폭풍우는 장난으로 멈춰 줬을까?"

에제키엘의 능력 얘기가 나오면 유리카는 항상 진지하다. 나는 절반쯤은 진짜로 의심쩍어하며 물어보았다.

"솔직히 네 얘기보다는 옛날 얘기에 나오는 방법이 훨씬 그럴듯해 보여. 네 말대로라면 예를 들어, 음, '빌어먹을 당나귀 같은 놈아, 엉덩이를 걷어차 주겠다!' 뭐 이렇게 외쳐도 마법이 된다는 거 아냐? 그 각인이라는 것만 잘 해 놓으면."

유리카는 웃지도 않고 대꾸했다.

"되지 그럼 안 되겠어? 어떤 마력을 완전히 자신의 것으로 만들고 나면 나중엔 주문도, 동작도, 도구도, 봉헌물도 필요 없어. 말 한마디도 안 해도 돼. 또렷한 의식, 그리고 의지만 있으면 되지. 자신의 의지를 언제 어떤 상황에서든 포착할 수 있는 사람, 그게 마법사야."

나는 딱 한 음절로 대답했다.

"칫."

유리카는 이윽고 심각한 얼굴을 풀며 웃었다. 그 웃음도 바람에 날려갔다.

"헷갈릴 수밖에 없는 이야기를 하긴 했다. 마법이 없는 세상에 태어난 너인데. 그건 직접 겪기 전엔 진실로 이해할 수 없어."

그 말을 들으니 전에도 묻고 싶었던 말이 생각났다.

"너도 마법을 썼어? 옛날엔?"

"난……."

유리카는 몸을 돌려 뱃전에 기댔다. 고개를 젖히자 빛나는 날개가 검은 하늘로 날아가려는 것처럼 펄럭였다. 문득 가지 못하게 붙잡아야 한다는 생각이 떠올랐다. 왜 이런 생각이 들까?

유리카가 손바닥을 내밀었다.

"봐."

손바닥에서 빛으로 된 공이 생겨나더니 손가락 두 마디 높이로 떠올랐다. 동전보다도 작은 빛에 뺨이 일순 환했다. 유리카가 손바닥을 휙 뒤집자 빛이 순간 바르르 떨더니 그녀의 손을 중심으로 한 바퀴 돌았다. 다시 한 바퀴. 이번엔 손 밑에 멈추었다.

나는 무지한 어린아이가 되어 유리카의 손놀림을 지켜볼 뿐이다. 그녀가 갑자기 손을 바다 위로 뻗었다. 빛은 가느다란 호선을 그리며 달려 나갔다. 손을 떠난 작은 공처럼 멀리, 저 멀리…….

"어디까지 가는 거야?"

유리카는 미소를 지었다. 순식간이었다. 그것이 반짝, 하더니 바다 가운데서 사라져 버린 것은.

"안 돌아와?"

유리카가 고개를 끄덕였다. 빛이 가버린 뱃전은 어두웠다.

"너를 처음 만났을 땐 이런 것도 할 수 없었지. 물론 엘다렌의 말대로 2백 년 전에 비하면 손장난과 눈속임에 불과한 거지만. 산적 소굴에서 보여줬던 빛기둥 같은 것."

그랬다. 월계수의 그릴라드에서 처음 만났던 유리카는 옷차림이 조금 특이한 아름다운 소녀였을 뿐이다. 검을 쓰는 것이 더 자연스러워 보이던.

"내가 네 앞에서 처음으로 신기한 일을 했던 게 언제인 것 같니?"

"켈라드리안 숲의 절벽 위?"

"아냐. 이베카 시의 여관에서 잠긴 문을 열어버렸던 생각 안 나?"

듣고 보니 기억이 났다. 티무르를 인질 삼아 도망치던 때, 내가 잠겼다고 생각한 문을 유리카가 잠깐 만지작거리더니 열어 버렸었지. 그때 내가 뭐라고 생각했더라. 본래 열려 있었던 게 아닐까, 하고 생각했던가?

"아룬드나얀의 녹색 보석이 처음 내 손에 왔을 때였지, 그때가. 무심코 문고리를 만졌는데 그 순간 사라진 능력 중 하나가 깨어나고……. 잠긴 문을 여는 주문은 내가 2백 년 전에 완벽히 익혔던 거였어. 손짓 하나만으로 쓸 수 있을 정도로."

"그럼 지금도 할 수 있어?"

"아니."

유리카는 자기 손을 내려다봤다.

"세월을 피해 봉인되었던 내 몸에 우연히 남았던 마력이었을까. 아니면 에제키엘의 마력의 결정체인 아룬드나얀이 잠시 내 목에 걸려 있었던 탓일지도 모르지. 그리고 그때 난 다급한 나머지 내가 마법을 잃었다는 사실을 깜빡 잊었었어. 눈앞에서 덜컥 문이 열리는 순간 모든 것이 떠올랐어. 이 세상에는 이제 마법이 없고, 내가 할 수 있는 일은 아무것도 없고……."

할 수 있는 일은 아무것도 없고…….

"그 후로 다시는 되지 않았어. 몇 번이나 노력해 봤지만 다 소용없었어. 그런데 파비안."

유리카의 어조가 문득 현실로 돌아왔다.

"너 아까 왜 무장이 필요하다고 했니?"

"그건 내가 묻고 싶은 말인데? 넌 왜 동조한 거야?"

유리카는 내 얼굴에서 뭔가 찾아내려는 것처럼 구석구석 살펴보았다. 그러더니 물었다.

"너 말야, 스스로 예지력(豫知力)이 있다고 생각해 본 적 있어?"

"나한테? 설마. 너라면 또 모를까."

"아냐."

유리카는 관찰을 마치더니 조그맣게 한숨을 내쉬었다.

"예지는 생물이라면 누구나 갖는 거야. 물론 자각할 수 있느냐, 평생 모르고 지나가느냐는 별개의 문제지만. 풀잎이나 벌레에서 짐승과 인간에 이르기까지 모든 생명이 예지를 갖고 있어. 예니체트리의 자식이라고 불리는 예언자나 무녀에게는 보통 사람들보다 많이 주어져 있기도 하지만. 아냐, 그들도 더 많은 예지를 가졌다기보다는 예지를 자각하는 힘이 더 강하다고 하는 편이 옳을 거야."

유리카는 다시 내 눈동자를 들여다보았다. 지나간 예지의 흔적을 알아볼 수 있기라도 한 걸까?

"오늘 너랑 내가 똑같이 이유 모를 예지를 느꼈어. 희한한 일이지. 더 놀라운 건 엘다렌, 그리고 나르디조차도 느낀 것 같더라는 거야. 적어도 네 의견을 받아들일 정도로는."

도대체 우리에게 닥칠 일이 무엇이기에?

유리카는 내 마음 속 질문에 대답하듯 말했다.

"알 수 없지."

집이 무너지려고 하면 생쥐들이 먼저 도망친다고 했다. 숲에 불이 나기 전에도, 홍수가 지려 할 때도 작은 짐승들부터 자취를 감춘다. 짐승들도 그들에게 알맞은 예지를 갖춘 셈이다. 그렇다면 나는? 내가 낯선 소년의 얼굴을 보고 느낀 불길함은 막연한 것이 아니었을까?

그렇게 생각하자 가슴속이 선뜩해졌다. 그런 능력은 내게 어울리지 않았다. 왜 내가 가장 강한 예지를 느꼈던 거지? 심지어 무녀인 유리카보다도?

"유리, 넌 어떤 느낌이었는데?"

"어렴풋한 피 냄새일까. 그 배, '젊은 정복자들' 전체에서 그런 냄새가 났어."

유리카의 말을 듣자 내 느낌도 더 뚜렷해졌다.

"난 그 소년하고 눈이 마주치는데 갑자기 자신을 지켜야 한다는 기분이 들더라고. 그 소년이 딱히 날 해칠 것 같다는 게 아니라 뭐랄까, 하늘에서 벼락이라도 떨어져 다칠 것도 같고…… 그게 위기를 느끼는 짐승의 본능 같은 걸까?"

"비슷할 수도. 그 느낌이 절실했다면, 진실일 거야. 위기가 닥쳐오고 있어. 나나 나르디보다는 아마도 너에게."

대답할 수 없었다. 이런 것, 차라리 느끼지 않는 편이 낫지 않을까?

내 눈빛에서 마음을 읽은 것처럼 유리카가 말했다.

"경고를 두려워해서는 안 돼. 경고는 운명이 보이는 몇 안 되는 친절이라는 걸 잊지 마."

이럴 때면 유리카는 내가 아는 누구보다도 강하다. 그녀가 내 손에 자신의 손을 포갰다.

"너는 운명의 친절을 받았어."

나는 고개를 끄덕였다. 우리는 뱃전을 떠났다.

컴컴한 계단을 내려가자니 고래 뱃속으로 걸어 들어가는 것 같다는 엉뚱한 생각이 났다. 배가 기우뚱거리고 삐걱대는 소리가 유난히 생생했다. 아니, 실은 어디에서 나는지 모를 소리가 훨씬 더 많았다. 작지만 끊이지 않는, 그런 출처 모를 것들로 둘러싸여 있었다.

배는 살아 있었고, 배가 느끼고 있을 감정도 전해져왔다. 내가 어디에 있는지 모르겠어. 내가 어디로 가는지 모르겠어.

선실로 들어와 문을 닫았다. 램프를 끄자 주위가 캄캄했다. 끊이지 않는 소리들처럼 어지러운 생각들이 오갔다.

아니, 잠들어야만 한다.

잠들 수 없는 밤의 가장 긴 잠을.

7장.

6월 '인도자(Guardian)'

7월 '약초(Herb)'

8월 '파비안느(Pabianne)'

9월 '환영주(Harsh Miosa)'

10월 '방랑자(Wanderer)'

11월 '점성술(Astrology)'

12월 '문자(Word)'

13월 '황금(Gold)'

14월 '노현자 (Elder Sage)'

1월 '음유시인(Troubard)'

2월 '암흑(Darkness)'

3월 '아르나(Arna)'

4월 '타로핀(Tarophin)'

5월 '키티아(Kitia)'

6월 '인도자(Guardian)'

인도자의 별 '하리아누니(Harianuni)'가 지배하는 아룬드. 이 시기에 늦봄장마 또는 초여름장마라고 불리는 다임 로존드(Dime Lozond)가 시작된다. 그대는 빗속을 밝히는 인도자의 등불처럼 길 잃은 자에게 빛이 되는 예언을 써나갈 수 있으리라.

'인도자'는 해답을 주는 스승이 아니라 갈림길을 보여주는 자다. 인도자는 때로 선물처럼 나타나 길을 가린 안개를 걷어 주기도 하고, 때로 도움을 주면서도 존재를 감추기도 한다. 그러나 그가 보여주는 길 중 어디로 접어드는가는 결국 스스로의 선택이다. 인도자는 조언을 하고 물러나 당사자의 선택을 묵묵히 지켜볼 뿐 갈 길을 바꾸지 않는다.

전설과 연관이 깊은 다른 아룬드들과 대조적으로 인도자 아룬드에는 어떤 유래도 전해져오지 않는다. 인도자 아룬드의 이름은 가장 오래된 달력과 천체력에도 등장하고 있는데 언제 이 이름이 생겨났는지는 기록에 남은 바가 없다.

'평생을 좌우할 스승을 만난다면 이때이며, 일생을 바꿀 암시를 얻는다면 또한 이때'라는 구전 때문에 민간에서는 이때 만난 스승, 안내자, 조력자는 안심해도 좋다는 식으로 손쉽게 해석하곤 하지만 아룬드의 의미와 현실을 단순히 연결 짓는 일이 위험함은 몇 번 말해도 지나치지 않으리라. 혼란과 예감이 끝나고 길을 찾고자 할 때면 누군가의 도움이 필요하기 마련이나, 좋은 인도자를 얻는 일이 큰 행운인 것처럼 잘못된 인도자를 얻어 일을 그르치는 일 또한 그만큼이나 자주 일어나는 법이다.

다임 로존드의 비는 한순간 앞이 보이지 않도록 쏟아지다가 잠깐 멈추어 맑은 하늘을 보이고 또다시 쏟아지기를 되풀이한다. 이 비는 재해의 비가 아니라 초원과 숲을 키울 신선한 습기를 가져다주고 다가올 번성을 예고하는 비이다. 사람들은 첫 우기의 비를 환영하여 오랫동안 기다리던 사람을 만나는 것을 '다임 로존드의 비와 같다'고 말하기도 한다.

"비가 내리는 곳을 찾아내어 눈물을 흘리다"라는 경구를 가지며, 오랫동안 찾던 물건이나 사람을 만남, 뜻을 세워 인도자를 따름, 타인에게 의지하려는 마음이 자의식을 누름, 친구였던 자가 스승임을 깨달음, 가능성에 불과한 것을 곧 이뤄질 것처럼 믿음, 최악의 위기에서 한 줄기 구원을 발견함 등을 암시한다. 이 아룬드를 암시하는 빛깔은 투명, 아무것도 없는 무(無)의 빛깔이다.

— 점성술사들이 달력에 적는 각 아룬드의 의미,
그중 여섯 번째.

1. 신뢰의 힘

우기 첫 날은 오후가 되도록 맑기만 했다.

비가 오든 안 오든 우기에 나선 항해이니만큼 준비는 되어 있었다. 튼튼한 통에 넣어 둔 예비 돛, 구명보트, 새 밧줄, 새 아교, 배를 물 밑에 거꾸로 처박았다가 꺼내도 될 정도로 정교하게 붙인 판자 이음매까지. 물론 준비가 되어 있다 해도 폭풍우 같은 것은 만나지 않는 편이 바람직하겠지만.

아티유 선장의 생각도 나와 같은 모양이었다.

"마리뉴 항까지는 엿새 정도 거리입니다. 별 문제가 생기지 않으면 하루 정도 빨리 도착할 수도 있습니다. 하지만 다임 로존드가 되면 바닷물의 흐름이 바뀌면서 이스나미르와 하르마탄 섬 사이의 도아 해협에서 강한 해류가 밀려들어옵니다. 그 해류가 롱봐르 만 입구에 이르러 넓은 바다 쪽의 해류와 부딪치면서 거세어지고, 그 물이 블로이아이 군도의 바위들을 거치다 보면 한층 거칠어져 해협 안쪽 도시들에 해일을 일으킬 정도가 됩니다. 가장 주의해야 할 것은 바로 그 시점에 불어오는 하르마탄의 광풍, '시즈카(Shize-ca)' 입니다. 이 모든 조건이 맞아떨어지면 바로 배가 침몰하는 상황이 오는 겁니다. 그러니 일찌감치 항구로 들어가는 것이 가장 좋겠지요."

대체 누가 그의 머릿속에 마리뉴까지 간다는 생각을 불어넣어 준 것인지 모르겠다. 북쪽으로 간다는 엘다렌의 말에 의거하여 멋대로 만든 전제 같기는 한데.

"그 조건이 맞아떨어지는 때가 언젠데요?"

바다 이야기라면 아티유 선장 앞에서 다들 어린아이나 다름없었다. 저녁식사 후 선장실에 모인 선주 일행을 놓고 선장은 열변을 토하고 있었다. 물론 다 새겨들을 만한 이야기였다. 그러나 우리가 계획했던 좌담은 이게 아니었는데.

아티유 선장은 나를 보며 고개를 저었다.

"그걸 정확히 알 수 있다면 아무 걱정 없겠지. 하르마탄에서는 단 몇 시간 만에 바람이 생겨나 주위를 휩쓸어 버리거든. 하르마탄이라는 이름이 괜히 생긴 것이 아니지."

하르마탄은 옛 이스나미르 어로 '폭풍의 고향' 이라는 의미를 가지고 있다고 했다.

"미리 짐작할 방법이라도 없어요?"

"일찍 알아봤자 반나절 앞서는 정도지. '시즈카' 를 왜 광풍이라고 부르는지 아나? 도저히 예측할 수 없기 때문이야. 그 때문에 하르마탄

출신의 한 기사단장도 그 비슷한 별명을 갖고 있다고 들었고……."

아티유 선장의 마지막 말에 유리카는 흠칫 긴장하면서 나를 보았다. 그러나 선장의 말에 롬스트르와 같은 불손함은 없었기에 나는 오히려 아무렇지도 않게 되물었다.

"별명이 뭔데요?"

"검푸른 광풍, '마르하드노 시즈카(Marhardno Shize-ca)' 라고 불리더군. '악마의 오른손' 이라고도 하고. 별명만 들어봐도 대단한 사람인 모양이야."

'검푸르다' 는 말에 이번엔 내가 긴장했지만 선장은 그 말을 내 머리 색깔로까지 연결 짓지는 않았다.

"어쨌든 인도자 아룬드에 롱봐르 만을 엿새나 항해한다는 것은 위험한 일입니다. 운이 좋을 수도 있지만 모든 것을 잃어버릴 가능성이 너무 크니까요."

아티유 선장은 엘다렌을 바라보며 말을 마쳤다. 이래서야 대답을 안 할 수 없다.

엘다렌은 질문으로 입을 열었다.

"마리뉴보다 더 가까운 항구는 없나?"

"마리뉴보다요? 북쪽으로 똑바로 가면 마리뉴입니다."

"북쪽만을 말한 게 아냐. 주위에 가장 가까운 항구가 어딘가? 일단 들어가는 것이 중요하지 않나?"

"네? 그렇다고는 해도……."

선장의 얼굴에 곤혹스런 기색이 떠올랐다. 엘다렌이 원하는 대답을 떠올린 모양이었다.

"적국의 항구로 갈 수는 없는 일입니다. 네, 말씀하신 대로 가장 가까운 항구는 마리뉴가 아니라 델로헨입니다. 이스나미르의 항구죠. 이진즈 강 하구에 있는데 약 나흘 정도면 닿을 수 있습니다. 더 정확히 말하면 아이즈나하로 돌아가는 것이 가장 가깝습니다만, 그걸 원하시는 건 아닌 것 같고……."

일단 그의 입에서 델로헨이 나왔다. 다음 말은 어떻게 할까.

"델로헨? 큰 항구인가?"

이야기의 초점을 모르는 아티유 선장은 헷갈리는 모양이었다. 우리는 조마조마한 심정으로 엘다렌의 어눌한 이야기 전개를 지켜보고 있었다.

"네…… 꽤 큰 항구이긴 합니다만…… 마리뉴 정도는 되지요. 마르텔리조와 비교한다면 조금 작을까……. 그런데 그런 것은 왜 물으십니까?"

그의 담백한 성품이 우리를 점점 곤경으로 몰아넣었다. 엘다렌이 이쯤 몰리면 대뜸 털어놓아버릴지도 모른다는 불안감을 느낀 사람은 나뿐이 아닌 듯했다. 나와 나르디, 유리카는 갑자기 질문들을 쏟아놓았다.

"그럼 아이즈나하로 돌아가잔 말씀이십니까?"

"마리뉴까지 가는 것은 위험하다 그 말씀이시군요?"

"작은 항구라도 달리 갈 곳은 없고요?"

아티유 선장의 당황한 얼굴은 누구한테 보여주고 싶을 정도였다. 우리야 그의 얼굴을 감상할 처지가 아니지만 말이다. 우리는 얼굴을 마주

보며 계면쩍게 웃는 수밖에 없었다.

"그…… 렇지요."

저 말은 누구의 질문에 대한 대답이라 해도 별 손색이 없었다. 하지만 엘다렌이 즉시 대꾸했다.

"돌아가다니, 그렇다면 무엇 때문에 나왔단 말인가."

아티유 선장은 손을 내저었다.

"아니, 저도 꼭 아이즈나하로 돌아가잔 이야긴 아닙니다. 위험하다는 것이지 마리뉴까지 못 갈 것도 없습니다. 인도자 아룬드라고 다들 배를 부두에 묶어놓는 건 아닙니다. 문제의 시즈카를 뚫고 가본 일도 있습니다."

이야기가 이상한 쪽으로 가고 있었다. 상황을 어떻게 타개할까 골머리를 썩이는 중인데 옆에서 명쾌한 한마디가 튀어나왔다.

"델로헨으로 갑시다. 못 갈 것은 무엇입니까?"

나르디였다. 아티유 선장의 눈이 둥그레졌다.

"적국의 항구로……."

나르디가 그 말을 잘랐다.

"죄송합니다, 말씀 도중에 끼어들어서. 하지만 제가 듣기론 두 나라가 해상 봉쇄까지는 하지 않는 걸로 알고 있습니다. 확실히 대치 상태이긴 해도 무력 충돌이 잦은 것도 아니며, 특히 해전은 최근 백 년간 두세 번에 불과할 정도니까요. 물론 멀리 떨어진 항구라면 타국의 배가 드나드는 것이 어렵겠지만, 국경과 영해가 맞닿아 있는 롱봐르 만에서는 부득이한 경우 항구 이용이 가능하다고 알고 있는데요?"

그러나 나르디의 멋진 웅변은 아티유 선장의 한마디로 무용지물이 되고 말았다.

"우리는 아직 그 정도로 곤란하진 않습니다."

잠시 침묵이 흘렀다. 아티유 선장은 선주 일행의 눈치를 살피며 이들이 무슨 말을 하고 싶은 건지 알아내려 애썼고, 우리 또한 나름대로 반론을 궁리하며 머리를 굴렸다. 확실히 그는 훌륭한 선장이었지만, 이런 상황에서는 돈이라도 밝히는 사람이라면 차라리 다루기 편했을 것 같다.

그러나 아티유 선장은 그렇게까지 둔한 사람은 아니었다.

"여러분, 그러니까 델로헨으로 가고 싶으십니까?"

"흐음, 흠, 흠."

헛기침만 할 일이 아니었다. 내가 참지 못하고 입을 열었다.

"그래요."

아티유 선장의 눈빛이 드디어 뭔가 살피는 듯한, 즉 비밀을 알아내려는 사람의 것으로 변했다. 충실한 세르무즈 백성으로서 우리의 말이 이해가 가지 않겠지.

"이유가…… 있으십니까? 그러니까, 부득이한……."

"있지."

엘다렌의 대답이 울렸다. 아, 안 돼! 당신이 대답하면 곤란해!

엘다렌은 우리 모두가 보낸 애타는 만류의 눈빛을 외면했다.

"이스나미르로 갈 작정이다."

아티유 선장은 입만 약간 벌렸다.

되묻지도, 확인하지도 않았다. 그저 입이 벌어져 있을 뿐이다. 감정 표현이 풍부한 사람이 보기에는 그가 전혀 놀라지 않은 것처럼 보였을 수도 있겠다.

한참 만에 목소리가 이어졌다.

"그렇다면 정말…… 혹시……."

선장의 머릿속에 떠올랐을 장면이 짐작 간다. 마르텔리조에서 급히 출항하던 때 우리를 찾으러 왔던 관리들, 이니에가 쫓아왔던 일, 그리고 이니에와 실랑이하던 병사들을 생각하는 거겠지. 우리가 도망치는 것처럼 급히 출항했다는 점만은 숨길 도리가 없었다.

하지만 당시 아티유 선장은 아무것도 묻지 않았다. 궁금한 기색도 내비치지 않았다. 그만큼 그는 신뢰를 쉽게 뒤집지 않는 사람이었다. 자, 이 사태를 누가 수습해야 할까?

엘다렌은 자신이라고 생각한 듯했다.

"더 놀라운 걸 보고 싶나."

무슨 소리를 하려고?

엘다렌은 말을 하는 대신 의자에서 일어섰다. 우리가 말리기도 전에 후드를 내리고 망토를 벗었다. 수염투성이 얼굴, 근엄한 눈매에 박힌 이글거리는 눈동자.

아티유 선장이 어려서 이야기책을 얼마나 읽었을지 궁금하다. 그는 눈을 크게 뜬 채 무어라 말을 할 듯 말 듯 고민했다. 그러다가 결국 우리를 돌아봤다. 우리가 지을 표정이라 봐야…….

"……."

우리 셋은 약속이라도 한 것처럼 조금 억지스런 미소를 띤 채였다. 이런 걸 보고 '잘 봐 주세요' 라고 하던가?

"제, 제가 제대로 기억하는 거라면, 당신은…… 드…… 워프?"

엘다렌은 오랜만에 자부심을 내보이며 깊게 고개를 끄덕였다.

"세상에……."

솔직히 나도 드워프의 존재를 알았을 때 좀 놀랐는가? 나는 전설적인 물건을 찾아 여행하는 사람이기라도 했지만, 아티유 선장은 현실적인 세계에서만 살아온 사람이 아닌가?

"드워프가 아직 살아 있었습니까? 저는 생각도 못했던…… 얘기도 듣지 못했고, 2백 년 전에 완전히 사라져 버렸다고만……."

"그렇다면 나는 세월에서 누락된 셈이군."

엘다렌은 농담 같기도 하다는 점에서 나름 파격적인 발언을 한 뒤 아티유 선장의 얼굴을 주의 깊게 살펴보았다. 엘다렌의 표정에서 감정을 읽어내는 것도 어렵기는 매일반이다. 그런데 이어진 엘다렌의 목소리에서 일말의 회한이 묻어났다.

"자네 같은 드워프가 있었다면 내 뒷일을 믿고 맡겼을 텐데."

그의 말이 무슨 뜻인지 아티유 선장은 알아듣지 못했다. 나도 정확하게는 모르겠다. 2백 년 전의 일을 말하는 걸까? 어쩌면 그가 믿고 나라를 맡겼던 섭정에 대해서?

유리카는 이걸 알까?

나는 유리카를 돌아봤지만 그녀는 심각하게 이맛살을 찌푸린 채 두 사람의 대화를 지켜볼 뿐이었다.

"내가 지금까지 부득이하게 숨겼던 나의 영광스런 핏줄을 설명할 기회를 갖게 되어 실은 매우 즐겁기조차 하다. 내가 그 즐거움을 누리도록 자네가 도와주겠나?"

"네, 물론입니다, 선주님."

아티유 선장은 아직 자신의 본분을 잊지 않았다.

"알다시피 내 이름은 엘다렌 히페르 카즈야 그리반센. 그리반센은 다섯 대에 걸쳐 드워프의 왕을 배출한 가문이며, 나는 그 가문의 마지막 후손이다. 당연히 나도 한때 그 영광스런 종족을 다스린 왕이었다."

아티유 선장의 표정을 보니 '왕' 이라는 말이 그에게 준 충격은 대단했던 모양이다. 곧이어 놀라운 일이 벌어졌다. 그는 즉시 의자에서 일어나 엘다렌 앞에 무릎을 꿇으려 했다. 오, 고작 저 설명만 듣고 엘다렌이 왕이라는 걸 믿는단 말이야? 나조차도 왕인지 동네 이장인지 처음엔 의심쩍게 생각했었는데…….

엘다렌은 그의 행동을 손짓으로 막았다.

"그럴 것까진 없다. 지금은 나라를 잃고 이렇듯 떠돌아다니는 처지, 피할 수 없는 불명예를 짊어진 왕이니. 나라를 지키지 못한 왕을 왕이라 부를 수 있겠는가? 그러나 그대의 마음은 고맙게 받겠다."

어느새 선장은 '자네' 에서 '그대' 로 격상됐다. 빠르기도 하지.

아티유 선장은 순순히 행동을 멈췄으나 그의 얼굴에는 여전히 경외감이 가득했다. 사나운 전사라는 마브릴이 필요한 순간 얼마나 충성스러울 수 있는지 다시 한 번 깨닫는 순간이었다.

"그대와 내가 비록 종족은 다르나 길지 않은 시간 그대를 보며 놀라운 천분이란 종족을 가려 타고나지 않음을 느꼈다. 처음 그대를 알아본 내 눈이 틀리지 않아 또 한번 기쁘군. 이 배와 선원들, 그리고 그대에게 주기로 한 돈 따위, 결코 이 종족을 뛰어넘는 신의에 값할 것은 못 된다."

단순한 치렛말이 아니었다. 하긴 드워프라는 자들이 본래 겉치레에는 익숙하지 않은 모양이더라만. 어쨌든 아티유 선장은 마르텔리조에서 엘다렌을 따르기로 결심한 이상 다시는 엘다렌의 말에 의심을 품지 않았다. 지금처럼 믿어지지 않는 상황에서도 말이다.

"저, 왕을 뵙는 것은 처음이라 어떤 예의를 갖춰야 하는지 모르는 무지를 용서하십시오."

아, 정말이지 저 말에는 무뚝뚝한 엘다렌도 감동하지 않을 수 없었을 거다. 그의 바위 같은 얼굴에서 일순 동요가 일었다.

"그대는 인간의 나라 세르무즈의 백성, 그러니 나의 신민은 아니다. 그러나 내 이름과 파하잔을 걸고 약속하노니 그대는 이제부터 드워프족의 형제다. 잠든 파하잔이 되살아나고 드워프의 왕국이 재건되었을 때 그대를 내 일행 다음으로 초대할 것을 약속하겠다."

상황은 반전되었다. 아티유 선장은 엘다렌의 두껍고 털 많은 손등에 입을 맞췄고, 신민처럼 따르겠노라는 맹세를 한 마디로, 그러나 다른 사람들의 수십 마디보다 큰 믿음을 담아 말했다. 그가 조금이라도 망설였을까? 그랬다 한들 거의 느낄 수도 없는 짧은 순간이었을 것이다.

"나는 그대를 신하로서가 아니라 우정으로 대할 것이다."

그 말을 듣는데 문득 옛날 세르무즈 왕가가 드워프 족에게 저질렀다던 일이 떠올랐다. 지난번에 본 바로 엘다렌은 아직 그 일을 잊지 않았다. 하지만 개인은 왕가의 죄와 관계없다는 생각일까?

"델로헨에는 어떤 일로 가십니까? 제가 책임지고 침로를 바꾸도록 하겠습니다."

엘다렌은 이때 상대의 신의에 값하는 대답을 하기로 마음먹었다.

"나와 세 친구들은 중대한 임무를 수행하기 위해 대륙 각지를 돌아다니고 있다. 수많은 인명과 종족의 운명이 달린 문제이므로 타국이니 적국이니 하는 개념은 그들에게 아무 의미도 없다. 이는 드워프 왕국의 재건과도 관계된 일이다."

"무슨 말씀인지 알겠습니다."

저 말은 더 묻지 않고 따르겠다는 의미다.

"고맙다. 그대의 신의에 보답할 날이 있을 것이다."

그 날이 빨리 온다면 나도 좋겠다.

선원들을 설득하는 어려운 일도 아티유 선장이 맡겠다고 했기 때문에 우리는 한결 홀가분해진 마음으로 선장실을 나섰다. 그러나 그가 무슨 수로 적국의 항구로 간다는 계획을 발표할 수 있을 지는 아직 미지수였다.

"잘 된 건가?"

갈라져 선실로 되돌아가는 도중 나르디가 고개를 갸웃거렸다. 나는 선실 문고리를 돌리다 말고 녀석을 돌아봤다.

"그럼 잘 된 거지. 뭐 잘못된 거라도 있어?"

"아니네……. 그런데 뭔가……."

"뭔가라니?"

"이상한 소리긴 하지만, 왠지 우리가 무사히 델로헨으로 가기는 어려울 것 같다는 생각이 든단 말이네."

하루가 지나 드디어 델로헨으로 침로를 바꾸지 않으면 안 되는 순간이 왔다. 아티유 선장은 은밀히 키잡이를 불러 날씨 핑계를 대며 북동쪽으로 침로를 잡게 하고는, 다음 날 아침에 선원들에게 사실을 발표할 계획이었다.

어제 하루 바람이 강하게 불어 주어서 배는 상당히 북쪽으로 왔다. 아티유 선장은 델로헨까지 이제 이틀, 마리뉴는 사흘 정도라고 말했다. 그가 왜 아직까지 마리뉴에 대한 보고를 하는 건진 모르겠지만 하여튼 그는 그렇게 말했다.

날씨는 나빠졌다. 어제 하루 볕이라고는 고작 두어 시간 봤을 뿐이다. 여기까지 빨리 오도록 밀어 준 강한 바람도 시즈카의 전조가 아닌가 싶어 아티유 선장은 하루에도 몇 번이나 날씨를 살피며 불안해했다. 선원들도 긴장하여 자기 자리를 떠나지 않았다.

"이미 물결이 거칠구먼. 도아 해협과 넓은 바다에서 들어오는 해류가 양떼에 부딪치기 시작한 거야. 여기에 시즈카까지 합세하면 끝장이지."

곁에 선 멜립이 말했다. 그는 떠나온 아이즈나하 쪽을 보고 있었다. 해류의 변화를 눈으로 읽으려는 것처럼. 아무것도 모르는 내 눈에도 파도는 확실히 높았다. 전에 나르디가 '한 번이라도 바다에 나가 보았다면 가장 좋은 배가 아니고는 타고 싶지 않다고 생각할 것' 이라던 말이 문득 실감났다.

"시즈카를 만나 봤어요?"

멜립은 무겁게 고개를 끄덕였다. 그는 1등 항해사 스트라엘을 보좌하는 선원으로 스무 해나 배를 탄 사람이었다.

"끔찍했지. 시즈카는 롱봐르 만을 오가는 뱃사람들의 가장 큰 공포야. 인도자 아룬드 때만이 아니지. 대략 키티아 아룬드에서 환영주 아룬드까지 오는데, 인도자 아룬드에 비가 많이 내리고 나면 약초 아룬드에는 시즈카가 잘 일어나지 않아. 방랑자 아룬드가 되어 가을비가 오기 시작하면 그때부터는 시즈카를 걱정하지 않아도 되고. 하르마탄 북부 황무지가 여름 내 이글이글 타고 나면 이 바람이 생기는 모양이야. 자네 시즈카가 무슨 뜻인지 아나?"

"미치광이…… 라는 뜻 아닌가요?"

나는 시즈카가 우리 아버지의 별명이라는 사실을 알았기 때문에 그 말을 하기가 좀 껄끄러웠다.

"시즈카에는 미치광이나 광인 말고 천재라는 의미도 있다."

"그래요?"

천재와 미치광이는 과연 종이 한 장 차이라는 걸까?

"그 때문에 더 무섭지. 뱃사람들은 시즈카를 이야기할 때, 놈은 정신이 온전치 않아도 천재이기 때문에 우리가 제발 시즈카가 오지 않았으면 하는 때를 틀림없이 알아차린다고들 한다. 제발 오늘까지만 불지 않았으면, 이 물고기들만 잡고 나서 내일이라면 항구로 들어갈 텐데, 이러면 바로 시즈카가 불어온다는 것이지."

절로 몸이 오싹해졌다. 배는 어느새 캄캄해진 수면 위를 나는 듯 달리고 있었다. 시즈카는 이 정도 바람과 비교도 되지 않겠지? 미치광이 천재는 우리가 제발 이틀 동안만 불어오지 않았으면 하는 마음을 알고 있을까?

주 돛대와 앞 돛대에 달린 사각 돛 네 장이 찢어질 듯 부풀어 있었다. 내 눈에는 돛들이 바람을 견디다 못해 푸들푸들 떨고 있는 것처럼 보였다. 멜립은 한숨을 쉬더니 말했다.

“그만 들어가라. 바람이 거세다.”

“멜립은요?”

“나는 여기서 밤새 바다나 살펴야겠다. 오늘 당직이 모두 젊은 놈들뿐이라 걱정스러워. 이런 때는 전조가 보이는 한순간을 놓치면 걷잡을 수 없게 돼버리는데, 한시라도 빨리 기미를 알아채는 것은 역시 늙은 놈이라야지.”

말벗이라도 해 줄까 생각했지만 경험 없는 내가 옆에 있어 봐야 주의만 흐트러뜨릴 뿐 도움이 안 되겠지 싶었다. 그는 고참 선원답게 책임감을 가지고 바다를 지킬 것이다.

선실로 돌아와 침대에 드러누웠으나 잠이 오지 않았다.

천장 구석에 달아 놓은 램프가 삐걱삐걱 그네를 탄다. 미묘한 흔들림이고 뭐고 이제 배는 무서울 정도로 빠르게 달리고 있었다. 안팎의 진동과 소음은 잠을 청하기 힘들 정도다. 강을 따라가던 때와는 비교가 안 된다.

조그마한 나뭇조각에 생명을 지탱하고 있다는 생각을 지울 수가 없었다. 잠을 자도 좋은 걸까? 편안하게 잠든다는 것 자체가 무모한 일 아닐까?

깨고 잠들기를 반복하다가 문득 눈을 떴다. 주위는 아직 캄캄했다. 이런저런 궁리를 하다가 스르르 잠드는 바람에 끄지 않은 램프가 위험스럽게 흔들거리고 있었다.

무엇에 놀란 걸까. 심장 박동 소리가 배가 삐걱거리는 소리보다 더 크게 들렸다. 누운 채 심호흡을 했다. 램프가 흔들리는 속도에 맞춰 맥박을 조절해보려 했다. 안정이 되면 다시 잠을 청해볼 심산이었다.

그런데 곧 이상한 사실을 깨달았다. 램프와 속도를 맞출 수가 없다. 그러니까…… 램프의 진동이 내 맥박보다 빨라졌잖아!

저도 모르게 박차고 일어나 검만 집어 들고 갑판으로 달려 나갔다. 갑판에는 인기척이 없었다. 멜립은? 당직 선원들은 어디로 갔지? 새벽 물안개 속에 칸델라 몇 개만 켜진 갑판은 괴괴하리만치 조용했다.

"멜립!"

갑판 곳곳으로 달려가 봤지만 아무도 찾을 수 없었다. 장루를 올려다봤다. 안개 탓에 보이진 않지만 부를 수는 있다.

"누구 없어요!"

내 외침에 이어 파도가 한바탕 뱃전을 때렸다. 잘 안 들리나? 아니면 정말로 없는 건가?

"멜……."

다시 한 번 외치려다가 나는 문득 멈췄다. 만약 선원들에게 무슨 일이 생겼다면 나라고 안전할 리 없었다.

발소리를 죽여 우현으로 다가갔다. 맥박이 다시 빨리 뛴다. 바람은 이상하리만치 잦아들었고, 그 대신 공기가 찼다. 푸르스름한 안개만이 느리게 흘렀다.

뱃전 너머에 무언가 있다. 회색 그림자가. 크고 흐릿한 윤곽인데…… 하고 머릿속을 더듬던 도중 갑자기 깨달음이 다가왔다. 급히 뱃전 아래로 몸을 숨겼다.

배다.

아무리 안개가 짙다 해도 두 배가 이렇게 가깝게 스쳐갈 수가 있을까? 일부러 숨으려는 것이 아니라면 불이라도 켜 두었어야 했다. 하지만 불이 켜진 배는 우리 쪽뿐이었다.

일부러 불을 끄고 다가온 거다.

그렇게 생각하는 순간 얕은 발소리가 귓가를 파고들었다. 누군가가 접근해 온다. 등 뒤에서. 파도 소리에 숨어서.

아는 사람이라면 다가오기 전에 날 불렀을 게다. 돌아보지 않고 온몸을 바짝 긴장시켰다. 세 걸음, 두 걸음, 이제 한 걸음…….

"하!"

다리를 축으로 삼아 반 바퀴 돌려 베었다. 순간 눈앞에 언뜻 붉은 빛이 튀는 듯했다. 이상할 정도로 손쉽게 베어졌다. 검을 내리고서야 무엇인지 알아보았을 정도로. 누군가의 허벅다리였다. 거구의 사내가 맥없이 무너지는 것이 보였다.

소리를 듣기라도 한 듯 또 다른 자가 안개 속에서 튀어나왔다. 얼굴을 알아볼 겨를도 없이 다짜고짜 검을 휘둘렀다. 어딜 베었는지도 몰랐다. 쿵, 소리와 함께 사내가 나뒹굴었다. 쓰러진 두 명을 보며 나는 망연해졌다. 어떻게 된 거지? 왜 이렇게 쉽게…… 그래, 내 검에서 불꽃이 올랐어!

깊이 생각할 시간이 없었다. 나는 두 사내 중 하나를 멱살을 쥐고 일으켜 세웠다.

"누구냐!"

대꾸가 없었다. 죽을 상처는 아니라고 생각했는데 의식이 없는 듯했다. 이것도 불꽃 탓인가? 어쨌든 그 자를 놓아버리고 곧장 선장실로 달렸다. 문고리를 잡아 돌리려는 순간이었다.

쿠콰쾅!

배가 뭔가에 부딪쳤나? 갑판이 한쪽으로 크게 기울면서 바닥의 물건들이 일제히 굴렀다. 내 몸도 한쪽 벽에 처박혀 버렸다. 하필 모서리에 어깨를 부딪쳐 정신이 오락가락 할 지경이다. 간신히 비척대며 일어나 문고리에 매달렸다. 그런데 그 문이 대뜸 열어젖혀지는 바람에 이번에는 문 뒤로 나자빠졌다.

"무슨 일이냐!"

아티유 선장이었다. 낮과 똑같은 차림인 걸 보니 잠자리에 들지도 않았던 모양이다. 그는 나를 보더니 깜짝 놀라 손을 내밀었다. 나는 급히 소리쳤다.

"침입자가 있습니다! 옆에 낯선 배가 붙어 있어요! 망보던 선원들이 모두 당한 것 같습니다. 제가 둘을 해치웠지만 다른 놈이 있을지 모릅니다. 서둘러야 해요!"

선장은 즉시 선실로 뛰어 들어가더니 검을 들고 돌아왔다. 그가 제대로 무기를 쥔 모습은 처음 본다. 얼굴에도 긴장감이 역력했다.

"선주님들을 깨워 주겠나? 상황도 설명해 드리게. 선원들도 보이는 대로 갑판에 집합하도록 전해 주고. 나는 항해사들을 데리러 갈 테니까."

"그럽시다!"

승강구 앞으로 달려가자마자 문이 걷어 채이다시피 열리는 것이 보였다. 유리카였다.

"무슨 일이지?"

유리카는 물론이고 엘다렌과 나르디 역시 내가 찾으러 갈 필요는 없었다. 나는 배 곳곳에 흩어져 자는 선원들을 집합시키려고 궁리하다가 좋은 생각을 해냈다. 구조 요청할 때 쓰는 대형 횃불대를 뽑아 들고 유리카의 도움을 받아 기름을 부어넣은 후 불을 당겼다. 갑판 한가운데 커다란 횃불이 올랐다.

"뭐야, 무슨 일이야?"

"해적인가?"

배가 기울어지는 바람에 한바탕 굴러 대부분 깨어났던 선원들이 횃불을 보고 갑판으로 몰려나왔다. 깔끔하게 집합됐다. 하지만 적들도 만만찮게 빨랐다. 곳곳에 그림자들이 어른대는 가운데 항해사들이 나타나 소리를 질렀다.

"모두 검을 잡아라!"

"적이다! 정신들 차려!"

스트라엘, 바스케스, 피논 세 사람을 거느리고 선 아티유 선장은 이윽고 상갑판 위로 올라가 검을 뽑아들었다. 우렁찬 외침이 울렸다.

"건방진 해적 놈들에게 본때를 보여주어라!"

1등 항해사 스트라엘은 냉정하고 효율적인 사람이다. 그는 우왕좌왕하고 있는 선원들을 보더니 한가운데로 달려 들어가 몇 명인가를 잡아 흔들고, 발로 무릎을 걷어찼다. 그리고 고참들을 찾아내어 휘하 지휘를 제대로 하라고 정신이 번쩍 나도록 고함쳤다.

"제정신도 못 차리고 당했다는 소리를 듣고 싶나!"

나는 선원들 틈에서 벗어나 낯선 배가 다가온 쪽을 주시했다. 아까 배를 들이받았던 게 틀림없는데 또다시 그럴 생각일까?

예상은 어긋났다. 갑자기 눈을 찌르는 광채가 바다 속에서 솟아올랐다. 황급히 팔로 눈을 가리다가 다시 보니 그건 상대방 배에서 밝힌 횃불이었다. 고작 횃불이냐고? 하나가 아니다. 배 전체에서 횃불 수십 개가 약속이나 한 듯 동시에 솟았다. 동시에 무시무시한 광경이 떠올랐다. 완전 무장을 갖춘 기백 명의 병사들이 똑바로 서서 우리를 노려보고 있었던 것이다.

"저, 저건 뭐야?"

스트라엘의 노력으로 정신을 차렸던 선원들은 눈앞에 불쑥 나타난 위협적인 광경에 도로 숨이 넘어갈 것처럼 놀랐다. 불그레한 빛으로 휩싸인 병사들은 흡사 바다 속에서 솟아난 유령처럼 보였다.

"던져라!"

날카로운 고함과 함께 밧줄 달린 갈고리들이 날아들었다. 육중한 쇠 갈고리가 뱃전을 긁는 소리가 섬뜩했다. 곧 두 배는 물 위의 성처럼 연결되었다. 이어 커다란 널빤지 두 개가 밀려오는 것이 보였다. 뱃전을 부술 듯 요란한 소리와 함께 떨어지더니 널빤지 끝에 붙은 갈고리가 이쪽 뱃전을 억세게 움켜잡았다.

"가라!"

적병들이 뛰어내려 널빤지 다리로 달려드는 것이 보였다. 모두 순식간에 벌어진 일이었다. 우리 선원들 중에는 정신을 차리고 검을 뽑아든 자도 있었지만 대부분은 한쪽 구석으로 우르르 몰렸다. 싸워보기도 전에 불리한 꼴이었다.

널빤지로 올라온 병사들은 곧 우리 배에 내릴 기세였다. 이대로 둘 순 없는데…….

"파비안, 가자!"

유리카도 나하고 똑같은 생각을 했던 모양이다. 우리는 널빤지 양쪽으로 한달음에 뛰었다. 첫 번째로 건너온 적은 손이 빠른 유리카 차지였다. 날카로운 검광이 허공을 그었다.

"하!"

갑옷으로 감싼 곳을 피해 턱 아래를 그었다. 붉은 피가 물줄기처럼 솟았다. 유리카가 검을 거두어 꽂는 데는 눈 몇 번 깜빡일 시간도 필요 없었다. 나라고 질 순 없지.

"어딜!"

다른 널빤지로 올라선 병사를 아래에서 위로 올려쳤다. 놈이 높은 곳에 있으니 말이다. 내 검은 엄청난 타력으로 놈의 턱을 부쉈다.

"……."

이상하게도 놈들은 비명을 지르지 않았다. 둘 다 푹 고꾸라지더니 비슷한 동작으로 비척거리며 갑판으로 떨어졌다. 선원들 속에서 환성이 일었다. 동시에 건너오던 쪽에서는 주춤했다. 이 틈을 놓치면 바보지.

"건너오기만 하면 모조리 이 꼴이 될 거다!"

나는 소리를 지르면서도 저들이 누굴까에 대한 추리를 그치지 않았다. 설마 그들일까?

"거기 있었군!"

내 목소리를 알아들은 사람은 적만이 아니었다. 어디선가 뛰어내린 나르디가 내 옆으로 달려와 서며 검을 뽑아들었다. 엘다렌은? 나르디가 손가락질하는 곳을 보니 아티유 선장과 함께 선 것이 보였다.

"별것 아닌 놈들이다! 모두 무기를 잡아라!"

아티유 선장이 침착하게 외치자 선원들도 드디어 무기를 제대로 고쳐 쥐었다. 그중 10여 명이나 널빤지 앞으로 뛰어나오는 바람에 나와 유리카, 나르디는 한 편한테 포위당한 모양새가 됐다. 그 사이 바스케스와 피논은 직속 선원들을 중심으로 갑판에서 부대를 짰다. 제대로 된 부대라고 할 수야 없겠지만 임무가 나눠지자 자연히 전열도 정돈되었다.

하지만 적은 진짜 병사들이었다. 항해 말고 전투를 위해 배를 탄 자들 말이다.

"상대는 선원 나부랭이뿐이다! 가라!"

여럿이 건너오기 시작하니 하나씩 막는 방법은 소용없게 되었다. 어쩔 수 없이 물러나자 선원들이 뒤를 초승달 모양으로 둘러쌌다. 유리카가 나직이 말했다.

"저들은 해적이 아냐. 정규 군인의 장비라고."

"대체 왜 우릴 노리지?"

"내가 그걸 안다면…… 에잇!"

더 이야기하고 있을 틈이 없었다. 달려든 적들을 하나씩 맡기 시작하자 반원은 순식간에 흐트러졌다. 선원들은 제대로 훈련된 병사들의 적수가 못 되었다. 열 중 다섯도 제대로 싸우지 못했다. 이미 선원 몇은 피를 뿜으며 갑판에 쓰러져갔다. 점점 화가 치밀어 올랐다. 왜 이런 일이 벌어져야 해? 환호성을 지르며 기쁜 마음으로 고용됐던 그들이 왜 여기서 피를 흘려야 하냐고!

반원 형태가 완전히 무너지기 전에 스트라엘이 이끄는 선원들이 다시 반원을 보강했다. 스트라엘 휘하의 선원들은 몸집도 크거니와 다른 선원들과는 한결 다른 솜씨로 검을 다뤘다. 아티유 선장과 함께 와서 가장 먼저 고용되었던 선원들이다.

하지만 그들이 주위에 있다 보니 내 큰 검을 마음껏 휘두를 수가 없었다. 내게 달려들었던 병사를 최소한의 동작으로 겨우 베어 쓰러뜨린 뒤 외쳤다.

"모두 내 곁에서 비켜서요!"

손가락이 떨리도록 검을 움켜쥐며 기억을 끌어내려 했다. 분명 조금 전 불꽃을 보았었다. 완성됐든 안 됐든 중요한 게 아니다. 지금이 아니면 대체 언제? 지금보다 더 필요한 때 따위가 있겠느냐고!

검을 높이 쳐들었다가 대각선으로 휘둘러 내리찍었다. 갑판 바닥의 나뭇조각이 튀는가 싶은 순간 눈앞이 아찔해졌다.

"아……."

갑자기 검이 가벼워진 기분이다. 한 바퀴 돌리자마자 눈앞의 적의 투구를 부수고 어깨 가리개를 우그러뜨렸다. 뒤로 펄쩍 물러나며 상대의 검을 걷어차고, 다시 내 검을 낮게 휘둘러 다른 적의 다리를 긋고 무릎을 부숴 놓았다. 힘이 채 가시지 않은 내 검은 나무 상자를 반쯤 부수고서야 겨우 멈췄다.

어느새 주위의 사물이 느리게 춤을 추는 것 같다. 열기 때문에 눈이 흐려진 건가? 검에 닿는 것이 모조리 부서져나간다. 무기, 팔다리, 갑옷…….

"아!"

갑자기 눈앞이 맑아졌다. 내 주위에는 널찍한 원이 생겨나 있었다. 엉망이 된 적병의 잔해와 함께. 불꽃의 잔상만이 머릿속에 뚜렷했다.

"조심해!"

누군가가 갑판을 미끄러져오며 다리를 노렸던 것 같다. 겨우 중심을 잡았지만 돌아볼 겨를이 없었다. 그자를 막은 것은 나르디였다.

"타츠!"

나르디의 검이 갑판에 내리꽂혔다. 상대방의 발등과 함께.

곧 우리는 등을 맞대며 섰다. 그제야 주위를 둘러볼 틈이 생겼다. 횃불로 휘황한 밤바다가 술 취한 밤의 꿈처럼 흔들거린다. 곳곳이 아수라장이었다. 적도 한편도 알아보기 힘들다. 엘다렌도, 아티유 선장도, 유리카도 어디에 있는지 보이지 않았다. 대신 눈에 띈 것은 무장이 한층 훌륭한 것이 지휘관처럼 보이는 두 사내였다. 저들을 해치우면 틀림없이 유리해지겠지?

"비켜!"

다가가는 것은 쉽지 않았다. 병사 둘의 창을 튕겨냈지만 다른 창 둘이 곧 달려들었다. 칼레시아드의 힘은 어느새 사라져버렸다. 이래서야 조절하는 것도 까마득한 얘기겠다.

검이 도로 무겁게 느껴지는 것도 곤란한 노릇이었다. 겨우겨우 팔에 탄력을 주어 가며 창을 날려 보내고 적의 발등을 찍었다. 한데 그러는 사이 대장 같던 놈들은 사라져버렸다.

나는 나르디를 돌아봤다.

"유리는? 다들 어디 갔어?"

"난들 알겠나. 살필 경황이 없었네."

"조금 전에 대장 같던 놈 봤지?"

"노릴까?"

대답은 필요 없었다. 우리는 호흡을 맞춰 진로를 뚫기 시작했다. 이제 병사들은 갑판에 천지다. 시야를 확보하려면 위로 올라가는 것이 최고였다. 겨우 상갑판 위로 뛰어올랐는데 그 위에도 적이 있었다. 우리는 동시에 뛰어들며 나는 다리를, 나르디는 검을 든 손을 날려 보냈다. 상황이 종료되자 갑판 아래를 내려다봤다.

"이것 참……."

방금 전까지 고요히 항해하던 배의 갑판이라고는 믿을 수 없을 지경이다. 피와 바닷물이 섞여 흐르고 짐짝과 시체가 함께 나뒹굴었다. 쓰러진 자가 몇인지, 어느 쪽이 우세한지 아무것도 가려낼 수가 없었다.

바람이 불지 않아선지 갈고리 연결은 아직 튼튼해 보였다. 수평선에 선 해가 뜨려는 참이었다.

"저쪽."

나르디가 검 끝으로 가리키는 쪽을 보니 대장 같던 놈이 막 우리 선원 하나를 넘어뜨린 참이었다. 이어 검을 쳐드는데 선원이 겨우 몸을 비틀며 피하는 것이 보였다. 분통이 터졌다.

"저놈이 어디서!"

당장 쫓아 내려가려는데 나르디가 더 빨랐다. 난간을 짚고 몸을 솟구쳐 뛰어내리더니 어느새 적의 투구 깃을 잘라버리고 안면 가리개 틈에 검을 찔러 넣었다. 결판이야 아직 안 났지만 저 자식이라면 걱정할 필요가 없다. 다음 순간 상갑판 위로 새로운 적이 뛰어올라와 나도 아래를 살필 겨를이 없었다.

"하!"

유리한 위치를 이용해 투구를 날려버린 것까지는 좋았는데 목까지 베어버릴 뻔하다가 간신히 멈췄다. 가끔 검이 제멋대로 움직여 사람을 죽여 버릴 것 같은 때가 있다. 이게 검 탓인지 내 탓인지도 잘 모르겠다.

다시 다가오는 적을 힘껏 걷어차 버리고 검을 위협적으로 휘둘러 댔더니 병사들도 섣불리 덤비지 못하는 모습이었다. 나는 내려갈 길을 눈으로 더듬어보고는 갑판 아래도 재빨리 훑었다. 나르디 녀석은 있었지만 유리카는 여전히 보이지 않았다. 그럴 리 없겠지만…… 혹시 다치기라도 한 건 아니겠지?

그 순간, 창 한 자루가 옆구리를 노리며 날아들었다. 잠깐 다른 생각을 하는 사이에 하마터면 그대로 꿰뚫릴 뻔했다. 아슬아슬하게 한 걸음 내딛자마자 창이 바닥과 난간 틈을 찢으며 꽂혔다. 중심을 채 잡기도 전에 반대쪽 옆구리로 파고드는 검이 있었다.

"흐읍!"

반 바퀴 돌아 피하는 동안 내 검이 난간을 두 개나 부숴버렸다. 에제키엘의 장화 덕택에 창날을 밟고도 아무 상처도 입지 않은 것이 천만다행이다. 난간을 등지고 서자마자 상대를 알아볼 틈도 없이 검을 내려베었다. 그런데 상대는 달려들던 걸음을 재빨리 멈추고 몸을 젖혀 내 검을 보기 좋게 피했다.

눈이 마주쳤다. 병사가 아니다. 대장 같던 둘 중 하나도 아니다. 다만 가슴에 무슨 문장인가가 새겨진 휘장이 보였다. 정식 기사겠지만 몸집은 나보다 작다. 투구로 가려져 얼굴은 보이지 않았다.

그와 나는 말없이 검을 겨누었다. 저 아래 병사들이 언제든지 뛰어올라올 자세였다. 만만찮은 놈 같지만 지체할 순 없다.

"하압!"

내 검이 먼저 반원을 그리며 움직였다. 놈의 다리가 가볍게 반대로 돌더니 세이버(saber)로 보이는 검이 내 머리를 노리고 사납게 달려들었다.

"흡!"

오른쪽으로 머리를 피하며 몸을 뺐다. 순식간에 그와 나는 자리를 바꿔 반쯤 빙글 돌았다. 내가 바깥쪽, 그가 안쪽이 되었다.

"……."

나와는 달리 숨소리도 내지 않는 느낌이다. 그와 나는 잠시 도사린 채 서로를 노려봤다. 그 자의 등 뒤로 붉은 새벽빛이 번져 있었다. 그 속에서 투구의 흰 술이 유난히 또렷해 뵌다.

"덤벼!"

내 말대로 해 주겠다는 것처럼 세이버의 날이 다시 목을 노리며 육박해 왔다. 매 순간 치명상을 입힐 곳만을 잘도 찾아낸다.

"차!"

무거운 검을 재빨리 올려 막아내자 허리가 뻐근하게 아파왔다. 조금 전부터 계속된 전투의 영향도 있을 것이다. 하지만 제대로 맞닥뜨리기만 한다면 놈의 검을 부러뜨리는 것쯤은 쉽다. 실력으로 상대도 안 될 아버지의 검을 부러뜨렸을 때, 그 검도 역시 세이버였으니까.

맞부딪친 검을 그대로 밀어붙였다. 힘에서 밀려 두 걸음이나 물러나고 만 놈은 검을 홱 내뿌리며 갑자기 알아들을 수 없는 괴성을 질렀다. 저도 모르게 흠칫했다. 가슴속에서 끓어올라온 듯 섬뜩한 외침이다. 알아들을 수 없다. 알아들은 것은 단 하나, 응어리진 증오뿐이다. 대체 왜?

빨려들 듯 검이 다가왔다. 한결 빠르다. 그리고 감정적이다. 감정이 격해진 상대를 제압하는 법이라면 배운 일이 있다. 아직은 입 밖에 낼 수 없는 사람으로부터……. 나는 그의 공격이 코앞까지 오도록 기다렸다가 마지막 순간 슬쩍 몸을 비켰다. 이어 위치를 바꾸고는 다시 공격

해보라는 것처럼 웃었다.

"크윽……."

숨소리가 커졌다. 같은 방식으로 한 차례 더 피하자 놈의 검 끝이 부들부들 떨리는 것이 보였다.

"이건 어때!"

다시 다가온 검을 도사렸던 내 검으로 힘껏 쳐 올려 밀어붙였다. 이어 탄력을 이용하여 검을 재빨리 내렸다가 비어 있는 가슴을 푹 찔렀다. 상대는 밀려올라갔던 검을 빠르게 내려 대처하지 못했다.

"프읍!"

내 검은 놈의 가슴가리개를 우그러뜨리고 사슬 옷마저 뚫었다. 상처까진 입히지 못했다. 그러나 그는 충격으로 비틀거리며 허리를 꺾더니 몸을 심하게 떨었다. 입가에서 피 섞인 침이 흘러나왔다. 실력에 비해 몸은 버티지 못하는 건가 하는 생각이 머리를 스쳤다.

나는 검을 올렸으나 결국 녀석을 찌르는 대신 투구 끈을 잘라버렸다. 어쩐지 그의 얼굴을 먼저 봐두어야 할 것 같았다. 막 투구를 벗기려는 순간이었다.

"멈춰!"

붉은 술 달린 투구를 쓴 기사가 계단을 뛰어올라오며 자세를 잡을 겨를도 없이 검을 내찔렀다. 나는 투구를 놓치고 재빨리 뒤로 물러났다. 이어 피로 더러워진 흰 망토의 기사 하나도 뛰어들어 내 앞을 막았다. 나와 싸우던 자를 구하러 온 것이 틀림없었다. 이 자는 중요한 인물인가?

"멈출 테면 멈춰 보시지!"

내 검이 붉은 술 투구를 쓴 기사의 옆구리를 찌르며 뻗어나갔다. 갑옷 일부가 끊어져 너덜거리고 피가 흘렀다. 이어 흰 망토 기사를 부서진 난간으로 밀어붙였다가 다리를 걷어찼다. 그는 중심을 잃고 상갑판 아래로 떨어졌으나 돛줄을 겨우 붙드는 모습이었다. 나는 도로 몸을 돌렸다. 새로 나타난 기사들도 몸집이 그리 크지 않다는 점에 생각이 미쳤다.

상처를 입은 붉은 술의 기사는 헐떡거렸으나 물러서려 하지는 않았다. 오히려 맨 처음의 기사를 계단 쪽으로 밀어붙여 보호하면서 떨리는 검을 내게 겨눴다. 아직도 그들의 정체를 모른다는 생각에 답답한 마음이 치밀어 올랐다.

"너희는 대체 누구야!"

내 검이 마주선 기사의 목을 향해 날아갔다. 다음 순간 나도 내 손을 멈추려 했지만 이미 그러기에는 늦었다. 지르르 떨리는 감각이 팔을 휘감았다.

그러나 정신을 차려 보니 상황은 달랐다. 그자의 어깨에 기대어 있는 줄로만 알았던 처음의 기사가 마지막 기운을 짜내어 부하를 밀어제쳤고, 내 검이 내리친 것은 그의 흰 술 달린 투구였다. 그는 비틀거리며 한쪽 무릎을 꿇었다. 투구가 반으로 쪼개지며 굴렀다.

"……."

뺨을 때리는 바람, 밝아오는 여명, 그 속에서 나를 쏘아보는 옅푸른 눈동자는 적의로 가득했다. 모든 소음이 지워졌다. 낯설지만, 결코 낯설 수 없는 얼굴이 그곳에 있었다. 망연히 서로를 목격했다.

아니, 망연한 건 나뿐이었을지도 모른다. 그는 내가 누구인지 알고 있었을 테니. 그와 내가 나눠 가진 것, 똑같이 검푸른 머리를 처음부터 보았을 테니.

"너는……."

2. 기억의 폭풍

그 손을 나에게, 잠깐이라도 좋으니.

매끄러운 손톱, 흰 손등, 가녀린 손목. 연약한 피조물이 줄 수 있는 가장 큰 위안.

비가 오고 또, 오고 있어.

난폭한 폭풍이 몰아치고, 하늘은 캄캄해지고, 별은 내려올 것이고, 육지는 바다가 되겠지.

우린 모두 세상에서 추방당할 거야. 그렇게 영원히.

모든 것이 사라지고 나면 너와 나마저 없을까.

젖은 들과 세상을 메우는 비마저 없을까.

너와 나의 뺨을 적시는 물은 언젠가 바다의 일부가 되고

맞잡은 두 손은 흩어지고 녹아 흙이 되고

마주보던 눈빛은 지워지고 누구의 기억에도 없겠지.
사라진 것들, 되살아나지 않을 것들.

그러나 이 순간 나를 채우는 건
오직 충만한 현실감.
곧 사라질 것들을 느끼고 기억하려는 나는
"순간일지라도, 이렇듯, 살아 있다는 경이로운 감각 속에 있다."
내일 부서질 기억이라 해도 한 순간을 더 기억하겠어.
이토록 생동하는 생명에게 무엇이 불가능한 것일까.

기억하겠어?
나를 기억하겠어?
이제 수많은 시간의 터널을 지날 동안
고통조차 잊은 채 잠들어 있을 우리.
그러나 세계는 다시 눈꺼풀을 들고 새로운 생명들을 껴안는다.
자신을 잃어버린 생명들이 포도송이처럼 엉켜 매달려 있다.
그렇게 그 기억에 매달려 길고 긴 잠을 잘 거야.

이 진혼곡이 그치고
풀꽃으로 태어나 다시 하늘을 바라볼 때까지…….

– 기억 V

다 알겠다. 왜 싸움이 벌어졌는지, 그들이 누구를 쫓아왔는지.

어쩌면 내 안의 나는 처음부터 알고 있었던 것도 같다. 그래서 망설였을까. 그의 얼굴을 봐야겠다고 생각했을까. 그가 이렇게까지 해서 나를 죽이려 했음을 알아버린 순간에도 왜 내 검은 멈춰 있을까.

수십 년 같은 망설임 끝에 한 마디가 떨어졌다.

"하르얀."

"……."

대답하지 않는 그의 눈빛은 내 망설임 따위, 내가 부른 이름 따위, 내 용서 따위 모조리 바다 속에 처넣어버리겠다고 말하는 듯했다. 문득 분노가 치솟았다.

"정말 이런 식으로 끝내고 싶었던 거냐?

하르얀은 대답하지 않았다. 나 따위에게 할 대답은 없다는 것처럼. 나는 검을 들어 바닥에 늘어진 그의 망토를 찍었다. 그의 얼굴에 짧은 경련이 스쳤다.

"너라면 당장 했어야 할 행동을 내가 왜 망설일까? 넌 날 죽이려 했는데 내가 널 죽이면 안 되는 이유를 하나만 말해 봐라."

대답이 없자 이를 악물며 소리 질렀다.

"하나만!"

한참 만에, 그것도 바람 소리 같은 속삭임으로 그가 말했다.

"없어."

빌어먹을. 저 자식은 겁이 나면서도 결국 자존심이 더 강한 거다. 고집쟁이인 거다. 살려달라고 빌 줄도 모르는 놈인 거다. 죽긴 싫을 텐데도 아버지를 닮아 더 미운 내 얼굴을 보면 차마 그 말이 입에서 떨어지지 않는 놈인 거다. 정말이지…… 베르나르트가 말한 그대로다.

"넌 이유를 모를지 모르겠지만……."

말을 하면서도 입술이 비틀렸다. 나는 외아들로 자라서 형제를 갖는 심정 따위는 모른다. 형도, 동생도 없었다. 내게는 어머니뿐이었고 어머니는 이제 세상에 없다. 하나뿐이라 생각했던 핏줄을 잃었던 비통함은 잘 안다. 난 막지 못했다. 이제 내게는 아버지, 그리고 저 자식이 있을 뿐이다.

불안정한 새 관계를 끝장낼 수 있는 검이 내 손에 있었다. 나를 죽이려 한 동생 따위 죄책감 없이 죽여 버리고 아버지도 더 이상 보지 않으면 될지도 모른다. 그럴 수 있는 사람은 세상에 많으리라. 그런 결정을 비난할 사람이 오히려 적을지도 모르지.

하지만 결정하는 사람은 나다. 누구의 충고에 따르는 것도, 빚을 갚는 것도 아니다. 베르나르트와 한 약속과도 다르다. 그런 기회가 왔다면 난 약속을 지키려 했을 거다. 그런 기회보다도 죽고 죽일 기회가 먼저 왔다.

그런 기회가 올 날을 만들 수 있는 사람은 이 순간 나뿐이다. 아직은 한 번도…… 그 형제 노릇이라는 것을 해보지 못했기 때문에.

"난 우리가 처음 대면할 자리가 이따위 곳은 아니라고 생각한다."

망토에서 검을 뽑았다. 한 발짝 물러섰다.

"오늘 만난 것은 잊는 거다. 여긴 아니야. 아직은 우리가 만나지 않은 걸로 해 두자."

하르얀이 일어나 몇 걸음 물러나자 병사들이 그를 둘러싸며 시야를 가려버렸다. 내가 마지막으로 본 것은 적대감이 가시지 않은 그의 눈빛이었다. 하르얀을 둘러싼 무리는 상갑판을 내려가 사람들 틈으로 사라져버렸다.

머리가 어지럽다. 내가 옳은 일을 한 건지 판단할 수 없을 정도로. 시선을 바다로 돌리자 한층 밝아진 새벽빛 아래 젊은 정복자들호의 이름이 보였다. 조난될 위험조차 무시하고 돛도 배쌈도 청색으로 칠해 접근을 숨기는 데만 주력한 무모한 모습이 하르얀의 검푸른 머리, 그리고 옅푸른 눈과 언뜻 겹쳐졌다.

그때였다.

"죽어라!"

밧줄에 매달렸던 흰 망토의 기사가 어느새 올라온 것을 눈치채지 못했다. 상념이 머릿속을 어지럽게 한 탓에 나는 반사적으로 검을 돌렸을 뿐 방어에 집중하지 못했다. 힘의 균형이 어긋나며 왼쪽 팔꿈치가 꺾어졌다. 그 틈을 놓치지 않고 상대의 검이 내 어깨 쪽을 파고들었다.

"이카!"

순간 눈앞의 검이 주춤, 하고 떨리다가 바닥으로 떨어져 굴렀다. 기사의 몸이 쓰러지는 모습 너머로 익숙한 금빛 머리가 보였다. 이어 시미터가 기사의 갑옷 틈새에 푹 박혔다가 뽑혀 나왔다.

"괜찮은가?"

고개를 끄덕거리며 보니 나르디의 얼굴에 미소가 없었다. 싸움 도중에도 언제나 여유 있는 표정을 잃지 않던 그인데. 옷과 머리 곳곳에 피가 튀어 있었지만 움직임을 보니 자신의 피는 아닌 듯했다.

"너도 괜찮지?"

나르디는 대답하는 대신 반문했다.

"조금 전에 너와 대결하던 자는 누구지?"

보았나?

그때 쓰러진 기사가 부들부들 떨며 몸을 뒤채자 얼굴이 하늘을 향했다. 그의 시선은 나르디에게 박혀 있었다. 숨길 수 없는 경악감이 떠오르며 입술이 떨렸다.

"저, 저……."

나르디는 쓰러진 기사에게 일말의 관심도 보이지 않았다. 대신 내게 따라오라고 손짓하더니 뒤엉킨 사람들 속으로 뛰어들었다.

"컥……."

"읍!"

"살려……."

대중없이 찔러져 오는 칼과 창을 피하며 전진하기란 쉽지 않았다. 나르디는 시미터를 좌우로 휘둘러 사람들을 갈라놓고는 단숨에 달려나갔지만 나는 혹시라도 우리 선원이 다칠까 싶어 그럴 수가 없었다. 더구나 내 검 같은 물건을 함부로 휘둘렀다가 뒷일은 누가 책임지라고? 그런데 나르디가 왜 저렇게 서두르지?

"주, 죽이지 마라!"

마침 선원 하나를 찌르려 하는 병사와 맞닥뜨려 검을 쳐 걷어냈다. 비틀대는 병사의 어깨를 후려치다시피 밀쳐내고 살려낸 선원의 얼굴을 보니 데스덴이었다. 와락 반가운 심정이 치밀면서 동시에 유리카에 대한 걱정이 떠올랐다.

"살아 있네요! 유리카 못 봤어요?"

데스덴은 나를 알아보고 반색을 하며 검을 집어 들었다. 자기 몸을 지킬 기력은 남은 듯했다.

"프로첸 오베르뉴라면 아까 뒤쪽 돛대 앞에서……."

나는 고개를 번쩍 들고 고물 쪽을 살폈다. 주위가 어두워서 뒤엉킨 사람들을 식별하기가 어려웠다. 발에 걸리는 것을 되는대로 걷어차며 돛대밑으로 달려갔지만 유리카의 모습은 보이지 않았다.

"유리!"

이 소란 속에서 알아듣기도 쉽지 않겠지. 문득 머리카락이 얼굴을 매섭게 때리는 것을 느끼며 하늘을 올려다봤다. 날이 밝은지 꽤 됐는데 어찌된 셈인지 도로 어두워졌고 바람도 강해졌다. 걱정이 덜컥 가슴을 조였다.

사방을 두리번거리는 동안에도 적들은 쉴 새 없이 부딪쳐 왔다. 검을 흡사 몽둥이처럼 휘둘러대는 가운데 어디선가 은빛이 반짝 했다.

"기다려!"

나는 가로막던 적을 쳐 넘기고는 다른 검을 피해 몸을 날렸다. 순식간에 사람들 사이로 사라지는 빛과 어둠……. 주위가 왜 이렇게 컴컴하지?

ㄷㄷㄷㄷ…….

갑판 바닥이 떨리고 있었다. 두 배를 연결한 쇠사슬과 갈고리들이 한꺼번에 삐걱거렸다. 유리카를 보았던 쪽으로 달려가려 했지만 갑판이 그러도록 놔두지 않았다.

최악!

살아 있는 것 같은 파도가 한달음이나 뛰어올라 뱃전을 후려쳤다. 갑판이 춤추듯 뛰놀았다. 쇠고리 두 개가 순식간에 뱃전을 부수며 벗겨져 나갔다. 갑자기 바다가 미친 듯이 들끓었다. 아니, 갑자기가 아닐지도 모르겠다. 싸움에 정신이 팔려 날씨를 잠시 잊었던 것 아닐까?

간신히 비척이며 중심을 잡았지만 주위를 보니 많은 사람들이 넘어지거나 주저앉고 심지어는 굴렀다. 이 상황에는 적이고 아군이고 없었다.

"폭풍우인가?"

고개를 들고 보니 하르얀과 상갑판에서 대치하고 있을 때 밝아오던 수평선이 캄캄한 먹구름으로 가려져 있었다. 하늘은 비를 품은 보랏빛으로 변했다. 뺨에 와 닿는 대기에 물기가 흥건했다. 상황을 깨달은 사람들 사이로 혼란이 번져나갔다.

"먹구름이다!"

"밤이라서 어두운 것이 아니었나?"

"날이 밝고도 남을 시간인데!"

나는 중심을 잡으려 애쓰면서 갑판을 가로질러 널빤지가 연결된 쪽으로 다가갔다. 거기에 있던 유리카는 찾지 못했지만 아까 놓쳤던 나르디가 서 있는 것이 눈에 들어왔다.

"나르……."

말을 걸려 하는데 분위기가 심상치 않다. 나르디는 검을 든 손을 늘어뜨린 채 저쪽 배를 바라보고 있었다. 꼿꼿이 서 있긴 했지만 누가 갑자기 달려들어 찌르기라도 한다면 무방비나 다름없었다. 내가 다가가는데도 눈치채는 기색이 아니었다. 뭘 보고 있지?

나르디가 보는 쪽으로 고개를 돌리자 널빤지 위를 건너가고 있는 세 기사가 보였다. 저건…….

그러나 내 생각조차 앞질러, 나는 귀를 의심할 수밖에 없는 외침을 들었다.

"하르얀, 너!"

그 순간 뺨이 아플 정도로 거센 바람이 갑판을 휘감았다. 나르디의 이마에서 금빛 머리카락이 타닥거리며 날렸다. 그러나 시선은 흔들리지 않았다. 그는 검을 쥔 손을 들어 상대를 가리켰다. 피투성이 옷에 시미터 하나만 든 초라한 소년의 입에서 믿을 수 없을 정도로 오만한 목소리가 터져 나왔다.

"이게 무슨 짓이냐?"

뒤를 돌아본 하르얀의 얼굴은 내가 벗겨버린 투구 때문에 아주 잘 보였다. 당혹감이 생생했다. 숫제 그 자리에 얼어붙었다.

나르디의 옆얼굴은 조각상처럼 단정하게 굳어져 있었다. 치켜 뜬 눈썹은 가장 위엄 있어 보일 때의 엘다렌을 연상케 했다. 어떻게 그렇게 보일 수 있는 건지 이해가 되지 않지만 말이다. 그에 비하면 하르얀은 나르디가 가리킨 검에 실제로 찔리기라도 한 것처럼 보였다.

두 사람이 멈춰 있는 동안에도 바다는 계속해서 일어났다.

"우와!"

"저, 저 파도를 봐라!"

갑판은 새로운 혼란에 휩싸였다. 병사들은 저들의 배로 돌아가려고 서둘렀고 살아남은 선원들은 배 곳곳으로 달려갔다. 비틀거리다가 다시 하르얀을 돌아보니 이미 자취를 감춘 후였다. 나르디 또한 사라지고 없었다. 널빤지만이 남아 금방이라도 떨어질 것처럼 세차게 흔들리고 있었다.

파도는 왕성의 도개교처럼 높이 솟아올랐다가 엄청난 속도로 배를 내리쳤다. 바다가 언제 이 꼴이 돼버린 건지 기억할 수가 없었다. 아무도 본 사람이 없을지도 모른다.

"사슬을 끊어라!"

두 배가 연결된 탓에 양쪽 배 모두 파도에 저항하는 꼴이 되어 심하게 휘청거리고 있었다. 빨리 연결을 끊어야 했지만 병사들은 어떻게든 그 전에 자기 배로 건너가려고 기를 썼다. 모두를 위해 준비된 재앙이 몰려오는 가운데 널빤지 앞에서는 눈앞의 안전을 놓고 피보라가 튀었다.

선원들도, 병사들도 뜻을 이루지 못했다. 파도만이 뜻대로 달려들어 갈고리를 무기 삼아 뱃전을 쥐어뜯었다. 흡사 맹수의 이빨을 가진 꼴이었다. 이렇게 가다가 양쪽 다 침몰하는 것은 시간문제였다.

"이놈들이, 모조리 죽고 싶엇!"

2등 항해사 바스케스가 어디선가 튀어나와 널빤지를 향해 달려들었다. 그는 거한이었고 성격도 불같았기 때문에 순식간에 몇 명인가의 병사들이 바다 속에 내던져졌다. 갑옷을 입고 저런 파도 속에 빠지다니

살아날 가망은 없겠다. 이어 바스케스는 갈고리를 풀어내려 했지만 그라 해도 혼자 힘으로는 어림없었다.

"같이 합시다!"

나는 바스케스 옆으로 달려가 검으로 뱃전을 내리찍었다. 강철로 만든 쇠고리가 잘라질 리는 없고 한둘의 힘으로 고리를 빼내기도 힘드니 뱃전을 잘라내는 것이 제일 나은 방법이었다. 나를 돌아본 바스케스가 반갑게 외쳤다.

"살아 있었군!"

오늘은 저 말이 아침 인사로군.

그와 내가 번갈아 검으로 찍어내어 간신히 뱃전 일부를 잘라내고 갈고리 한 개를 풀어냈다. 그러는 중에도 몇 번이나 뱃전을 부여잡고 갑판에 주저앉아야 했다. 이런 식으로 갈고리들을 떼어내다가는 뱃전을 모조리 부숴야 할 판이다.

다행히 구원자가 나타났다. 말없이 팔 아래로 불쑥 내민 머리를 보니 그를 만난 이래 가장 반가운 심정이었다.

"엘다렌! 살아…… 아니, 잘 왔어요!"

엘다렌이 죽는다니, 왠지 말이 안 되는 것 같아 나는 아침인사를 정정했다. 엘다렌도 피투성이였지만 크게 다친 곳은 없어 보였다. 그는 갈고리를 노려보더니 우리에게 물러나라고 손짓했다. 이어 자기도 약간 물러났다가 대뜸 달려들며 도끼로 고리를 내리찍었다.

쿠캉!

파도만 아니었다면 더 엄청난 소리였을 게 틀림없었다. 엘다렌의 도끼질 한 번에 갈고리는 놀랄 만큼 깨끗하게 잘려 나갔다. 바스케스가 반쯤 얼이 빠진 얼굴로 엘다렌을 봤다. 나는 감탄해서 소리쳤다.

"멋진데요!"

그리고 즉시 다음 고리를 가리켜 보였다. 엘다렌은 도끼를 들어 올리며 한마디 했다.

"고물 앞 승강구에 유리가 있다."

내가 바로 몸을 돌려 고물로 달렸음은 말할 것도 없었다. 아니, 달린다고는 하지만 쓰러지지 않고 가는 것만으로도 달린다고 해야 할 판이다. 살아 있는 선원들은 요동을 버티려고 배 곳곳을 부여잡았다. 이미 그럴 수 없는 사람들은 갑판 위를 굴러다녔다. 핏자국이 어지럽던 갑판은 어느새 물바다로 변해 있었다.

"유리!"

은빛 머리가 화살 맞은 새처럼 승강구 옆에 맥없이 늘어져 있었다. 구르고 넘어지면서 달려가 안아 일으켰다. 머리를 무릎 위에 올려놓고 뺨을 만졌다. 다행히 유리카는 눈을 뜨고 있었다. 나를 올려다보더니 빙그레 웃어 보였다.

급한 나머지 말이 제대로 나오지 않았다.

"그, 이런, 너, 너는……."

"이 상황에서 뭐가 좋다고 웃냐고?"

아아…… 목소리는 그대로구나.

너무 기쁜 나머지 그만 왈칵 끌어안아 버렸다. 물론 다음 순간 내 옷이 핏물로 흠뻑 젖은 것을 깨닫고 놓으려 했다. 그런데 유리카가 내 옷

깃을 잡고 놓지 않았다.

"잠깐만……."

배가 기울어졌다. 커다란 삼각파도가 머리에 차가운 바닷물을 흠뻑 씌워 우리는 둘 다 같은 꼴이 되었다.

"심장 소리를 들으니 기분이 좋은걸."

내 가슴에 얼굴을 묻고 있던 유리카가 고개를 들며 환하게 웃었다. 그 얼굴을 보니 아무 말도 생각나지 않았다.

"다…… 쳤어?"

유리카는 고개를 저으며 다리를 가리켰다.

"어떤 놈이 무식하게 장화발로 무릎을 걷어차지 뭐야. 잠깐 마비가 온 것 같았는데 이젠 괜찮아."

하지만 유리카는 몸을 일으키려다가 다시 비틀거렸다. 내가 뭐라고 말하기도 전에 그녀가 재빨리 말했다.

"괜찮다니까."

이 상황에서 고집은.

나는 장갑을 벗어 유리카에게 쥐어 준 다음 다리를 주물러 주었다. 참, 폭풍이 몰려와서 어떻게 될지도 모르는 상황에 이런 모습이라니 태평하기도 하구나.

"어서 돛을 내려라! 돛을 내려야 한다!"

날카로운 외침이 감상을 깨뜨렸다. 스트라엘이다. 그도 살아 있었구나. 금발이 흠뻑 젖은 그는 고물 위에서 펄쩍 뛰어내리더니 선원들에게 목청껏 소리쳤다.

"광풍이 온다! 얼른 돛을 내리지 않으면 끝장이다!"

시즈카!

고개를 번쩍 들고 주위를 살폈다. 제자리를 잡지 못하던 선원들이 용수철처럼 튀어 일어서는 것이 보였다.

"시, 시즈카, 시즈카라고?"

"시즈카……. 이제 끝장이야……."

"시, 시, 시즈카가 온다아!"

어느새 바람은 남풍이었다. 맹렬하다. 맵기가 칼날로 후려갈기는 것 같다.

시즈카!

그 한 마디는 선원들 사이에서 마법 같은 효력을 발휘했다. 어디에 쓰러져 있었는지 모를 사람들이 주 돛대 앞으로 달려 나왔다. 돛은 두려울 정도로 커다랗게 부풀어 있었다. 서로 연결된 두 척의 배는 미친 듯이 바다 위를 질주했다.

"연결은 끊었나!"

스트라엘이 반쯤 악을 썼다. 나는 벌떡 일어나 장갑을 낚아채어 끼고는 유리카를 번쩍 안아 들어올렸다. 똑바로 걸을 수도 없지만 어떻게든 다리가 아픈 유리카를 선실 안에 데려다 놓아야 했다.

"내, 내려놔……."

"잔소리하지 마."

몇 걸음 걷기도 전에 비스듬하게 솟아오르기 시작한 갑판 때문에 세 걸음은 앞으로 미끄러졌다. 차라리 이쪽이 낫겠다. 나는 갑판의 기울기를 이용해서 몸을 선실 쪽으로 미끄러뜨렸다. 바닥에 흥건한 물 때문에 중심을 잡기가 무섭게 미끄러졌다.

"발 조심해!"

나는 다리를 오므렸다가 재빨리 벽을 걷어차며 정확히 선실 앞에서 멈췄다. 에제키엘의 장화는 역시 좋군. 충격을 느낄 수가 없어.

"어서 들어가!"

승강구를 당겨 열고는 유리카를 안으로 밀어 넣었다. 그녀가 넘어지다시피 안으로 들어가고 나자 승강구 문을 닫아 버렸다. 그리고 문짝을 한 번 세게 두드리며 외쳤다.

"나올 생각 하지 마! 거기 그대로 있어!"

바람이 이음매 없이 둥글둥글하다면 시즈카는 모서리가 있는 것 같다. 거친 돌처럼, 정처럼, 끌처럼, 피부를 뼛속까지 깎아내려는 듯했다. 갑판은 일부러 청소한 것처럼 휑하다. 쓸려갈 만한 것은 다 파도에 쓸려가고 없었다. 뱃전에서는 엘다렌이 마지막 사슬을 잘라내려는 참이었다. 나는 목청을 돋워 외쳤다.

"조심해요! 연결이 끊어지면 흔들릴 테니까!"

타앙!

연결이 끊어지자마자 젊은 정복자들호는 순식간에 두 개나 되는 파도를 타고 넘었다. 우리 배는 반대쪽으로 뒤집힐 듯 요동쳤다. 뱃전에 섰던 사람들이 모조리 넘어져 굴렀다. 파도가 무너지는 지붕처럼 그 위를 덮쳤다. 그 여파로 사람 몇 명, 또는 시체 몇 구가 바다로 떨어졌다. 간신히 밧줄 하나를 부여잡았지만 나도 떨어질 뻔했다. 이 와중에 누가 물에 빠진다고 구해 줄 여유가 있는 사람은 아무도 없었다. 잠깐 만에 젊은 정복자들호는 어두운 물결 너머로 사라져 버렸다.

"돛을 내려! 주돛부터!"

어느새 일어난 스트라엘이 직접 주돛대 앞으로 달려갔다. 그러나 그보다 빨리 도착한 사람이 있었다.

"이걸 내리란 겁니까?"

나르디는 벌써 줄사다리를 타는 중이었다. 다른 선원들도 달려왔지만 선뜻 따라 올라가지 못하고 위만 올려다보았다. 나르디는 천지가 뒤집힐 듯 흔들리는 와중에도 솜씨 있게 위로 올라갔다.

"돛의 밧줄을 끊어라!"

스트라엘이 손나팔을 하고 소리치다가 다시 흔들린 갑판 때문에 비틀대며 주저앉았다. 나는 이상하다는 생각이 들었다. 아티유 선장은 어디로 가고 스트라엘이 지휘를 하는 거지? 나는 뱃전을 잡으며 다가가 외쳤다.

"선장님은요?"

스트라엘은 내 얼굴을 쳐다보더니 고개를 저었다. 정말 무슨 일이 일어나기라도 한 건가?

내가 다그쳐 물으려는데 갑자기 선원들 사이에서 환호성이 일었다. 나르디가 단검으로 밧줄을 끊어버리자 맨 아래쪽 활대에 걸린 돛이 축 늘어졌다. 배가 너무 흔들려서 나르디의 얼굴은 잘 보이지 않았다.

"잘했어!"

내가 손뼉을 치는데 누군가가 어깨를 잡았다. 엘다렌이었다. 나는 즉시 물었다.

"선장님한테 무슨 일 생긴 거 아니죠?"

그는 고개를 한 번 저어 보이고는 말했다.

"돛부터 내리자."

궁금증이 완전히 풀리지 않았지만 일단 앞 돛대로 접근했다. 바람을 안은 돛이 어두컴컴한 하늘 가운데 기괴하게 부풀어 있었다. 나르디처럼 직접 올라가는 것 말고 저걸 내릴 방법이 없을까?

침을 꿀꺽 삼키고는 주돛 쪽을 돌아봤다. 나르디는 더 높은 활대로 올라가 이젠 모습조차 알아보기 힘들었다. 말도 못하게 위태로워 보인다. 배가 이렇게 미친 듯이 날뛰는데 저걸 배짱 좋다고 해야 할지 돌았다고 해야 할지 모르겠다. 아니, 어느 쪽이든 상관없지. 난 안전한 방법이 좋거든.

"여기서 뭔가 던져서 저걸 끊을 수 있을까요? 바람이 강해서 단검은 나르디 솜씨라 해도 안 될 테고, 검도 마땅치 않고, 적당한 게 있을 것 같긴 한데."

나는 엘다렌의 눈치를 살폈다. 파도가 점점 더 높아지는 것이 보여 오래 망설일 수가 없었다.

"손도끼를 던져보는 게 어때요?"

"으음?"

엘다렌이 로브 안쪽에서 은빛 날로 된 손도끼를 꺼냈다. 내가 물러나자 그는 기우뚱거리는 배가 잠시 균형을 찾길 기다렸다가 팔을 뒤로 젖혔다.

휘익!

은빛 손도끼가 작은 유성처럼 날아갔다. 눈여겨보지 않은 사람의 눈에는 보이지도 않을 정도다. 그러나 효과는 확실했다.

찌이익…… 좌악!

맨 꼭대기 돛 한가운데가 찢어지는 듯하더니 반으로 좍 갈라졌다. 두 조각의 천으로 변한 돛이 양쪽으로 펼쳐지며 펄럭거렸다. 엘다렌의 도끼가 천에 구멍을 내자마자 바람이 찢어놓은 셈이었다. 그게 끝이 아니었다. 도끼는 그대로 떨어지며 똑같은 과정으로 아래 돛까지 두 조각을 냈다. 정말, 이럴 때면 전설 속의 동료들하고 다니는 기쁨이라고 해야 할지 상대적 박탈감이라고 해야 할지 모르겠다니까.

다만 우려했던 대로 일을 끝낸 손도끼는 바다 속으로 들어가 영영 찾을 수 없게 되어버렸다. 좋은 물건이었는데.

이제 남은 건 기움돛대(bow sprit)와 지삭(支索 ; stay), 뒷 돛대에 달린 종돛들 밖에 없었다. 저것들은 일단 내버려 둬도 된다.

"누가 키를 잡아라!"

횡돛은 모두 내렸으니 한시름 덜었다고 생각했는데, 키 이야기를 듣자 정신이 번쩍 났다. 언제부터 키를 내버려 둔 거지? 그런데도 잘도 파도를 넘으며 나아가고 있잖아? 배를 잘 만들면 조종도 저절로 되는 건 아닐 테고.

선원 몇이 키를 향해 달려갔지만 기우뚱대는 갑판을 가로지르기도 힘들고, 그나마 도착한 한 명은 핑글핑글 돌아가는 키를 잡으려다가 뒤로 튕겨나 버렸다.

"기다려요!"

어찌어찌 키 앞으로 다가갔지만 어떻게 잡아야할지 감이 서지 않았다. 무작정 손을 댔다가는 갑판에 내팽개쳐지지 않으면 다행일 거다. 검을 놓을 데가 없어서 갑판 위에 힘껏 꽂아버렸다. 그런 다음 가만히 노려보다가 숨을 한 번 들이쉰 다음 양손으로 키의 중심을 와락 움켜잡았다.

"윽……."

손이 닿는 순간 허리가 뒤틀려 꺾일 뻔했다. 아예 온몸으로 키를 꽉 껴안고 나니 간신히 견뎌낼 수 있었다. 하지만 발을 버틸 데가 마땅치 않았다. 설마 같이 돌아가기야 하려고.

"으윽!"

방심할 일은 아니었다. 키가 내 몸을 함께 돌리진 못했지만 이번엔 배가 나를 머리부터 바닥에 내리꽂으려 했다. 허공에서 버둥거리다가 다시 죽자고 키에 매달렸다. 성과는 있었다. 배의 흔들림이 조금은 멎는 것이 느껴진다.

"이제 하늘에 맡기는 수밖에."

누군가가 중얼거리는 소리를 듣자 오히려 겁이 났다. 배가 가라앉으면 내 임무는 어떻게 되고 동료들은 또…… 무엇보다도 유리카는?

"파도 조심해라!"

어디선가 외침이 들리고 곧 엄청난 파도가 쏟아졌다. 파도는 이제 남은 것도 없는 갑판 위의 잡동사니 약간과 시체들을 깨끗이 쓸어갔다. 어쩌면 몇은 살아 있었을 수도 있다. 키에 매달린 나는 한동안 숨을 쉬기도 어려웠다.

제발…… 음, 그러니까 제발 가라앉지만 않도록…… 간절히…… 그런데 누구한테 빌어야 하지? 배 기술자 에라르드한텐가?

이제 지휘할 사람도, 지휘를 받을 필요도 없어졌다. 각자 자신의 운, 그리고 팔다리 힘을 시험할 때였다. 무심코 바다를 보고 나는 하마터면 탄복할 뻔했다. 내가 직접 처한 상황만 아니었다면 좋았겠지.

수백 개의 잔인한 손들이 배를 으스러뜨리려 달려든다. 수평선과 바닷물과 하늘은 한시도 눈을 못 떼도록 빠르게 변했다. 이윽고 비가 쏟아지기 시작했다.

온몸이 차갑게 식었다. 계속된 파도가 남긴 소금기 때문에 눈을 뜨기도 어려웠다. 키를 잡느라 손을 쓸 수가 없으니 비벼낼 방법도 없어 속절없이 감고 있는 도리밖에 없었다. 입도 짠맛이 가득해 슬슬 구역질이 날 지경이었다. 팔다리는 점차 나무토막처럼 굳어갔다. 이마가 뜨거워졌다.

나뿐이 아니겠지. 모든 선원들이, 그리고 나르디와 엘다렌도 마찬가지겠지. 그러니 나도 견딜 수 있어. 하지만 유리카가 안에 있어서 다행이야.

그 생각을 하자 그 와중에도 입가에 미소가 떠올랐다.

"정말 이러기야?"

등 뒤에서 들려온 목소리에 나는 뒤통수를 한 대 맞은 기분이었다.

"유리!"

억지로 눈을 떴다. 기울어진 갑판 위에 선 유리카가 허리에 손을 얹고 눈썹을 찌푸리고 있는 것이 보였다. 다리를 보니 일단 괜찮은 모양이다. 어쨌든 스스로 걸어온 것 같으니까.

"왜 나왔어? 아까 내가……."

유리카가 내 말허리를 잘랐다.

"내가 왜 네 말을 듣니?"

그 순간 엄청난 벼락이 하늘을 찢었다. 손을 쓸 수 있는 사람은 모두 귀를 막았다. 귀를 막지 못한 나는 지지 않고 소리를 쳤다.

"뭐야! 넌 내가 지금 어떤 기분으로……."

나는 말을 다 잇지 못했다. 유리카가 다가와 내 몸을 뒤에서 껴안았다.

"야……."

귓가에서 목소리가 들려왔다.

"추웠지?"

"……."

이젠 춥지 않았다. 몰아치는 비바람과 파도 속에서 체온이 금방 전해질 리 없건만 나는 이미 난롯가에 앉은 기분이었다.

유리카의 젖은 머리가 내 어깨에 휘감겼다. 언뜻 보아선 둘이란 걸 알기 힘들 정도로 우리는 바짝 붙어있었다. 같은 마음, 같은 심정으로.

그러나 말은 정반대로 나왔다.

"들어가! 여기서 잘못되면 죽어! 넌 대체……."

유리카가 귀에 입을 바짝 대고 말하는 바람에 나는 하려던 말을 멈춰 버렸다. 따뜻한 숨이 귓불에 느껴졌다. 천천히, 또박또박 말하는 목소리에 귀를 기울이자 파도 소리조차 지워져버렸다.

"너 제멋대로 혼자 죽으면 가만히 안 둬."

내 마음도 마찬가지다. 하지만 대답은 이랬다.

"누가 죽는대?"

유리카가 뒤에서 피식 웃었다.

"나야말로 기껏 2백 년을 뛰어넘어 와놓고 여기서 어이없이 죽을 것 같아?"

유리카는 사람이다. 상처를 입고, 몸이 아프고, 물에 빠지면 죽는다. 봉인 속에서 상상할 수 없는 세월을 살아왔지만 그 사실이 현재의 생명을 지켜주는 건 아니다.

눈에 따뜻한 물이 고여 따가운 소금기를 씻어 보냈다. 나는 숨을 한 번 삼킨 다음 대꾸했다.

"그래. 그러도록 내버려둘 내가 아니야."

좌악!

새 파도가 다시 갑판 위를 후려쳤다. 두 사람의 몸이 동시에 전율했다. 내 허리를 감은 유리카의 팔에 힘이 들어가는 것이 느껴졌다. 눈을 감고 고개를 움츠리는 것 말고는 할 수 있는 일이 없었다. 나를 감싸 안은 그녀를 위해 해줄 수 있는 것도 없었다.

"너 입술이 파래."

간신히 물이 지나간 뒤에 유리카가 말했다.

"그…… 래……."

솔직히 말하는 것조차 힘이 들었다.

"나도 그래?"

유리카가 문득 물었다. 고개를 조금 돌려 얼굴을 보고는 고개를 저었다.

"아직 괜찮아. 그렇지만 들어가는 편이……."

나는 말을 이을 수가 없었다.

유리카가 내 입술을 만졌다. 손가락이 입술 선을 따라간다. 윗입술을 매만지고 엄지손가락으로 아랫입술을 쓰다듬었다. 쏟아지는 빗속에서도 그 손가락들이 뜨겁게 느껴졌다. 귀를 찢는 폭우와 파도의 외침 속에서, 흐려진 시야로도, 그녀의 빗물 맺힌 속눈썹과 눈동자에 어린 표정을 알아볼 수 있다. 미세한 떨림과 접촉의 감각.

내 입김이 손가락에 하얗게 씌워졌다. 둘 다 떨고 있었다. 그러나 절박한 상황에서도 오직 하나만 보게 하는 마음, 기원, 그리고 서로가 곁에 있다는 생생한 깨달음이 있어 고통스럽지 않았다.

"밧줄을! 사람이 떨어졌다!"

"피해라!"

쏴아…… 쏴아아…….

모든 것이 멀리 있었다. 아무것도 우리를 방해하지 못했다. 오늘 살아나지 못한다 해도 잊지 않겠어. 언젠가 기억해 낼 거야. 다시 태어난 뒤라도 좋아.

번개가 바다에 내리 꽂히며 유리카의 얼굴을 잠시 밝혔다. 아직 괜찮다. 입가에 미소가 있다. 그녀가 입술만 움직여 뭐라고 말한다. 알아들을 수 있다. 들리지 않아도.

'떠나지 않아.'

점차 굳어져 가는 몸과 끼쳐오는 한기에도 불구하고 나는 결코 죽지 않을 것 같은 느낌에 사로잡혔다. 바다 밑바닥에 침몰한대도 영원히 살 수 있을 것만 같다. 시간은 끝나지 않고 세상은 지금 이대로, 이 마음 그대로, 잠들었다 깨어나도 영원할 것만 같은 기억.

파도가 솟아오른다. 집채만 한, 성채만 한, 산처럼 높은, 모든 것을 끝내버릴 것 같은 바다가 머리 위로 내린다.

두렵지 않다.

멸망 전의 세상처럼 푸른 어둠이 다가온다. 굉음과 추위, 죽음이 눈앞에 있다.

나는 괜찮다.

'언제까지나…….'

3. 절벽 꼭대기 저택

이 메마른 고요함은 뭘까.

참을 수 없는 통증이 온 몸 구석구석을 찔러댔다. 감긴 눈꺼풀도. 꼭 가시덤불 속에 누운 기분이다. 그런데도 꼼짝할 수가 없었다. 팔다리가 기름칠 안한 수레바퀴처럼 뻣뻣하게 굳어 있었다. 억지로 움직였더니 뼈마디가 모조리 삐걱거렸다.

"으……."

내가 지금 무슨 자세인지 아무리 생각해도 모르겠다. 분명 내 몸에 붙은 팔다린데.

눈이라도 떠볼까.

"으윽……."

애써 눈꺼풀을 떼는 순간 갈라진 틈으로 파고드는 찬란한 광채에 나는 반쯤 정신이 나갔다. 눈이 멀 것 같다. 대체 여기가 어디야? 잠깐,

내가 혹시 천국에 와 있는 건가?

잠시 생각해 봤다. 아니다. 그럴 리가 없다. 왜냐면 천국에 나무 손잡이 따위가 있을 리 없으니까. 천국에 오자마자 맞닥뜨리는 물건치고는 너무 조야하잖아? 그렇지만 잘 떠지지 않는 눈으로 보아도 눈앞에 있는 건 나무 손잡이가 틀림없는데…… 아!

흠칫 떠오르는 생각에 벌떡 일어나려다가 지독한 통증만 맛보았다. 그제야 내 몸이 뭔가에 감겼다는 것을 깨달았다. 묶인 것도 아니고, 이게 그러니까…… 키 맞지?

겨우 지난 일이 떠올랐다. 갑판에 꽂힌 멋쟁이 검도 보였고 말이다. 내가 키를 껴안고 기절한 거라면 묶여 있을 리는 없겠지. 너무 힘주어 잡다보니 근육이 굳어져서 풀리지 않는 것뿐…… 아, 아니, 그게 중요한 게 아니잖아!

갑자기 통증이고 뭐고 다 잊어버린 나는 눈을 힘껏 뜨고 부서질 것 같은 고개를 돌려 뒤를 돌아보았다.

있었다.

내게 매달린 유리카가 죽은 것처럼 늘어져 있었다. 허리가 비스듬히 꺾여 머리카락이 바닥에 닿을 것처럼 흘러내렸고 검은 옷은 소금기로 반짝였다. 의식은 없었다. 그런데도 팔은 내 허리에 꼭 감겨 떨어지지 않았다. 죽을힘을 다해 껴안은 기억 그대로 놓지 않았다.

가슴속에서 형언할 수 없는 감정이 치밀어 올랐다.

몸을 틀었다. 키를 놓는 것만도 쉽지 않았다. 자칫하다가 유리카가 쓰러질까봐 더욱 조심했다. 말을 듣지 않는 몸으로 그녀를 바로 눕히느라 사력을 다했다. 힘들었지만 마음만은 평화로웠다.

마지막으로 팔을 풀어내려 하는데 깍지 낀 손이 돌처럼 단단했다. 내가 지금 힘이 없어서인지 한참 애를 써도 떨어지지 않는다. 나는 문득 손을 멈추고 유리카의 얼굴을 물끄러미 바라보았다.

"유리…… 유리카……."

내 목소리지만 진짜 이상한데. 노인네처럼 말라붙었어.

그런데 신기한 일이 일어났다. 이름을 부르자 의식이 돌아온 것도 아닌데 유리카의 깍지 낀 손에서 힘이 풀렸다. 팔이 아래로 툭 떨어졌다. 놀라고 있을 때가 아니었다. 나는 황급히 그녀를 받쳐 안았다.

이제 괜찮아.

바닥에 눕히고, 약하긴 하지만 숨결이 새어나오는 것을 확인하고서야 한숨 돌렸다. 조금만 쉬면 깨어나리라. 그제야 주위를 둘러볼 여유가 생겼다.

처음 눈에 띈 것은 맑은 하늘이었다. 바로 쳐다볼 수 없을 정도로 파랬다. 어제 내가 마지막으로 본 먹구름에, 비바람에, 시즈카까지 몰아치던 하늘과 이게 같은 하늘이라 이거야?

얼마간 보고 있자니 내 기억 따윈 다 착각으로 느껴지기 시작했다. 조금만 더 하면 진짜 설득되겠다.

해가 중천에 떴으니 점심 무렵일까? 실은 그것도 꿈같았다. 해를 본지 백 년쯤 된 기분이니까. 저 바다는 또 왜 저렇게 잔잔한 건데? 얌전한 처녀처럼 미풍에 살랑거리는 수면을 보자니 기가 막혔다. 어제 그렇게 후려치던 사나운 손아귀는 앞치마 뒤에 감추기라도 한 거야?

점차 머리가 어지러워졌다. 햇빛이 핑그르르 돈다.

"아아……."

눈가를 잠시 가렸다가 주위를 살폈다. 다른 사람들은 어떻게 됐을까? 갑판은 괴괴하리만치 조용했다.

유리카를 놓아두고 가는 것이 마음에 걸렸지만 주위를 둘러볼 필요가 있었다. 설마 우리뿐인 건 아니겠지. 여기가 어딘지도 모르겠고. 그 굉장한 바람을 생각하면 꽤 멀리 밀려왔을 것 같긴 한데.

"큼, 으흠, 큼, 그러니까, 아무도 안 계세요……."

목소리부터 가다듬어야겠다. 그제야 물 생각이 났다. 이렇게 심한 갈증을 이제 알아채다니 나도 참 어이없다. 나는 창고 구석에 버려둔 나무인형처럼 뻣뻣하게 걸으며 주위를 살폈다.

"아무도 없……."

……이따위 목소리라니 입 다물고 있는 게 속 편하지.

열린 승강구가 눈에 띄었지만 갑판부터 살피고 들어가 보기로 했다. 그런데 살펴볼수록 배 모양새가 말씀이 아니었다. 그 당당하고 멋졌던 위용이 이렇게 변하다니. 깨지고, 뜯겨 나가고, 너덜너덜하다. 젠장, 이 배를 150만 메르장이나 주고 샀는데.

갑판이 휑한 것이 점점 더 마음에 걸렸다. 산 사람은커녕 시체 한 구도 찾을 수 없었다. 다들 죽어버렸을 리가 없는데. 상갑판에 올라가 앞돛대 뒤로 돌아가고서야 겨우 내 두려운 상상을 부정할 수 있었다.

"나르디!"

잘 떼어지지 않는 발을 황급히 놀려 다가갔다. 나르디는 돛대 앞에 쓰러져 있었다. 꼼짝도 하지 않는 것을 보고 더럭 겁부터 났다. 그런데 쓰러진 모양새가 좀 이상했다. 밧줄로 친친 감겨 있고, 그 밧줄이 돛대에도 감겨 있었다. 다시 말해 돛대에 묶인 건데…… 아, 파도에 휩쓸리지 않으려고 이렇게 한 건가?

나는 나르디의 어깨를 살살 흔들었다.

"큼, 나르디, 나르디, 야, 정신 차려!"

그새 목소리가 한결 나아졌다. 한참 부르자 다행히 반응이 있었다. 어깨가 움찔거리더니 가벼운 경련이 일었다. 뺨을 비벼주고 소금기 어린 머리카락을 쓸어 젖혔다. 잠시 후 그의 입에서 조그마한 한숨이 새어나왔다.

"후우……."

눈은 여전히 감겨 있었다. 문득 그가 술에 취했을 때가 떠올랐다. 으음…… 하지만 지금은 어렵겠지? 내 몸도 이런데 녀석인들 괜찮을 리 있겠어?

그런데 어쩐지 확인해보고 싶은데.

결국 유혹에 지고 말았다. 나는 녀석의 어깨를 탁 치며—물론 과거에 비하면 살살—커다랗게 소리를 질렀다.

"야! 큰일 났어! 일어나!"

"……뭐가?"

나는 말문이 막혀버렸다. 야, 이 자식, 진짜 정신력으로 사는구나.

이어 몸이 파르르 긴장되는 것 같더니 고개도 퍼뜩 들렸다. 눈까지 뜨고 있었다. 나를 즉시 알아본 것은 물론이었다.

"무슨 일이야?"

나는 귀신을 본 기분으로 녀석을 골고루 살펴봤다. 별 아래 금갈색 눈동자가 티 하나 없이 말갛다. 쳇, 은근히 약 오르네. 하지만 내 작은 자존심을 배려한 건지 녀석도 완전한 제정신은 아니었다.

"여기가 어디더라……."

"배 안이지 어디긴 어디야."

"흠, 배라……."

나르디는 내가 처음 그랬던 것처럼 하늘 한 번 보고, 바다 보고, 이마를 찌푸렸다가 다시 날 봤다. 이윽고 녀석은 고개를 끄덕거리며 일어나려 했다.

물론 나무 손잡이를 보고 천국이 아니란 걸 깨달은 나도 있는데 녀석이라고 일찌감치 자기 몸이 묶여 있다는 것을 생각해 냈을 리 없다. 잠시 후 내 도움을 받아 밧줄에서 풀려 나오며 그가 중얼거렸다.

"다들 어디 갔지."

나르디까지 그렇게 말하니 끔찍한 상상이 다시 떠올랐다. 내가 정신을 잃은 후에 더 심각한 일이 있었던 것은 아닐까?

"너도 몰라?"

나르디는 대꾸하는 대신 말했다.

"목이 마르군."

나도 마르다, 임마.

우리 둘은 몸을 기대며 비척비척 걸어갔다. 다음은 선실에 들어가 볼 차례였다. 나르디는 흔들거리는 다리에 힘을 주려 애쓰다가 불쑥 물었다.

“유리카는 자네와 함께 있었지?”

기운 없는 목소리를 듣자니 내 처지도 잊고 측은한 기분이 들 정도였다.

“유리는 괜찮아. 저기 누워 있어.”

그러자 나르디가 고개를 끄덕였다.

“그럼 모두 무사하다는 건가.”

“야, 주아니는? 엘다렌은 걱정 안 돼?”

그러자 녀석의 입에서 내가 바라마지 않던 대답이 튀어나왔다.

“다들 잘 있어.”

“어디에?”

나르디가 선실 쪽을 가리켰다. 달음질쳐 가고 싶지만 별 수 없이 건들건들 우스운 꼴로 걸어야 했다. 그나마 똑같이 꼴사나운 동료가 있어서 기분이 낫구나.

저만치 내가 눕혀 놓은 유리카가 보였다. 잠든 것처럼 평화로워 보이지만 계속 저렇게 둘 수는 없는 노릇이었다. 나르디도 말했다.

“저렇게 눕혀만 두면 안 될 텐데.”

“마실 물을 찾아야지.”

선실에는 다행히 물이 들어온 것 같지 않았다. 이 안에 누군가 들어갔다면 잘 있을 가능성이 클 것 같다. 내 예상은 맞았다. 복도 안쪽에서 굵은 목소리가 울렸다.

“이제들 일어난 건가.”

평소만큼 위엄 있는 목소리는 아니었지만 그래도 무척 반가운데.

"엘다렌!"

한달음에 달려가고 싶었지만 내 어깨에 기댄 나르디를 생각해서—사실은 나 자신의 상태도 감안해서—조심스레 다가갔다. 엘다렌은 빈 파이프를 빽빽 빨면서 어디서 찾아냈는지 모를 물 한 잔을 앞에 놓고 앉아 있었는데 하필 자리가 복도 바닥이었다. 조금 우습기도 했지만 허리를 꼿꼿이 세운 모습이 워낙 태연해 감히 웃을 수도 없었다.

"괜찮아요?"

엘다렌은 고개를 끄덕이더니 나르디와 인사 대신 미소를 교환했다. 나르디는 쉽게 깨어나긴 했지만 말할 기운도 충분치 않은 모양이었다. 우리 둘은 엘다렌 앞에 주저앉았다.

"그래, 괜찮을 줄 알았지."

엘다렌은 컵을 들었지만 우리 중 누구한테 넘겨줘야 할지 고민하는 모양이었다. 나 역시 단숨에 컵을 낚아채고 싶을 정도로 목이 말랐지만 엘다렌에게 눈짓을 보냈다.

"녀석이 죽어가네요."

컵을 받아든 나르디는 물을 한 모금 마시더니 내게 내밀었다.

"유리카한테 갖다 줘. 그렇게 오랫동안 햇빛 아래 눕혀놓으면 안 되네."

"그래."

녀석은 내가 자신보다 유리카를 먼저 생각할 것을 알고 있었다. 그래, 이만하면 우리는 훌륭한 동료고 친구야.

엘다렌이 기침을 흠흠, 하더니 말했다.

"물이라면 저쪽 통에 꽤 있다."

싱긋 웃어 대답을 대신한 나는 몸을 일으키며 이번에는 비교적 밝은 확신을 갖고 물었다.

"주아니는요?"

"그 녀석이라면."

엘다렌이 주아니를 '녀석'이라고 부르는 것도 처음 알았다. 엘다렌이 가리키는 쪽으로 고개를 돌리자 어디서 찾아냈는지 모를 부드러운 천으로 동그랗게 싼 뭉치가 보였다.

"저걸……."

"엘다렌이요?"

뭉치 속에 폭 파묻혀 누운 주아니의 머리맡에 나무 틈새로 들어오는 가느다란 햇빛이 드리워져 있었다. 또록또록한 눈은 감겨 있지만 너무나 평화로워 보여 왠지 눈물이 치미는 기분이었다. 그래, 모두 무사했어. 그런 위기 속에서도 우리 모두 아무 일 없이 다시 만난 거야.

다시는 볼 수 없게 된 사람도 많겠지. 하지만 이기적일지 몰라도 그래, 이렇게 살아난 친구 하나를 보고도 눈물이 나는 거지. 그런 작은 행복에 마음 두는 존재가 사람인 거니까.

상상 이상으로 많은 사람들이 살아 있었다. 나는 주위를 휘둘러보며 감탄했다.

"와아."

이야기를 들어보니 이 많은 사람들과 다시 만날 수 있는 건 아티유 선장과 엘다렌이 애쓴 덕택이라 했다. 나와 유리카가 키를 잡고, 아니키에 달라붙어 있는 동안 아티유 선장은 살아남은 선원들을 모두 찾아 선실 안으로 들여보냈다. 다치거나 정신을 잃은 자들도 빠짐없이 옮기고, 마지막 한 명이 들어갈 때까지 선실 앞을 지켰던 사람도 그였다. 엘다렌은 자신의 지위에 개의치 않고 침착하게 아티유 선장의 판단을 따랐고 부상자들을 옮기는 일도 도맡다시피 했다.

다행히 다들 농담할 기운 정도는 있었다.

"정신들 차려라. 집단 병자 수용소 같은 분위기는 사양이니까."

"그러는 너부터 일어나서 여기가 어딘지 좀 알아봐라."

"어어, 저 녀석이 병자한테 일을 시켜?"

배 기술자 에라르드 씨에게 기도한 것은 효험이 있었다. 좀 이상한 사람이긴 했지만 일만은 철저하다던 평판은 헛소문이 아니었다. 배가 얼마나 정교하게 마감되어 있었는지 그 폭풍우 속에서도 긁히거나 닳았을 뿐 끝내 물은 새지 않았다. 선실 안에는 열린 승강구로 들어온 물이 약간 있을 뿐이었다.

그런데 궁금한 점이 있었다.

"나르디 넌 왜 밖에서 그러고 있었냐?"

아까보다는 기운을 차린 나르디가 기둥에 기댔던 고개를 슬쩍 들면서 웃었다.

"아, 그게 말이지……."

긴 설명을 할 기운이 없어 보여 바스케스가 말을 받았다. 사람 좋은 거한인 그는 온몸이 타박상투성이였지만 여전히 쾌활했다.

"아, 저 친구. 생긴 거하곤 다르게 참말 강단 있는 친구더란 말이야. 그때 막판쯤에 저기 저 녀석, 휼스트가 무릎이 부서져서 꼼짝을 못하는 걸 저 친구가 끌어냈잖아. 그리고 또 마지막으로 누구인지 잘 모를 한 명을 확인하러 갔다가 갑판이 90도로 기울어져 올라가는 바람에 놓쳐 버렸지. 그런데 그러고 나니 도저히 돌아올 수가 없게 됐지 뭔가? 기다리던 우리는 문을 닫을 수도 없고, 안 닫을 수도 없고, 그런 상황인데 저 친구가 문을 닫으라고 손을 흔들더니만 밧줄을 가져다가 돛대에 몸을 잡아매더군. 하, 그러고서 저만하게 버티다니 뱃사람이라는 우리가 부끄러울 지경이야."

나는 새삼 입을 벌리며 녀석의 얼굴을 쳐다봤다. 왜 저렇게 수척한지 알겠다. 넌 대체 왜 그렇게 겁이 없냐? 내가 너처럼 살았다간 열 살쯤에 죽어버렸을 거다, 이 자식아.

"참, 그리고 선장님은 처음 폭풍우가 닥쳤을 때 어떻게 되셨던 거죠?"

스트라엘이 아티유 선장의 다리를 가리켰다.

"저걸로 대답이 될까?"

선장의 다리가 맥없이 갑판 바닥에 늘어져 있었다. 저 다리로 폭풍우 속에 나와 선원들을 지휘했다고? 이건 뭐, 안 믿을 수도 없고…… 기적을 일으키는 사람이 어디 하나 둘이라야지.

"다들 대단하신데요."

아티유 선장이 고개를 저었다. 마침 선원 하나가 선장의 다리에 부목을 대고 단단히 잡아매는 중이었다. 그는 잠시 아픔을 참느라 이를 사려 물었다가 한숨을 토하며 대답했다.

"가장 놀라운 사람은 파비안 자네야."

"저요?"

내가 되묻자 선원 몇 명이 곁으로 다가왔다. 갑판에 나와 앉아 별을 쬐고 있는 우리는 모두 지치고 피곤한 상태였건만 그들은 일부러 몸을 일으켜 가까이 왔다. 한 사람이 내 어깨에 손을 얹었다.

"그 상황에서 키를 자네가 잡다니, 뭐라 할 말이 없군."

"프로첸은 괜찮겠지? 이건 마르텔리조 뱃놈이라고 어디 가서 얼굴도 못 들 일이다."

"어쩌면 그 폭풍 속에서 키를 놓치지 않을 수가 있었나? 몸을 묶은 것도 아니고, 자네 힘이 그렇게 장산가? 아냐, 아무리 장사라고 해도 정신을 잃어버리면 무슨 소용이 있어? 안 그래?"

"……."

기분이 묘했다. 일어나지 않은 선원들의 눈에도 같은 감사가 담겨 있었다. 아티유 선장도, 나르디도, 엘다렌까지도 나를 바라보고 있었다.

"자네와 프로첸 오베르뉴한테 정말 놀랐어. 이건 기적과도 같은 일이야."

유리카는 아직도 선실에서 곤히 잠들어 있었다. 선원들 몰래 주아니를 슬쩍 그 옆에 재워 놓았다. 잠든 두 소녀—두 할머니라고 해야 맞을지도 모르지—를 생각하니 평화로운 감정이 밀려들어왔다.

선원들의 눈에는 부끄러움과 함께 어려운 일을 함께 이겨낸 사람들만이 나눌 수 있는 신뢰가 들어 있었다. 서로를 잘 알아야만 신뢰할 수 있다고 한다면 우린 아직 자격이 부족할지도 모른다. 하지만 아무것도 모르면 어떤가. 우리는 서로를 기쁘게 기억할 텐데. 고작 수십 일 전까지만 해도 존재조차 모르던 사람들의 마음속에 들어간다는 것이 얼마나 즐거운 일인가. 내 마음속에 그들이 들어온다는 것이 얼마나 좋은가.

"자, 슬슬 여기가 어디쯤인지 알아보기로 할까?"

누군가가 한마디 하자 다들 몸이 말이 아닐 텐데도 다투어 일어났다. 서 있는 것도 힘든 주제에 서로 자기가 장루에 올라간다는 둥 우겨대며 목소리가 높아졌다. 한쪽에서는 웃음소리가 섞여 들렸다. 녹초가 되어 말 한마디 못하던 사람들의 입가에도 미소가 번졌다.

바다와 예상치 못했던 공격이 휩쓸어가 버린 사람들을 위해 울어야 할 때가 있겠지. 그러나 살아 있는 사람들이 행복해진 후의 일이야. 정말로, 살아 있는 한 사람의 웃음소리가 이 세상에는 필요하다. 몇 번인가 사람들의 죽음을 겪은 나는 이제 그것을 느낄 수가 있다.

비록 힘든 기억이 영영 떠나지 않는다 해도 우리에겐 웃어야 하는 순간이 있는 것이다.

"선장님! 전망대에서 관찰한 결과 아이카이데로 보이는 바위들이 남서쪽 전방에서 발견되었습니다! 그 사실로 보아 현재 배가 위치한 곳은……."

보고하는 선원들은 여전히 목소리를 높이고 말끝에 힘을 주려 애썼다. 그렇게 사라지지 않는 것들을 지키며 살아나가겠지. 나는 피식 웃었다. 죽을 뻔 했다가 살아났다고 해서 선원이 아닌 것은 아니라고 누군가 말했던 것 같은데.

그런데 이어진 선원의 보고가 내 감상을 확 깨뜨리고 말았다.

"……가장 가까운 항구는 마리뉴, 이곳은 위그티그 만인 것으로 추정됩니다!"

뭐, 뭐라고?

나는 저도 모르게 벌떡 일어났다. 폭풍우 속에서 키에 매달려 정신을 잃었던 주제에 나는 웬만한 선원들보다 빨리 기운을 되찾았다.

"아니, 우리가 아이즈나하를 떠난 지 얼마나 되었다고 벌써 마리뉴라는 거죠? 위그티그 만?"

오늘 갑판에서 가장 큰 목소리였던 까닭에 보고했던 선원이 도리어 놀랐다. 주위 선원들은 내가 사지 멀쩡한 사람처럼 튕겨 일어나자 놀랍다는 듯 혀를 찼다. 아, 그렇지만 지금 안 일어나게 됐냐고!

"저기 보이는 것들은 아이카이데의 암초들이 맞아. 이 해역 항해를 한두 번 하는 줄 아나? 겉으로 보이는 바위가 비죽비죽하게 여섯 개, 왕관처럼 생긴 암초인데, 그 아래 숨겨진 바위는 셀 수도 없지. 우리도 떠내려 오다가 저기 부딪혔으면 다 끝장났을 거야. 그만큼 뱃사람들한테 유명한 암초군이라고."

"그럼 하룻밤 사이에 롱봐르 만 안쪽까지 밀려왔단 말이에요? 그게 대체 말이 되냐고요!"

선원들은 내가 왜 흥분하는지 영문을 모를 수밖에 없었다. 설명할 수가 없으니 더 기가 찼다. 아니 마리뉴라니! 그러면 델로헨으로 갈 수 없게 됐단 거잖아? 이스나미르로 돌아갈 수가 없다고!

"하룻밤 걸렸다는 증거가 어디 있나?"

스트라엘이 천천히 몸을 일으키며 나를 보았다. 저 항해사는 어떨 때 보면 평범한 선원으로 생각되지 않을 정도로 이성적이었다.

"다들 정신을 잃었는데 지금이 이틀째인지 사흘째인지 누가 보장하겠나? 실제로 그 이상은 아니겠지만. 또 만일 하룻밤이 맞다 해도 여기까지 오는 것이 불가능하다고 생각한다면 그건 자네가 시즈카를 잘 몰라서 하는 얘기다."

다른 선원이 고개를 끄덕이며 중얼거렸다.

"정말 시즈카는 그러고도 남아."

어쨌거나 이 꼴을 하고 다시 델로헨으로 항해하자고 하는 것은 말이 되지 않았다. 그렇다고 마리뉴로 들어가면? 배를 타고 이스나미르로 가는 것은 영영 포기해야 할지도 모른다. 배를 수리하고 항해에 나선다 해도 선원 한 명 한 명을 설득하지 않으면 안 될 텐데.

어떻게 해야 해?

엘다렌을 돌아봤지만 말이 없었다. 온갖 생각이 오가는 중이겠지. 나르디를 봤다. 녀석도 입을 열지 않았지만 엘다렌과는 상황이 달랐다. 폭풍우 속에서 버틴 일로 그는 체력 소모가 지나쳤다. 멍하니 앞만 보고 있는 그의 얼굴에서 생각을 찾아낸다는 건 무리였다.

"어떻게 할까요, 선장님?"

결국 결정은 아티유 선장이 내려야 할 판이었다.

하지만 선원들이 모조리 갑판에 나와 있었기 때문에 선장만 따로 불러서 이야기하는 것도 불가능했다. 더구나 아티유 선장은 한쪽 다리를 움직일 수 없는 상태였다.

방금 전 인원 점검을 해본 결과 반수 가까이 되는 선원들이 사라져 버렸다. 3등 항해사인 피논도 없었다. 먼저 벌어졌던 전투로 죽은 사람도 있겠고 시즈카에 휩쓸린 사람도 있을 테지만 시체는 거의 남아 있지 않았다. 그런데 살아남은 사람 중에 크게 다친 사람 또한 거의 없었다. 그에 대해 스트라엘은 명쾌하면서도 냉정한 설명을 남겼다.

"다친 놈은 폭풍을 견디지 못한 거지."

아티유 선장이 애써 다리를 끌면서 엘다렌과 내게 다가왔다. 표정을 보니 무슨 말을 할지 듣지 않아도 알겠다.

"마리뉴로 들어가야겠습니다. 이 상태로 긴 항해는 무립니다."

내가 봐도 그렇긴 했다. 나는 아티유 선장과 똑같은 표정으로 엘다렌을 쳐다봐서 어려운 대답을 할 의무를 그에게 떠넘겼다. 이런 경우 불평이 없다는 것도 엘다렌의 좋은 점이었다.

"마리뉴까지는 얼마나 걸리나."

"반나절도 안 걸립니다. 물론 정상적인 항해를 했을 때 이야기겠습니다만."

"지금 항로를 잡는 것은 가능한 상태가?"

"솔직히 다른 배의 도움이라도 받기 전엔 어렵습니다."

엘다렌은 그제야 아티유 선장을 바로 바라보았다. 물론 고개를 좀 쳐들어야 했지만.

"그럼 굳이 항구를 찾을 것이 아니라 가까운 육지로 가는 쪽이 옳지 않나."

"맞는 말씀입니다만, 이 근방에는 큰 배를 댈 수 있는 부두를 갖춘 곳이 없습니다. 지금 해류가 흐르는 방향으로 계속 간다면……."

그는 잠시 생각하는 표정이 되었다. 시선이 하늘을 더듬고 있더니 이윽고 고개를 끄덕였다.

"위그티그 만 안쪽으로 똑바로 들어갑니다. 해류가 그 쪽으로 흘러 들어갔다가 돌아 나오기 때문이죠. 그곳은 해안 절벽으로 둘러싸인 곳이라 마을도 도시도 없습니다. 다만 어느 부자인가가 지어 놓은 저택은 하나 있더군요."

무슨 생각인지 엘다렌이 다시 물었다.

"그 저택에 가본 일이 있나?"

"아닙니다. 예전에 작은 배로 근처까지 들어갔다가 곧장 나왔을 뿐이라 누가 사는지는 전혀 모르겠습니다."

그 저택이란 게 꽤 큰 모양이다. 그냥 지나가던 사람까지 존재를 알 정도면 말이다.

"그럼 지나가는 배라도 기다리잔 말씀이신가요?"

내가 묻자 아티유 선장은 고개를 저었다. 그의 얼굴에도 고민의 흔적이 역력했다. 뾰족한 수가 없을까?

뒤에서 나르디의 목소리가 들렸다. 약하긴 해도 분명한 어조였다.

"지금 선원들의 상태로는 무인도에 떨어졌다 해도 일단 쓰러져 쉴 수밖에 없을 겁니다. 다행히 무인도보다는 나은 조건이네요. 지금 이 선원들을 움직여 돛을 다시 달고 키를 잡아 어딘가 가려면 오늘 하루 갖고도 어려울 겁니다. 하지만 식량도 물도 거의 남아 있지 않잖습니까?"

바스케스가 참견했다.

"뭐가 무인도보다 나은 조건이란 건가?"

"저택 말입니다."

나르디가 숨을 고르더니 다시 말을 이었다.

"다행히 이 배는 상당히 쓸 만하군요. 그 폭풍 속을 헤치고 나와서도 침몰하지도 물이 새지도 않잖습니까? 그보다 더한 것을 기대하는 것은 무리라는 생각입니다."

다들 말이 없었다. 바스케스가 난감하다는 듯이 중얼거렸다.

"이것 참……."

그러자 다른 선원이 말했다.

"결정은 누가 하는 거지?"

눈들이 아티유 선장을 향했다가 엘다렌에게 갔다. 그동안 나는 선원들의 얼굴을 살펴보았다. 피곤한 기색, 늘어뜨린 팔다리, 대안을 기대하는 눈초리들.

엘다렌은 잠시 후에 말했다.

"별로 결정할 것도 없군."

배는 계속해서 조금씩 흘러갔다. 내버려두는 것이 결정이라니 참 편하기도 하다.

점심때가 훨씬 지났다. 배가 고프다.

파란 하늘이 빙글, 점점이 늘어선 구름무늬도 빙글, 익숙하다 못해 어제 저녁으로 한 사발쯤 먹었던 게 아닌가 싶은 소금 냄새가 솔솔, 맥없이 늘어진 돛이 펄럭, 거기에 장단 맞추는 내 뱃속의 꼬르륵 소리.

쳇, 하늘이 돌고 있어.

갑판에 드러누워 있자니 별찌기에는 그만이었지만 결국 그뿐이었다. 미르보와 감옥에서 밥 굶던 생각이 다 났다. 이런 내 상태가 그나마 나은 편이고, 굶으며 물만 진창 마시고 있는 선원들은 반쯤 유령 같은 꼬락서니다. 엄밀히 따져보면 전투 전날 저녁 이후로 아무것도 먹지 못한 거니까.

갑작스런 공격에, 파도와 폭우에, 설상가상으로 시즈카가 불어오던 때엔 이보다 더한 상황은 없을 것 같았지만 지금 생각으론 꼭 그런 것만도 아닌 것 같다. 해류는 정말 엄청나게 느렸다.

"쳇, 한가한 놈 같으니."

투덜대 봤자 해류의 엉덩이를 걷어찰 수도 없는 거고 슬슬 몸을 일으켜 선실로 향했다. 유리카가 깨어나면 나를 찾을까 싶어 오전 내내 앉아 있다가 나르디와 교대했지만 결국은 계속 들락거리는 중이었다. 선실으로 가니 마침 나르디도 보이지 않았다.

신기할 정도로 평온한 얼굴을 들여다보았다. 부드러운 숨소리를 들으면서도 실은 잘 믿어지지 않는다. 깨어 있는 사람들은 간신히 죽지 않을 정도로 고통을 받고 있는데 자는 유리카는 어째서 아무렇지도 않을까.

손가락을 코앞에 대 보니 규칙적인 호흡이 느껴졌다. 우리 배의 선의(船醫)의 격인—의사 조수 출신이란다—마디크 드브제 말이 맞다. 유리카는 휴식을 취하고 있는 것뿐이다. 과로가 지나쳐 오래 자고 있지만 곧 건강하게 깨어날 거다.

그런데 왜 이렇게 걱정이 된담.

“다시 왔군.”

어느새 나르디가 돌아와 문간에 서 있었다. 나는 들어오라고 손짓하면서 의자를 내주고 침대 구석에 앉았다. 나르디 녀석의 상태는 보기보다 훨씬 나빴다. 다른 사람들은 젖은 비스킷 몇 개라도 씹었지만 그는 아무것도 넘기지 못했다. 진짜 눕혀 놔야 되는 건 저 녀석인데.

“정말 오래 자는구나.”

“아직이래?”

부석부석 소리를 내며 천 뭉치에서 기어 나온 주아니가 나를 올려다봤다. 나는 고개를 끄덕였다.

“응. 해류인지 뭔지 진짜 느려.”

“다들 배고프겠다.”

물론 주아니는 상태가 괜찮았다. 먹을 건 한 줌이면 충분하고 폭풍우 속에서도 잠만 잘 잤던 모양이니까. 말을 타면 그렇게 고생하던 애가 뱃멀미는 어째서 괜찮나 몰라.

“엘다렌은?”

주아니가 묻는데 마침 들어오는 기척이 들렸다. 나르디가 자리를 비켜 주려 하자 엘다렌은 손을 내저었다. 나라도 저 허깨비 녀석을 밀어내고 앉을 생각은 안 하겠다. 엘다렌은 침대 머리맡으로 와서 약간 발돋움을 했다.

"……."

그의 감정은 또 다르겠지. 2백 년 전 세상에서 이곳까지 함께 온 동료가 아닌가. 엘다렌의 두툼한 손가락이 다가가 유리카의 이마를 짚는 것이 보였다. 이어 맥박도. 모두 입을 다물었다.

"선주님, 들어가도 되겠습니까?"

입구 쪽에서 아티유 선장의 목소리가 들렸다. 좁은 선실이 꽉 차기 직전이다. 주아니는 이불 속으로 쪼르르 파고 들어갔다.

아티유 선장은 임시로 만든 지팡이를 짚고 있었는데, 그럭저럭 그 상태에 익숙해진 모양이었다. 사실 그도 그런 꼴로 돌아다녀서 좋을 것은 없었다. 육지에서였다면 아내나 아이들이 침대에서 일어나지도 못하게 했을 게 틀림없다. 나르디는 선장이 말리기도 전에 의자에서 일어나더니 바닥에 주저앉아 버렸다. 아티유 선장은 의자에 요령 있게 앉느라 시간을 좀 지체했다.

"위그티그 만으로 들어가는 곶이 보인답니다. 곶을 지나면 한 시간 안에 해안 절벽 쪽으로 들어갑니다. 안쪽은 수심도 깊어서 범선을 대는 건 문제 없습니다. 다만…… 누가 상륙해야 할까요?"

얼굴에 어린 어색한 미소가 재미있었다. 내가 냉큼 말했다.

"제가 가죠."

"저도……."

"내가……."

동시에 대답들이 튀어나왔다. 두 번째로 대꾸한 나르디가 나와 엘다렌을 쳐다보며 피식 웃었다.

"다들 상태가 말이 아니면서."

"흣, 내가 아니면 누가 사람들을 설득한단 말이야?"

"저는 제가 가야 하지 않을까 생각했습니다만……."

"으흠, 선장 자네는 환자가 아닌가."

"그렇게 말하면 여기 환자 아닌 사람이 누가 있습니까?"

"저 있잖아요, 저."

"잘난 척은."

얼굴마다 미소가 번졌다. 기운 없는 웃음이긴 해도 기분이 한결 나아졌다. 다만 크게 웃으려니 뱃속이 다 울렸다.

"괜히 기운 빼지 말고 결론 내자. 일단 나르디 넌 안 돼. 이유는 알지? 설명은 생략한다. 엘다렌도 그런 모습으로는 무리죠. 시커먼 로브를 쓰고 얼굴도 안 보이는 사람한테 누가 좋아라 숙식을 제공하겠어요? 선장님은 말할 것도 없죠. 그 몸으로 절벽 위까지 걸어 올라가실 순 없다고요."

나는 엄지손가락을 들어 나를 가리켰다.

"됐죠? 제가 갑니다."

나르디가 어깨를 움츠렸다.

"자네 혼자?"

"혼자인 편이 낫지 뭘. 우르르 몰려가면 불안해할걸. 힘으로 위협해서 빼앗으려는 것도 아닌데 부탁하는 입장에서 예의를 지켜야지."

물을 먹어 못 쓰게 될 일이 없는 장화란 참 편하다. 나는 이슬 맺힌

수풀을 헤치고 나아갔다. 철벅, 길 한쪽에 고인 물이 무엇에 놀란 것처럼 튀어 올랐다. 여기에도 비가 왔던 모양이다.

절벽을 기어 올라가는 건 힘들었지만, 곧 사람이 다녀 다져진 오솔길이 나타났다. 저택의 주홍빛 지붕이 한결 가까워졌다. 먼발치에서 봐도 큰 집이었는데 다가가서 보니 성을 방불할 위용이었다. 저 옆에 탑 두 개만 세우고…… 그런데 인기척이 없네.

아무도 없으면 어쩌나 하는 생각이 머리를 스쳤지만 얼른 지워버렸다. 저 집에 사람이 없었다가는 진짜 죽는 사람이 나올지도 모른다. 깨어나지 않는 유리카, 금방 쓰러질 듯한 나르디, 아무렇지 않은 체 하긴 하지만 드워프의 체력으로도 꽤나 지친 엘다렌, 다리를 다친 아티유 선장과 탈진한 선원들. 하나하나 생각해 보니 이마에서 진땀이 솟았다.

"휴우."

저택 문 앞에 서서 심호흡을 했다. 담벼락 안쪽으로 정원이 보였다. 둥글게 다듬은 회양목과 잔디 사이의 포석, 흰 돌을 두른 연못 등에서 사람이 손길이 느껴져 조금 안심이 되었다. 흰 내벽에 소용돌이 장식이 된 현관이 보였다. 나는 목청을 돋웠다.

"안에 계신가요!"

대답이 없었다. 더 소리를 높였다.

"아무도 안 계십니까!"

나는 창살문을 두드렸다. 아니, 흔들었다.

"계십니까! 좀 내다보세요!"

그런데 내가 흔들던 창살문이 갑자기 덜컹 하더니 열려 버렸다. 헉,

내가 문을 망가뜨린 건 아니겠지?

다행히 그건 아니었다. 근데 이거 안으로 들어가도 되나? 실례일지도 모르지만 우리도 사정이 바빠서…… 에라 모르겠다. 일단 누구라도 만나고 봐야…….

"뭐예요, 당신은?"

정원 한구석에서 목소리가 튀어나왔다. 처음엔 깜짝 놀랐지만, 생각해 보니 어린 소녀의 목소리고, 그게…… 가만있자, 어디선가 들어본 것도 같은데?

"어?"

미로처럼 다듬은 나무 너머에서 소녀의 머리가 불쑥 나타났다. 노란 머리를 늘어뜨린 열서너 살쯤 된…… 아, 아니 얘는? 네가 왜 여기 있냐?

"파비안 오빠?"

소녀도 놀란 표정이었다. 나무 너머로 후닥닥 뛰어나오더니 울음이라도 터뜨릴 표정이 됐다. 나는 웃음이 터질 것 같았고.

"야, 미르디네, 네가 어떻게 여기에……."

"에, 그러니까, 나르디가 아시엘이에요. 아시엘은 본래 아시에르인 거고, 아시에르의 성은 롤피냥이죠. 나를 만났을 때는 나르디였지만 그들을 만났던 당시에 그렇게 불렀었기 때문에……."

한 선원이 손을 들더니 질문했다.

"그러니까 나르디의 성이 롤피냥이라고?"

"그게 아니라……."

내가 한 설명이지만 참 뒤죽박죽이다. 다행히 당사자가 자조적인 얼굴로 말을 받았다.

"이유 불문하고 이제부터 저를 아시에르 롤피냥이라고 불러 달라는 말씀입니다. 아시엘은 그냥 애칭이죠. 나르디라는 이름은 잠시 잊어 주십쇼. 나르디라고 부르면 대답 안 합니다. 혹시 제 이야기를 깜빡 잊으시고 왜 대답 안 하냐고 따지셔도, 역시 대답 안 합니다."

"그래, 그러면 되지 뭐."

"간단하네? 그렇지?"

선원들은 빠르게 수긍했다. 역시 이유 따위 설명하는 것보다 결론만 말하는 쪽이 간단하다. 아아, 어쨌거나 이 복잡한 이름을 또 끄집어내어 써야 되다니 이게 웬 운명의 장난이냐.

나르디는 선원들이 흩어지자 나를 쳐다보며 계면쩍게 웃어 보였다. 나도 마주보고 웃을 도리밖에 없었다.

교섭의 결과는 믿을 수 없을 만큼 좋았다. 당연한 얘긴가? 치료도, 식사도, 숙박도 모조리 해결됐다. 선원들은 안도한 나머지 까닭 따위 알고 싶어 하지도 않았다.

물론 설명을 들어야 하는 사람들도 있었다.

"여행 중에 만난 사람들이라고?"

엘다렌은 별 반응이 없었지만 나르디는 예상대로 어안이 벙벙한 얼굴이었다. '문을 두드리니까 미르디네가 나타나더라'. 말만으로도 웃긴다. 걔가 무슨 영웅들이 지나갈 것 같은 길목에 돗자리 깔고 기다리는 요정도 아니고.

나르디는 나보다 심경이 복잡하리란 생각이 든다. 그래서 미르디네가 다짜고짜 달려들어 '아시엘 오빠는 어디 있느냐' 고 다그쳤다든가, 그 애가 나르디와의 만남을 몹시 고대하는 얼굴이었다든가 하는 얘기는 절대로 안 했다. 그런 얘기를 들었다간 저 꼴을 하고도 어디론가 도망쳐 버릴지도 모른다.

"예전에 아라디네가 마리뉴 근처에 집이 있다고 하긴 했지. 물론 이렇게 대단한 저택일 줄은 상상도 못했지만."

그 당시 아라디네가 말해 준 놀라운 '사실' 은 그뿐이 아니었다. 바르제 자매의 부모님들은 손님 접대하기를 좋아하는 사람들이 맞았다. 진짜로. 미르디네의 소개를 듣자마자 스무 명도 넘는 우리 일행을 모두 데려오라고 하다니. 그래, 잘된 일이야. 세상에 어느 집이 이런 대형 손님, 아니 민폐 무리를 덜컥 받아주려고 하겠어? 미르디네의 집이기에 다행이지. 그렇지, 나르디?

"……."

대답을 안 한대도 네 맘 다 이해한다.

상태 좋은 보트 두 대를 내렸다. 두 번 정도 오가면 될 듯했다. 배는 만 한구석에 정박시켜 놓았는데 스트라엘이 남아 배를 지키겠다고 했다. 똑같이 굶고 고생한 그를 남겨두고 갈 순 없다 싶어서, 그리고 다른 배가 다니는 길목도 아닌데 싶어 말렸지만 그는 동료가 다 죽고 혼자 남은 것도 아닌데 모선을 비운다는 건 말도 되지 않는 일이라고 잘라 말했다. 게다가 아티유 선장도 같은 의견이었다.

"곧 교대할 선원을 보낸다. 잠시만 기다려라."

상태가 비교적 나은 두 선원이 스트라엘과 함께 남았다. 아티유 선장은 이게 매정한 처사라고는 생각하지 않는 듯했다. 뱃사람에게는 그들의 방식이 있겠지. 배의 일은 전적으로 선장 소관이다.

아직 깨어나지 않은 유리카를 내가 들쳐 업었다. 다른 사람한테 맡길 생각은 조금도 없었다. 보트로 만을 건너가자 바르제 가 하인들이 마중을 나와 있었다.

"아시엘 오빠?"

미르디네는 예상대로 궁금함을 참지 못하고 나와 기다리고 있었다. 그 곁에 붉은 머리…… 으흠, 흠, 아라디네의 얼굴이 보였다.

"오빠! 아니 어쩌다가 이렇게 됐어? 응? 이게 무슨……."

하인들이 횃불을 들고 지친 선원들을 안내하는 가운데 미르디네의 놀란 목소리가 어둑한 사위를 울렸다. 숫제 나르디를 업고 가기라도 할 기세였다.

"난 괜찮은데……."

횃불 때문에 나르디의 얼굴은 더 수척해 보였다. 미르디네는 걱정한다는 애가 놀랐답시고 팔을 냅다 잡아당기는 바람에 나르디는 숫제 넘어질 뻔했다. 보다 못해 말릴까 싶어 나서는데 아라디네의 목소리가 들렸다.

"파비안, 고생했구나."

"오랜만이야, 아라디네."

나는 나르디처럼 잘못(과연 무엇을?)한 것이 없었으므로 자연스럽게 대꾸한다고 생각했지만…… 음, 그렇게 대꾸한 게 맞는 건가? 아라디네는 곧 내 어깨에 고개를 묻고 있는 유리카를 보았다.

"아파?"

고개를 끄덕였다. 아라디네는 맥없이 흩어진 유리카의 머리카락을 약간 쓰다듬더니 조그맣게 속삭였다.

"유리카는 건강했는데."

왜 이럴까. 아라디네의 한마디에 갑자기 눈물이 울컥해서 나는 황급히 고개를 돌렸다. 유리카한테 무슨 일이 생긴 것도 아닌데. 이러다가 금방 생기를 되찾을 텐데.

"어서 가자. 종일 굶었다면서. 어머니께서 하녀들을 모두 동원해서 엄청난 저녁을 준비해 놓으셨어."

나는 고개만 끄덕거렸다. 횃불 행렬의 머리가 저택에 당도하는 것이 보였다. 내가 기어 올라갔던 절벽보다는 한결 나은 우회로가 있어서 다행이었다.

뒤따라 걸으면서 나는 꿈처럼 닥쳤던 시즈카와 내게 검을 겨누던 하르얀, 그의 눈에 어렸던 격렬한 살의, 그런 그를 소리쳐 부르던 나르디, 파도 너머로 사라져 버렸던 젊은 정복자들호를 떠올렸다. 그들은 어떻게 됐을까. 하르얀은 무사할까.

그러길 바라는 것이 옳을까?

지금은 아무것도 모르겠다.

나중에 생각하자. 충분히 쉬어서 몸이 회복된 후에, 친절한 사람들에게 고마움을 표시하고 그러고 나서도 생각할 여유가 남았을 때.

모든 것은 그때 생각하자.

4. 안녕, 푸른 굴조개

유리카.

이름을 불러 본다. 다정스런 이름, 햇빛 같은 이름. 대답을 기다리며 귀를 기울인다.

"응?"

그래, 살아 있어.

"아냐, 그냥."

혼자 실없이 웃어 본다. 쓸데없이 했던 걱정들을 생각하면서. 유리카가 나를 떠날 리 없는데, 왜 그리 겁을 냈을까.

"아이 참, 실없긴."

하지만 유리카는 다 알고 있다. 성긴 빗으로 머리를 빗으며 빙긋 웃어 보인다. 검은 색이 아닌 옷을 입은 모습이 참 낯설었다. 그렇지만 조금은 기쁘기도 했다. 평생 검은 옷만 입어야 하는 소녀라니 얼마나 우울한 일이야.

빛이 시트와 레이스 위로 부서지며 내렸다.

"난 괜찮대도."

그럼. 나도 알아. 처음부터 아무렇지도 않았다는 걸. 언제든 눈을 뜨고 싶었다면 떴으리란 걸. 물론 유리카는 그런 말 안했지만.

"아침 먹으러 가자."

유리카가 빗을 내려놓고 침대에서 뛰어내렸다. 녹색 치마가 무릎 언저리에서 가볍게 흔들렸다. 여기 머무르며 입는 옷은 전부 아라디네가 빌려 준 것이다. 저 초록색 원피스는 붉은 머리 아라디네에게는 그다지 어울리지 않았지만 초록 눈동자를 가진 유리카가 입으니 제법 잘 어울렸다.

"그래, 가자."

나란히 걷자니 치맛자락이 사각대며 내 다리를 스쳤다. 문득 유리카가 죽음의 무녀도 아니고 2백 년이나 잠들었다가 깨어나지도 않은 평범한 소녀인 것만 같아 입가에 슬그머니 미소가 생겼다.

"왜 웃어?"

"아냐."

나중에 임무가 끝나고 엘프와 드워프도 되살아나는 때가 오면 유리카도 평범한 소녀처럼 살아가게 될 텐데, 뭐.

우리는 나란히 식당으로 들어섰다.

"어서 와요."

프론느 헤르미 바르제, 그러니까 바르제 부인은 재치 있고 멋있는 안주인이었다. 붉은 머리와 가무잡잡한 피부는 아라디네와 찍어 놓은 것처럼 닮았다. 당연한 일이다. 바르제 부인은 올디네, 블랑디네, 미르디네가 아니라 아라디네의 어머니였으니까. 난 아라디네가 형제들한테 따돌림 당하는 걸 보고 상황이 반대일 줄 알았는데 말이다.

"많이 회복됐구나? 어유, 이쁜 프로첸. 얼른 나아서 남자 친구 걱정 좀 그만 시켜야지?"

바르제 부인은 친어머니처럼 친근하게 말하며 식탁 의자를 손수 빼 주었다. 집에서 부리는 하녀가 많았지만 그녀는 직접 손님 식탁을 차리는 것을 좋아했다. 게다가 친딸, 양딸 합쳐서 딸이 넷이나 되는 데도 유리카를 몹시 사랑스러워 했다. 딸을 유난히 좋아하는 성격인 모양이다.

유리카가 의자에 앉으며 생긋 웃었다.

"이제 걱정 안 시킬 거예요."

유리카는 프론느 헤르미—본인이 그 이름을 좋아해서 하녀들까지도 그렇게 불렀다—가 특별히 만들어 주는 죽과 과일 주스만으로 식사를 마쳤다. 죽뿐인 식사라니 호그돈의 통나무집에서 내가 당했던 상황이 떠오르겠지만 이번엔 상황이 반대다. 유리카는 눈까지 반짝이며 자기가 먹어본 중 가장 맛있는 죽이라고 말했고, 그래서 내가 한 숟가락 먹어 보려 했더니 둘이 동시에 팔꿈치로 밀어냈다. 그러면서 음모를 꾸미는 사람들처럼 마주 미소 지었다.

"이건 병자만 먹는 거야. 멀쩡한 사람은 안돼요."

죽 맛이 궁금해 죽겠지만 두 여자의 텃세로 참는 수밖에 없었다. 죽 갖고 하는 고문도 진짜 가지가지다.

"엄마!"

통 넓은 긴 바지 차림의 아라디네가 식당으로 나오다가 나와 유리카를 보고 어색한 미소를 보냈다. 그 바지는 비카르나 족의 전통 의상이라고 했다. 헐렁한 바지인데 허리와 발목에는 띠를 잡아매어 소시지 같은 모양이 되는 희한한 옷이다.

얼굴이 그렇게나 닮은 모녀지만 성격은 정반대라는 것도 신기했다. 프론느 헤르미는 영리하고 솜씨 있는 주부인데다 아랫사람도 능숙하게 부리고 사람들을 편안하게 해주는 성격인 반면, 아라디네는 말수가 적고 고집은 셌으며 뭘 건드려도 실수투성이인 소녀였으니 말이다.

"어유, 우리 공주님 나오셨어?"

프론느 헤르미는 싱긋 웃으며 사과를 한 개 집어 내밀었다. 아라디네는 인상을 찌푸리며 고개를 흔들었다.

"먹고 싶지 않아."

"고집 부리지 마. 그래 갖고 어디 고운 피부를 가질 수 있겠어?"

잠깐 실랑이 끝에 결국 사과를 받아들었지만 마뜩찮은 표정이었다. 한 입 깨물면서도 내키지 않는 기색이 역력했다.

이곳에 머무른 지도 어느새 이레째다.

"오래 폐를 끼치네요."

프론느 헤르미가 직접 갈아 준 주스를 마시던 유리카가 문득 말하자 그녀는 두 손을 다 내저었다.

"저런, 저런, 더 편히 쉬다가 가. 우리 집은 이렇게라도 찾아오는 손님이 없으면 적적한 게 귀신 나오는 산꼭대기 고성(古城) 같다니까. 오며가며 들여다보는 사람이 없는 데 산다는 게 얼마나 외로운지 몰라. 요새 사람들이 북적대니 그렇게 좋을 수가 없네. 그런데 그 선장님도 왜 그렇게 떠나고 싶어 하시는지. 우리 집 대접이 마음에 안 드시나?"

사람이 갖는 인상이란 어쩌면 생김새 문제가 아닐지도 모르겠다. 저 닮은꼴 모녀가 주는 인상이 얼마나 판이한지. 프론느 헤르미는 가무잡잡한 피부조차 매력적이고 빨간 머리도 시원시원해 보이거든. 어디서든 분위기를 주도하는 인상이잖아.

유리카가 웃으며 고개를 저었다.

"무슨 말씀을요. 여기만큼 마음 편한 집도 없어요. 그렇지만 해야 할 일이 있으니까요. 남들한테 베푸는 건 프론느 헤르미만 좋아하는 줄 아세요? 저희들도 다 뭔가 해드리고 싶은데 할 능력이 안 되니까 마음에 걸리는 거라고요."

지나치게 직설적인 대답에도 프론느 헤르미는 킥킥 웃었다.

"아아, 물론이야. 다 알고 있다고. 나도 상황만 된다면 언제든지 받을 준비가 되어 있는 사람이야."

모녀지간처럼 척척 잘 맞는다. 나는 왠지 소외당한 듯한 아라디네의 얼굴을 흘끔흘끔 쳐다보며 식사를 마쳤다.

프론느 헤르미는 우리가 뭘 궁금해 하는지 알고 있었다. 식탁을 치우고 나자 개인 거실로 따라오라고 손짓했다. 아라디네도 어미닭을 쫓아다니는 병아리처럼 따라와 한쪽 의자에 앉았다. 프론느 헤르미가 바로 입을 열었다.

"우리 집 양반이 이스나미르로 넘어가는 대상(隊商)을 알아봐 놨다고 그랬어. 날짜는 아마 모레쯤? 마리뉴 상인들이 이스나미르로 가는 것은 보통 매달 15일, 그러니까 리에주 대시장이 서는 날에 맞춰 닷새 정도 여유를 두고 출발하거든? 오늘이 7일이니까 9일에서 10일 사이가 출발일로 잡혀 있을 거야."

헤르미는 유리카를 바라보며 빙긋 웃었다.

"그러니 더 있고 싶어도 있을 수가 없겠지."

"선장님이나 엘다렌도 이 이야기를 알고 있어요?"

내가 묻자 프론느 헤르미는 고개를 저었다.

"아니. 그렇지만 결정이 되면 곧 말할 생각이겠지. 오늘 밤쯤이 아닐까 싶은데. 날짜랑 장소를 확실하게 해놓고 일을 부탁할 사람들한테 이야기까지 다 맞춰 놓은 다음에 말을 꺼낼 작정인 게야. 그 양반은 그렇게 빈틈없는 걸 좋아하거든."

프론느 헤르미는 자기 남편이 딸 넷에 더해 막내아들쯤 되는 것처럼 그렇게 말했다. 하지만 사실 마디크 바르제는 부인보다 열 살은 많아 보이는 사람이었다. 뭐 처음 겪는 일은 아니다. 프론느 헤르미는 여긴 딸뿐인 집안이라 제일 귀여운 사람이 남편이라고 스스럼없이 말해 둘째 날 아침엔가 벌써 우리를 당황시켰다.

"그런데 내가 이렇게 미리 얘기를 꺼내는 건."

헤르미는 아라디네를 흘끗 쳐다보더니 다시 나를 보았다.

"물어보고 싶은 게 좀 있어서야."

나는 약간 긴장하여 유리카를 쳐다보았다. 유리카는 담담했다.

"뭔데요?"

"그러니까 너희들 엘라비다 족이야? 이스나미르 사람?"

아, 이거 난감한데. 나는 얼른 대답하지 못하고 머릿속으로 열 가지쯤 되는 대답을 굴렸다. 미리 알고서 묻는 건가? 아니면 순수한 호기심? 혹시 말하고 나면 치안대로 넘겨버리는 건 아니겠지?

내가 고민하는 동안 옆에서는 즉시 대답이 나왔다.

"아뇨."

돌아보니 거짓말하는 사람으로 생각되지 않는 솔직한 얼굴이어서 좀 놀랐다.

"아냐? 그럼 이 나라 출신이야?"

헤르미가 재차 확인하듯 묻더니 대답도 듣기 전에 한숨을 내쉬며 중얼거렸다.

"아아, 그렇군. 역시 우리 집 양반이 잘못 짚은 건가."

"뭐라셨는데요?"

내 어눌한 말투는 유리카 때문에 당황한 탓이기도 했다. 이렇게 헌신적으로 도와주는 사람한테 거짓말을 하고도 전혀 가책이 없을까?

"아아, 선원들이랑 선장님은 몰라도 유리카 일행은 엘라비다 족인 것 같은데 무슨 사정인지 궁금하다고 했지. 요즘엔 국경 경비도 전보다 철저해져서 그전처럼 아무렇게나 흘러들어 오긴 어려우니까…… 아참, 내가 말 안 했구나?"

프론느 헤르미가 갑자기 손뼉을 치며 목소리를 높여서 나는 엉겁결에 같이 손뼉을 칠 뻔했다.

"뭐, 뭘요?"

"내가 엘라비다 족이란 거."

"네엣?"

나는 너무 놀라 의자에서 벌떡 일어나려다가 겨우 참았다. 아라디네가 탓하듯 소리쳤다.

"엄마!"

헤르미는 뭐 어떠냐는 것처럼 양손을 펴 보이며 웃었다.

"그래, 엘라비다 족이야. 버밀리온 카운티(Vermilion County)의 룬서스 출신이거든. 동쪽 해안에서는 꽤 큰 항구인데 들어보지 않았어? 작은 만 너머로 마주보는 록서스하고 사사건건 티격태격한다는 얘기도."

들어봤든 못 들어봤든 문제가 아니었다. 대꾸가 진짜 궁하네. 게다가 거짓말을 할 필요도 없었잖아!

그런데 유리카는 아무렇지도 않아 보였다. 그보다는 흥미로운 기색이었다.

"그러세요? 그런데 어떻게 여기 와서 사세요?"

"아아, 나도 이럴 생각은 없었지. 여행이나 좀 다니려는 심산이었는데 잘못해서 발이 묶였지 뭐야. 아냐, 아냐, 실은 여기 사는 아저씨랑 꼬맹이 딸들이 너무 예뻐서 내가 제풀에 발을 묶은 거지만. 올딘하고 블랑딘이 애기 때 얼마나 예뻤는지 알아? 귀여운 발로 아장아장 걸어다니는 게 하늘에서 천사가 내려온 줄 알았다니까. 애기들 아빠야 말할 것도 없고. 하여간 그냥 갈 수가 없었어."

나는 이 이해 안가는 얘기에 적응하느라 얼빠진 표정으로 고개만 끄덕거렸다. 하지만 유리카는 달랐다.

"어머, 그럼 처음에 여긴 어떻게 오시게 됐는데요?"

"그게 말이지……."

프론느 헤르미가 아라디네의 눈짓을 무시하고 마디크 바르제와 결혼하게 된 사정을 신나게 설명하는 동안 나는 사태를 정리하기에 바빴다. 헤르미는 엘라비다 족이니까 우리 정체를 짐작하면서도 아무 소리 안 했던 거야. 자기가 국경을 넘어 여행한 일도 있고 하니 이스나미르로 간다 해도 그러려니 하며 도와준 거고. 그러면 처음부터 엘라비다 족이라고 밝히는 편이 나았을 텐데. 이제 와서 밝히기도 곤란하고. 참, 그보다 이 이야기가 잘 마무리되면 선원들에게 우리 문제를 밝히지 않고 조용히 헤어질 수도 있겠다. 그러니까 엘다렌과 나르디, 아티유 선장하고 오늘 내로 이야기를 해서 말을 맞춰 놓은 다음에…….

"……그래서 내가 아라딘을 낳았고 잠시 다른 남자랑 살았던 애들 엄마가 죽은 다음엔 미르딘도 데려다가 살게 된 거지."

뭐, 뭐라고?

유리카는 탄복한 표정이었다.

"정말 대단하세요. 그럼 미르디네는 다른 자매들하고 아버지가 다르군요?"

"그런 셈이야. 핏줄로만 따지면 지금 양 엄마 양 아빠랑 사는 셈이지. 그래도 이젠 미르딘도 바르제 성을 가졌으니 엄연히 우리 집 딸이라고. 우리 막내 공주님이지. 핏줄 관계가 좀 복잡하긴 하지? 그렇지만 다들 우애만 좋잖아. 안 그래, 아라딘?"

"……."

아라디네는 대꾸하지 않았지만 헤르미는 신경 쓰지 않고 넘어갔다. 이거 참, 저렇게 아무렇지도 않게 하기엔 얼이 빠질 얘기네. 그럼 대체 왜 올디네하고 블랑디네는 미르디네만 싸고돌지? 도대체 어떻게 돼 가는 집안이야?

"애들 얼굴이 안 닮아서 걱정이긴 해. 어디다 나란히 내놓으면 자매인 걸 못 알아보는 일이 생겨서. 저 기집애는 첨 낳았을 때도 저렇게 새까맸다니까. 정말 누가 엄마 딸 아니랄까 봐서 저렇게 쏙 뺐는지. 미르딘이 제 엄마를 제일 닮았고 아빠를 닮은 건 블랑딘이지. 성격도 치밀한 편이고 말야. 올딘은……."

적당한 시점에서 끊지 않으면 안 되겠는데.

"그렇군요. 그럼 저희한테 하시려던 이야기가 그거였어요?"

"아니, 아니야. 다른 이야기가 있었는데 엘라비다 족이 아니라니 넘어갈밖에. 사실은 말이야……."

도저히 참을 수가 없어서 나는 불쑥 말했다.

"저 엘라비다 족 맞아요."

이번에 입을 딱 벌린 것은 아라디네 쪽이었다.

"파비안, 그게 정말이야?"

일단 시작했으니 끝까지 갈 밖에. 내가 고개를 끄덕이자 아라디네의 눈썹이 약간 일그러졌다.

"저기, 그러면 그때…… 그래서 나한테 고향 얘기 안 하려고 했던 거야? 아니면 나한테 했던 얘긴 전부 거짓말이야? 그 부모님 돌아가셨다는 거랑, 또……."

"아, 아냐, 내 고향은 말해봤자 모를 거야. 대륙의 북동쪽 끝이거든. 부모님은 그게, 아버지는 살아 계시지만……."

갑자기 변명을 해야 하는 상황이 되다니.

내가 어쭙잖은 소리를 더듬거리며 늘어놓는 동안 유리카와 프론느 헤르미는 참을성 있게 기다리고 있었다. 그러나 프론느 헤르미의 얼굴에 점차 못 참겠다는 듯 미소가 번져갔다.

"아라딘, 여자 친구가 있는 애를 좋아해서 뭘 해?"

"네에?"

나와 아라디네가 동시에 화들짝 놀라며 헤르미를 돌아보았다. 헤르미는 감 잡았다는 표정으로 손가락을 까딱거리더니 아라디네의 얼굴이 새빨개진 것도 아랑곳 않고 말을 이었다.

"응? 실속 있는 남자를 좋아해야 하는 법이라고. 아빠를 봐. 내가 직접 힘들여 안 낳아도 셋씩이나 예쁜 딸내미들을 만들어줬잖아?"

그건 좀 이상한 말 같은데.

아라디네가 어쩔 줄 몰라 입속으로만 뭐라고 중얼거리고 있는 동안 헤르미는 다시 우리를 봤다.

"하던 얘길 해야겠지? 파비안은 엘라비다 족이라 이거야? 그런데 유리카는 아니고? 어쨌든 잘 됐어! 그럼 내 부탁 하나만 들어줘."

"에…… 뭔데요?"

의심할 줄 모르는 헤르미 덕택에 이야기는 엉뚱하게 전개되어갔다.

"룬서스에 좀 가줘. 내 대신."

이건 또 무슨 소리야.

"전 룬서스가 어디인지도 모르는데요?"

"그러면 다른 사람 편에라도 룬서스에 소식 좀 전해 줘. 무슨 소식이냐면, 음…… 그냥 내가 안 죽고 이렇게 잘 살아 있다고 말이야. 게다가 보다시피 호강하면서 귀여운 남편이랑 예쁜 딸내미들이랑 잘 산다고 얘기해 줘."

"누구한테요?"

"우리 가족한테. 집 나오고서 한 번도 소식을 못 전했거든."

"……."

내가 말문이 막혀 있는 동안 옆에서 피식 웃는 소리가 들렸다.

"그래요. 그런 거 전하는 것쯤 문제도 아니에요. 편지나 한 장 써주세요."

야, 유리카…….

"룬서스?"

꼭 어딘지 아는 말투여서 나는 다그쳐 물었다.

"야, 가봤냐?"

"아니."

하지만 나르디는 어깨를 으쓱했다.

"가면 되는 거지 뭐. 어디쯤인지 대충 알아."

안타깝게도 내 엉터리 지도에는 쌍둥이 도시 룬서스와 록서스, 또는 그 비슷한 것도 없었다. 큰 항구라는 프론느 헤르미의 말이 과장일지도 몰라. 어쨌든 나보다 몇 배는 더 돌아다닌 나르디 녀석의 말이니 믿어도 되겠지.

"그 편지만 전해 주면 내일 모레 이스나미르로 넘어가는 건 문제없다, 그 말인가?"

"그런 셈이지."

엘다렌은 묵묵히 테이블 다리에 시선을 집중하고 있었다. 그는 다리가 허공에 뜨는 의자를 싫어해서 나지막한 발받침에 앉아 있었다. 그러니까 테이블 다리를 보게 되는 건 당연지사였다. 엘다렌이 결론을 말하지 않자 아티유 선장이 입을 열었다.

"그럼 이제 여러분과 헤어지는 겁니까?"

선장은 바르제 저택에 머무는 동안 모든 상황을 우리와 공유하고 있었다. 선원들은 선장의 말을 무조건 따랐고 선장은 우리 부탁이라면 다 들어주어서 이 관계는 몹시 편리했다.

"혹시 선장님도 이스나미르에 가시려고요?"

유리카가 농담조로 말하며 빙긋 웃었다. 처음부터 정해져 있던 순간이 온 것뿐이다. 아티유 선장과 푸른 굴조개호의 선원들은 잠시 마르텔리조로 돌아갈지도 모르고, 그 다음에는 우리가 알 수 없을 삶이 펼쳐져 있겠지.

"하하, 이스나미르엔 볼 만한 것이 많습니까?"

선장의 말 역시 농담일 뿐이다. 아쉬웠다.

"그럼요. 우린 순백의 수도 달크로즈에 갈 거라고요. 소문은 들어 보셨겠죠?"

유리카는 명랑하게 대꾸했다. 아티유 선장의 얼굴에도 아쉬운 미소가 번졌다. 엘다렌이 한참 만에 입을 열었다.

"선원들을 불러라. 이야기를 좀 하자."

선장이 선원들을 집결시키는 방식은 배 위와 똑같았다. 예전 같으면 사환 소년이 먼저 달려와야 했겠지만 그 애는 해적들의 습격과 폭풍 속에서 살아남지 못했다. 그래서 선장의 심부름을 하기로 한 선원이 달려왔다.

"항해사들을 불러라."

선원이 가서 스트라엘과 바스케스를 찾아내 왔다. 피논은 올 수 없지만, 두 항해사는 선원들을 반으로 나누어 관리하고 있었고 또 항해사들에게는 직속 보좌 선원이 딸려 있었다. 스트라엘 직속이던 멜립은 그날 밤 내가 본 것이 마지막이었기 때문에 지금은 다른 선원이 그 일을 맡고 있었다.

보좌 선원들은 저택에 머무는 동안 자기가 관리하는 선원들의 행선지를 모두 보고받았다. 임시로 상륙하긴 했지만 계약된 항해가 끝난 것은 아니기 때문이다. 또 딸들이 많은 집에 며칠씩 신세지고 있는 남자들로서 당연한 처사이기도 했다. 10분이 채 되기 전에 모든 선원들이 1층 응접실에 모였다.

"선주님께서 하실 말씀이 있다고 하신다. 모두 자리를 잡고 앉아라."

의자가 부족해서 바닥 곳곳에 적당히 앉았다. 수많은 눈이 엘다렌을 향했다. 엘다렌은 쉽사리 입을 열지 않았다. 무슨 말을 할지 알고 있는 나까지도 까닭 없이 긴장되는 기분이었다. 선원들이 의아해할 무렵에야 무거운 목소리가 침묵을 깼다.

"항해를 끝낸다."

소란은 없었다. 하지만 설명이 필요했다.

"일당을 계산한다. 장부를 가져오도록."

장부를 맡은 딤스빌이 일어나 껴안고 있던 두툼한 항해 일지와 일당을 계산한 장부책을 테이블에 올려놓았다. 나르디가 일어나 장부를 펼쳐 천천히 읽었다.

"항해 일자는 마르텔리조에서 출항한 키티아 아룬드 19일부터 내일, 즉 인도자 아룬드 11일까지로 합니다. 모두 스무사흘이고요. 일당은 항해 시작할 때 약정한 금액의 두 배로 합니다. 예상치 못한 불미스러운 사건도 있었고 일반적인 경우보다 어려운 항해였다고 생각하기 때문입니다. 사망한 선원의 경우는 네 배를 지불하겠습니다. 물론 가장 먼저 계약한 선원들의 경우에도 당시 제시한 금액에서 두 배, 또는 네 배로 계산합니다."

웅성거림이 일었다. 항해 계약이란 위험 부담도 포함하기 마련이라서 죽거나 다치거나 해도 약정 금액보다 많이 주는 일은 없다고 했다. 아티유 선장이 해 준 얘기였다. 물론 그는 이번 일을 처리하는 데 참고삼으라고 그런 말을 했을 것이다. 폭풍이나 해적의 습격 등은 항해 도중 언제든지 만날 수 있는 사고라면서.

"자세한 금액은 이 장부를 보시기 바랍니다."

나르디가 선원들의 이름과 일당이 적힌 종이를 바로 앞의 선원에게 건넸다. 종이가 돌아가는 동안 입을 여는 사람이 아무도 없었다.

"그동안 함께 항해한 것을 기쁘게 생각하며, 지금까지 수고해 준 것 또한 고맙게 생각합니다. 선주들 모두를 대신하여 노고를 치하합니다."

나르디가 할 이야기는 이것으로 끝이다. 그는 항해 일지를 놓고 뒤로 물러앉았다.

엘다렌 차례였다. 그는 천천히 일어섰다. 물론 의자에 앉은 우리의 키에도 미칠까 말까한 정도다. 그러나 선원들은 개의치 않고 존경하는 눈빛을 보냈다.

"고생이 많았다."

잠시 사이를 두었다. 프론느 헤르미 같으면 용건을 다섯 번은 말하고도 남을 시간이지만.

"배를 수리하느라 고생한 것을 알고 있다."

그 사이 선원들은 돛을 새 것으로 달고 부서진 곳도 말끔히 손질해 놓았다. 갑판과 배쌈도 깨끗이 칠했다. 자재는 엘다렌이 돈을 내주어 바르제 가의 하인들이 사 왔지만 수고로운 일을 도맡아 한 것은 그들이었다.

"푸른 굴조개는 선장과 너희들에게 주겠다."

"예, 예엣?"

선원들의 경악에 찬 목소리를 뚫고 가장 먼저 귀에 들어온 것은 아티유 선장의 외침이었다. 그는 당황하여 눈을 몇 번이나 깜빡거리다가 다시 외쳤다.

"배를 주다니요!"

엘다렌은 두 번 설명하는 성격이 아닌지라 내가 나섰다.

"아티유 선장님께 이 배의 지분 절반을 드리겠습니다. 나머지 반은 푸른 굴조개호가 출항하던 날 배 안에 탔던 사람들과 유족들에게 공평히 나눌 생각입니다. 지분을 나누고 관리하는 것은 선장님께 맡깁니다. 부디……."

나는 약간 말을 끌다가 빙그레 웃음을 지었다.

"멋진 배로 남도록 아껴 주세요."

나라고 정들지 않았던 게 아니다. 푸른 굴조개는 이름에 걸맞게 아름다웠고 시즈카와 파도 속에서도 최고의 배였다. 이번에 새 돛을 달고 위그티그 만에 둥실 뜬 모습을 보니 마디크 에라르드가 어째서 이 배에 그토록 자부심을 가졌는지 알 것 같은 느낌이었다. 마르텔리조 사람들의 자랑이던 푸른 굴조개. 정신을 잃은 우리를 안전하게 돌봐 주었던 친구. 출항하던 날 돛마다 그려져 있던 금빛 초승달이 눈에 선하다.

"사랑스러운…… 아가씨처럼 돌보겠습니다."

"동료라고 생각하렵니다. 그럴 가치가 있는 놈이니까."

"자식처럼, 마누라처럼 아낄 겁니다. 약속하겠습니다!"

"그럼요, 그럼요……."

선원들이 한 사람씩 말하기 시작했다. 진심 어린 얼굴들이었다. 기분이 묘해졌다. 배는 배일뿐인데 사람과 이별하는 느낌이야.

아티유 선장은 말이 없었다. 표정으로는 생각을 읽을 수가 없었다.

"할 말은 이것뿐이다."

엘다렌은 응접실 밖으로 걸어 나갔다. 선원들의 시선을 한 몸에 받으며. 그러다가 입구에서 문득 멈춰 섰다.

"앞으로 또 이렇게 불러 모을 일은 없을 것이다. 내일도 일당을 주기로 했으니 나는 그때까지 선주겠지. 마지막으로 명령한다. 내일 중으로 출항해라."

"여부가 있겠습니까!"

"예, 알겠습니다!"

"말씀대로 하겠습니다!"

엘다렌이 나가자 선원들은 벌떡 일어나 소리를 지르기도 하고, 껄껄 웃어대기도 하고, 그러다가 곧 우리에게 인사를 하려고 몰려들었다. 이렇게 또 헤어지는구나. 여행을 하면 만남도 많고 헤어짐도 많은 거지. 만남이 기뻤던 만큼 헤어짐이 아쉬운 거고, 좋은 만남을 기대하는 것은 좋은 헤어짐을 갖기 위해서이기도 하구나.

내 손을 움켜잡고 흔드는 선원을 보며 나는 크게 미소 지었다.

"만나서 즐거웠어요!"

문득 깼는데 문밖에서 발소리가 지나갔다. 밤중에 누구지?

나가서 살펴볼까 하다가 생각을 바꿨다. 귀만 기울여도 사정을 알 수 있을 것 같아서다. 아니나 다를까 발소리가 멀어지는 듯하더니 창밖 정원에서 다시 나타났다. 나는 침대에서 일어나 자세를 낮춰 창가로 다가갔다. 정원에 누군가가 서 있었다.

잠시 후 또 다른 발소리가 정원으로 나갔다. 달빛 아래에서 못 알아볼 수 없는 윤곽이 드러났다. 작은 키와 탄탄한 몸집, 엘다렌이다. 그는 먼저 나와 있던 사람에게 다가가 섰다. 몇 마디 나누는 듯했지만 들리지 않았다. 나는 창문을 약간 열었다.

"……그렇지."

"언젠가는……."

말소리는 일부만 들렸지만 다른 한 사람이 누구인지 알기에는 충분했다. 아티유 선장이었다.

"……하겠습니다."

"그런가……."

둘은 잠시 침묵하고 있었다. 내가 좀이 쑤셔 답답해질 때까지. 정원을 빙글빙글 돌던 바람이 내 창문에 이르러 커튼을 흔들도록. 몇 시나 됐을까?

두 사람은 더 이상 아무 말도 하지 않았다. 악수하듯 손을 맞잡았고, 그것이 끝이었다. 잠시 후 창밖에는 다시 달빛과 바람만 남았다.

둘은 무슨 이야기를 했을까? 다 짐작할 수는 없지만 내가 내일 물어봤자 둘 다 아무 대답도 해 주지 않으리란 정도는 알 수 있었다. 어쩌면 영영 알 수 없을지도 모르지.

이튿날, 모든 준비는 끝났다. 푸른 굴조개호는 저녁에 출항할 것이고 우리 일행은 배를 전송한 뒤 말을 타고 마리뉴 시로 나가서 마디크 바르제가 물색한 상인 일행을 만나 합류하기로 얘기가 되었다. 거기서 바르제 일가와도 작별이다. 다 순조로웠다. 미르디네가 막무가내로 떼쓰는 것만 빼면 말이다.

"아시엘 오빠, 정말 가는 거야? 응? 그 몸으로 어딜 간다고 그래? 아직 다 회복되지도 않았는데 벌써 떠나는 거야? 그렇게 바빠? 왜 가는데? 나한테 말해주면 안 되는 거야? 겨우 다시 만났는데 벌써 간다고 그러면 나는 어떻게 해?"

어떻게 하긴, 그냥 있으면 되지.

나르디가 사흘이나 열이 올라 미음도 못 넘기고 앓을 때 달라붙어 간호해 준 사람이 미르디네이긴 했다. 물론 미르디네가 진짜 간호를 했다는 것이 아니라 잠 안 자고 버텼다는 정도이긴 하지만 어린 소녀로서 그것도 작은 일이 아니었기에 나르디도 이번엔 쉽게 웃어버릴 수가 없었다.

미르디네는 나르디의 머리가 금발, 그녀의 표현을 따르자면 '기가 막히게 예쁜 황금빛 머리'가 되어버린 이래로 녀석한테 매달리는 게 한층 심해졌다. 나로선 좋아하는 사람의 머리 색깔이 바뀌는 게 중요한 일이라고는 생각되지 않지만 말이다.

미르디네의 극성 때문에 참고 있긴 했지만 나도 나르디에게 물어보고 싶은 것이 있었다. 나까지 녀석을 추궁하다가는 도로 앓아누워 버릴지도 모른다 싶지만 말이다. 하지만 출발하면 꼭 물어볼 생각이다.

넌 하르얀하고 어떤 사이지?

"식사들 해요!"

우리 '선주단' 일행과 아티유 선장, 스트라엘과 바스케스가 한 식탁에 앉았다. 바르제 네 자매와 프론느 헤르미도 함께다. 막상 떠나려니 프론느 헤르미의 특제 요리들이 아쉽기 그지없었다. 첫째로 상큼한 토

마토 마리네이드, 둘째로 헤르미가 차크라타난까지 가서 배웠다는 달콤한 호박 프리터스다. 오늘은 두 가지가 모두 식탁에 올랐다. 토마토 마리네이드에 어울리는 붉은 포도주도 나왔다.

"저녁에는 송별 기념으로 멋진 요리를 준비할 테니까 기대해요!"

프론느 헤르미가 식탁 머리에서 활기차게 웃었다. 그녀가 수호하는 이 가족과 헤어지려니 새삼 어머니 생각이 떠올라 우울해졌다.

"미르딘, 고집은 그만 부려. 오빠가 가야 한다잖아. 네가 그렇게 고집 부리고 떼쓰면 오빠가 가면서도 마음이 편하겠어? 귀여운 동생이니까 네가 이해를 해야지. 그래야 또 보러 올 게 아니겠어? 이러다간 오빠도 다음에는 올 수가 없을 거야."

프론느 헤르미는 천사였다. 고개를 푹 숙인 나르디의 얼굴에서 피식 웃음이 새어나오려 했다. 미르디네는 고민에 빠져 이맛살을 찌푸리며 나르디와 엄마를 번갈아 쳐다보느라 식사도 제대로 못 했다.

"어쨌든 신세를 많이 졌습니다. 꼭 다시 찾아뵙고 인사드리도록 하겠습니다."

예의바른 말투의 주인공은 아티유 선장이었다. 헤르미는 같이 진지한 얼굴이 되어 선장을 마주봤다.

"맞아요. 신세 많이 졌죠? 그러니까 나중에 다시 안 찾아오면 정말로 알아서 해요."

물론 아티유 선장이 저 말에 적당한 대꾸를 찾아낼 만한 사람은 아니었다. 블랑디네가 한숨을 쉬더니 말했다.

"아 서운해라. 정말 다들 가버리네요."

블랑디네는 한때 별과 검의 노래호에서 같이 싸우기도 했던 유리카에게 호감을 가지고 있었다.

"이렇게 만났잖아요? 다음에도 또 만나게 되겠죠."

유리카의 대답은 편리한 것 같긴 해도 사실이었다. 우리가 여기서 이 자매들을 또 만나게 될 줄이야 누가 알았겠어?

"나도 저 예쁜 배를 타보고 싶었는데."

블랑디네뿐 아니라 이 집 사람들 모두가 푸른 굴조개호의 아름다움에 감탄했었다. 아티유 선장은 멋쩍게 웃기만 했다. 출항을 앞두고 있으니 블랑디네를 태워주는 것은 무리겠지. 물론 바르제 가족 모두가 배에 한 차례씩 올라가 보았기 때문에 블랑디네가 말하는 것은 진짜 항해였다.

"엄마, 나도 선원이 되면 안 될까?"

"선원? 그것도 좋겠지."

농담인지 진담인지 모를 블랑디네의 말에 가볍게 대답해 버리는 프론느 헤르미 때문에 뱃사람 셋은 입을 딱 벌렸다. 블랑디네가 생긋 웃으며 그들에게 고개를 돌렸다.

"엄마가 괜찮다네요? 나, 항해에 끼워 주면 안 되겠어요?"

"……."

까닭은 모르겠지만 제일 당황한 사람은 스트라엘이었다. 블랑디네를 보는 눈이 이만큼 커졌다가 황급히 식탁 아래로 시선을 떨어뜨렸다. 게다가 먹던 호박 프리터스 조각까지 떨어뜨릴 뻔했지 뭔가. 아티유 선장보다 냉정한 성격을 자랑하던 그였기 때문에 그의 표정은 보는 사람을 꽤나 웃겼다. 유리카가 조그맣게 킥킥대자 바스케스가 뒤따라 웃기 시작했다. 식탁에서 제일 높이 머리가 솟은 그가 웃어대자 웃음은 금방 식탁 전체로 번졌다.

"히힛, 힛힛……."

"아하하……."

"뭐야, 왜 다들 웃는 거지?"

스트라엘이 당황하면 할수록 더 웃음이 나올 뿐이었다. 그는 늘 하얗던 뺨까지 발그레해졌다.

"너무 당황하지 마세요. 저랑 가는 게 그렇게 싫으시다면 제가 어떻게 따라간다고 고집을 부리겠어요?"

블랑디네도 만만치 않았다. 그런데 덧붙인 말이 더 충격적이었다.

"그냥 여기서 기다리는 수밖에요."

블랑디네는 스트라엘을 똑바로 쳐다보며 그렇게 말했고, 결국 그는 더 이상 식사를 할 수 없게 되고 말았다.

"저, 실례인 줄은 알지만, 이만 실례하겠습니다."

뭔가 앞뒤가 헷갈리는 말을 하고서 스트라엘은 벌떡 일어나 식당 밖으로 나갔다. 우리는 블랑디네를 쳐다봤다. 그녀는 당황하기는커녕 생긋 웃어 보였다.

"저도 실례인 줄은 알지만 좀 실례해야겠어요."

일어나 장난스럽게 우아한 자세로 절을 한 블랑디네는 가벼운 발걸음으로 스트라엘을 따라가 버렸다.

"……."

엘다렌은 아무것도 모르는 체 하며 식사에 열중했지만 유리카와 바스케스는 주위를 의식하지 않고 신나게 웃어댔고 헤르미도 곧 동참했다. 나르디는 냅킨으로 입을 가리며 의자를 뒤로 뺐다. 아티유 선장은 난감한 얼굴로 두 남녀가 나간 쪽을 자꾸만 쳐다봤다. 나와 아라디네는 예의를 지키려고 무진 애를 쓰다가 결국 포기했다.

"하하하!"

내 옆에서 상황 판단 안 되는 한 사람의 말소리가 들려왔다. 글쎄, 나이가 어린 게 죄라면 죄구나.

"블랑딘 언니랑 저 오빠랑 왜 점심 안 먹어? 속이 안 좋은가?"

5. 운명이 보내는 아침 인사

운명은 때로 질주할 수 있다.
육식자를 피해 달아나는 사슴처럼.
속도를 느낄 수 있다면 그대의 자리는
필시 두려움으로 뻣뻣해진 사슴의 등일 터이니

– 고(古) 이스나미르 왕국, 장로 중의 장로
히와칸 옹스트 作 〈격언saying〉 2권 1장 권두언

"이걸 스트라엘에게 갖다 주겠나."

보트를 띄우는 선원들을 바라보던 엘다렌이 나를 불렀다. 건네준 것은 작은 손수건 꾸러미였다.

영문도 모른 채 받아들어 선원들을 지휘하고 있는 스트라엘에게 다가가 내밀었다. 만져보니 딱딱한 돌멩이 같은데 그 옆에 종잇조각 같은 것도 들었는걸.

"엘다렌 선주님 말씀입니까?"

스트라엘은 아까의 우스운 표정은 사라지고 어느새 평소처럼 냉담한 얼굴이었다.

"출항한 다음에 풀어 보시라는데요."

나는 등을 돌리면서 안에 든 것이 뭔지 알 것 같다는 생각을 했다.

"출항한다!"

출항하지 않는 선원이 한 명 있었다. 마르텔리조에서 떠나기 직전에 교체됐던 선원이었다. 폭풍우에 질려버리기라도 한 건지 자기는 육로로 떠나겠다고 해서 선장도 허락해 주었다. 이름은 키반이라고 했는데 자기가 받은 배의 배당을 살 사람이 있으면 팔겠다고 한 것 때문에 선원들 사이에서 수군거림의 대상이 되었다. 다른 선원들도 그와는 잘 모르는 사이인 듯했다.

아티유 선장은 억지로 밝게 웃으며 악수했지만 다시 만나자는 말은 하지 못했다. 불가능하다는 것을 알기 때문이겠지. 스트라엘, 바스케스, 데스텐 등과도 차례로 악수를 나누었다.

"잘 가요!"

선원들을 가득 태운 보트가 떠나갔다. 눈이 떨어지지 않는다. 잠시나마 생사를 같이 했던 탓일까.

"선주님들, 건강하십시오!"

"다음에 또 뵙시다!"

"마르텔리조로 찾아오시면……."

외침도, 인사도 어느새 파도 소리에 묻혀 버렸다. 푸른 굴조개의 흰 돛과 금빛 달을 향해 마지막까지 손을 흔들고 있던 그때, 다급한 목소리가 우리를 불렀다.

"여기들 있었군!"

돌아보니 마디크 바르제가 바위투성이 해안을 황급히 가로질러 오며 우리에게 손을 흔들어댔다.

"어서 돌아오게! 큰일이 났어!"

"큰일이라뇨?"

"서둘러!"

푸른 굴조개의 닻이 막 오르는 중이었다. 조금만 더 지켜보고 싶은데. 하지만 마디크 바르제는 먼저 다가온 나르디의 팔을 꽉 움켜잡더니 다시 소리를 질렀다.

"여기에 있으면 안 되네! 집에 가서 짐들을 다 챙겨! 자네들을 잡으려는 사람들이 왔는데 한두 명이 아냐! 하라시바에서 군대가 왔단 말일세!"

무거운 침묵이 흘렀다.

이유는 알 수 없었다. 어떻게 새어나간 것인지. 하지만 이유를 아는 것보다 대책이 급했다.

"마리뉴의 상인들과 만나는 계획은 끝장났다는 거군요."

유리카의 말대로였다. 수도에서 왔다는 기사단과 병사들이 이미 마리뉴를 한바탕 뒤집어 놓았다고 했다. 우리 따위를 잡으러 왔다고는 믿기 힘들 정도로 대규모란다. 그들이 찾는 건 커다란 검을 멘 소년 하나, 은빛 머리에다 검은 옷을 입은 소녀 하나, 키 작은 검은 로브의 남자, 마디크 바르제 말에 의하면 정확한 초상화까지 갖고 다니며 탐문 조사를 벌였다는 또 다른 소년이다. 도대체 누가 이렇게 상세한 정보를 갖고 있는 거지?

"이리로 오는 것도 시간문제야. 들어오는 길이 좀 복잡하긴 하지만 그래봤자 하룻밤도 벌 수 없네. 문제는 여기를 언제 눈치채느냐 하는 건데 나와 얘기한 상인들을 조사했다면 다 끝난 문제겠지. 국왕 폐하의 이름으로 조사를 벌이는 그들에게 협조하지 않을 이유란 없으니까."

테이블 위에 램프 하나만 밝힌 응접실은 어두컴컴했다. 마침 비까지 내렸다. 북적거리던 선원들이 막 떠난 터라 더 적막한 기분이었다.

우리가 침묵하자 결국 기다리던 질문이 나왔다.

"자네들은 도대체 누군가?"

참기 힘든 공기였다. 어디까지 밝혀야 할지도 불분명했지만, 무엇보다도 애매한 건 우리도 필요한 대답이 뭔지 모른다는 것이었다. 그래, 이렇게 된 이상 우리 목적 얘기는 대강이라도 해줄 수 있다. 하지만 그게 군대에게 쫓길 만한 일인가? 우리가 세르무즈에서 지은 죄라고는 기껏해야 불법 입국 정도인데 그것 때문에 수도에서 기사단이 출동한다고? 상식적이지 않잖아!

"휴……."

그때까지 나는 응접실 한쪽 그늘에 그림자처럼 서 있던 사람을 눈치채지 못했다. 지끈거리는 머리를 식힐까 하고 창가로 고개를 돌리는데 조용히 서 있던 그가 보였다.

"누구신지?"

내가 입을 열자 모두 돌아보았다. 사나이의 몸이 약간 움직였다. 그러더니 천천히 밝은 쪽으로 걸어 나왔다. 검은 옷과 검은 망토, 그리고 검은 모자…….

"당신은……."

내가 시작한 말을 맺은 사람은 나르디였다.

"검은 망토?"

우리는 마르텔리조 경매장에 나타났던 정체 모를 남자를 멋대로 검은 망토라고 불렀었다. 이번에 나타난 자도 그때와 똑같은 옷차림에 똑같은 몸놀림이었다. 그는 아무도 권하지 않았는데 응접실의 한 의자를 차지하고 앉았다. 마찬가지로 아무도 말리지도 않았다.

"저 사람은 누굽니까?"

마디크 바르제가 우리에게 묻는 것도 무리가 아니었다. 하지만 나라고 해줄 대답이 있겠는가?

"그게…… 직접 물어보세요."

검은 망토는 우리 일행을 하나하나 살펴보기 시작했다. 관찰 당하는 느낌이 불쾌하다 싶을 즈음 그는 내게 시선을 멈췄다. 첫 마디는 당혹스럽게도 내가 많이 들어본 말이었다.

"닮긴 닮았군."

내가 얼떨떨한 표정을 짓고 있자 유리카가 날카롭게 말했다.

"당신 정체부터 밝히고 이야기합시다."

"정체는 피차 밝혀야 하는 것 아닌가?"

검은 망토는 나를 빤히 보던 시선을 거두고 의자에서 몸을 일으키더니 테이블을 성큼 넘어 나르디와 내가 앉은 긴 의자 앞으로 다가왔다. 내가 미처 대응하기도 전에 눈앞에서 믿을 수 없는 광경이 벌어졌다.

"이리 지척에서 배알할 기회를 얻다니 일생의 광영이옵니다."

검은 망토는 모자를 벗고 한쪽 무릎을 꿇어 정식 기사들이 하는 절을 했다. 내가 아니고 나르디에게.

내가 혼비백산한 것과 반대로 나르디는 미동도 하지 않았다. 그런데 더 놀라운 일이 생겼다. 유리카가 일어나더니 검은 망토와 똑같이 몸을 굽혀 절을 하는 것이 아닌가!

"유리!"

나만 상황을 모르는 거야? 엘다렌을 돌아봤지만 그 역시 헛기침 한 번 없이 딴전을 피울 뿐이었다.

"지, 지금 무슨 상황입니까? 그러니까, 아니, 저 사람이……."

횡설수설하기 시작한 사람 좋은 마디크 바르제에게 일말의 동지의식을 느끼며 나는 나르디 녀석의 얼굴을 보았다.

"야, 너……."

"말씀을 조심하십시오!"

나르디가 대꾸하기도 전에 검은 망토가 매섭게 외쳤다. 나르디한테 말조심하라는 말만 놀라운 것이 아니었다. 그는 내게도 존대를 하고 있었다.

나르디는 그 자세 그대로 굳어져버린 것만 같았다. 무릎 굽힌 두 사람에게 시선을 주지도 않았다. 그저 응접실 바닥을 내려다볼 뿐이었다. 나는 더 참을 수가 없었다.

"뭐라고 설명 좀……."

"해야겠지."

나르디가 내 말을 끊었다. 그런데 목소리가 평소와 달랐다. 그는 검은 망토와 유리카에게 눈을 돌렸다.

"일어서라."

평소 상상도 할 수 없었던 말투였다. 즉시 검은 망토가 일어서고 유리카가 따라 일어섰다.

"미안하게 됐습니다."

가라앉은 목소리였다. 무표정하던 얼굴에 우울한 기색이 어렸다.

"적당한 때를 보아 내 입으로 밝히고 싶었는데 이런 상황이 되어버리다니 정말 유감입니다. 앞으로도 지금처럼 지낼 수 있길 간절히 바랍니다만……."

나르디는 눈을 내리깔았다.

"잘 될지는 모르겠군요."

더 참다간 머리가 터져버릴 것 같아 나는 벌떡 일어났다.

"말을 합시다! 답답한 상황은 못 견디겠어요! 도대체 네가 누구란 거야? 네 입으로든 다른 누구든 정확하게 좀 말해 봐요!"

대답한 사람은 검은 망토였다.

"나르디엔 루아 듀플리시아드, 고귀한 달크로즈 성의 영주이자 북부 하르마탄의 지배자이며 그레이 카운티에서 올리브 카운티(Olive County)에 이르는 전 이스나미르의 제왕, 도아 해협에서 오소블 섬에 이르는 넓은 바다와 동쪽 바다의 지배자이신 위대한 이그논 루아 듀플리시아드 폐하의 유일한 적자이자 성스러운 나무 락샤미야의 선택 의식을 거치신 태자 전하이십니다."

전율이 등줄기를 타고 내려갔다. 뒤통수를 세게 맞은 것처럼 머리가 욱신거렸다.

태자…… 전하라고? 나르디가? 우리와 함께 산맥과 지하를 여행하고, 견습 선원 노릇을 하고, 험한 식사나 잠자리도 마다하지 않던 그가, 위험한 일을 자진해서 떠맡던 그가, 비밀도, 우정도, 모두 나누었다고 믿었던 그가, 장차 왕위를 물려받을 고귀한 분이라고?

"저, 저, 전하? 세상에……."

마디크 바르제가 부르짖는 가운데 프론느 헤르미가 급히 일어나더니 검은 망토와 유리카가 했던 것처럼 무릎을 꿇었다. 헤르미 또한 이스나미르 사람이었다.

"……일어나요."

나르디는 평소 헤르미에게 하던 대로 존대를 썼다. 그러더니 고개를 흔들며 양손으로 얼굴을 감쌌다. 헤르미는 몸을 일으켰지만 의자로 돌아가지 않고 바닥에서 무릎을 세워 앉았다.

입 안에서 헛된 중얼거림이 맴돌았다. 왜 그걸 이제야 알려주지? 이왕이면…… 친구라고 믿어버리기 전에 말해줬으면 좋았는데…….

나는 왕족을 대하는 예의 따위는 잘 모른다. 그러나 세르무즈 사람인 마디크 바르제나 드워프의 왕인 엘다렌과 내가 입장이 다르다는 것쯤은 안다. 난 이스나미르 백성이고, 넌 경배 받아야 할 존재지. 나는 자리에서 일어나려 했다.

"그만. 파비안, 자네만은 그러지 말아 줘."

나르디가 벌떡 일어나 양손으로 내 어깨를 눌렀다. 나는 앉은 채 그를 올려다보았다.

"전하……."

"그렇게 부르지 마."

목소리가 갈라졌다. 정말 이런 식으로 되돌릴 수 있다고 생각할까? 어린아이 같은 억지일 뿐이다. 이 순간 그와 나 사이에 가로놓인 틈은 하늘을 가로지르는 '시간의 강' 만큼이나 넓을 텐데.

"손바닥으로 하늘을 가릴 순 없을 겁니다. 태자 전하, 본인다운 위엄을 보이십시오."

내 어깨를 짚고 있던 손에서 힘이 빠졌다. 문득 눈앞에 흘러내린 금빛 머리에 눈이 갔다. 그래, 고대 이스나미르 인의 피를 잇는 가장 순수한 혈통 몇 군데에서만 볼 수 있다는 저 황금빛. 듀플리시아드 왕가도 그중 하나였지. 왜 지금까지 그 생각을 못했을까.

나르디와 눈이 마주쳤다. 내 눈은 아무 말도 하지 않았다. 그의 입에서 약한 한숨이 흘렀다. 눈동자가 서글퍼 보여서 잠깐 마음이 흔들렸다. 하지만 곧 내 마음 따위는 중요하지 않다는 것을 상기했다. 내가 바꿀 수 있는 건 없었다.

이윽고 그의 고통도 사라졌다. 포기는 빠를수록 좋을 거야.

“앞으로의 일을 논의합시다.”

나르디는 손을 떼고 몸을 일으키더니 응접실의 상석으로 가 앉았다. 당연한 권리였기에 아무도 막지 않았다.

“네 정체부터 밝혀라.”

나르디가 손가락을 뻗어 검은 망토를 가리켰다. 차가웠지만 왕족의 목소리라는 실감이 났다. 자신감과 권위에서 우러나온, 남을 배려할 필요가 없는 어조다. 아르노윌트의 어설픈 으스댐과는 뼛속부터 달랐다.

“참, 여러모로 놀라게 하시는데, 경매장에서 어떻게 우릴 쫓아와 여기 나타나게 됐는지부터 말해 보시죠.”

내가 이어 말하자 검은 망토가 갑자기 고개를 쳐들었다. 모자 그늘에 가렸던 얼굴이 조금 보였다. 튀어나온 광대뼈와 각진 이마, 주름진 눈매, 상처로 고르지 않은 콧날. 노련하고 다부진 인상이다. 손등에서 팔뚝에 이르는 긴 칼자국 흉터도 눈에 띄었다. 충직한 신하일 수도, 완고한 악당일 수도 있을 것 같다. 그런데 잠깐, 어디서 본 듯한데?

“경매장에서 만난 후로 저를 처음 본다는 말씀이십니까?”

검은 망토의 입가에 비웃음이 스쳤다. 그는 모자를 벗더니 얼굴을 내 앞으로 내밀었다. 내 입에서 저절로 이름이 튀어나왔다.

“키반?”

아티유 선장과 떠나지 않고 남은 한 명의 선원, 키반이었다. 나는 입을 벌린 채 다물 줄을 몰랐다. 다른 일행도 마찬가지였다.

"그럼 당신은 검은 망토가 아니란 겁니까?"

"경매장에 있었던 것 역시 접니다."

하긴 그렇다. 우리는 경매장에서 본 남자를 검은 망토로 기억하고 있을 뿐 그의 얼굴을 알지는 못했다.

"우릴 속였군."

엘다렌이 말했다. 나르디는 눈을 조금 가늘게 떴다.

"본명과 신분을 밝혀라. 더 이상의 농락은 용서치 않겠다."

위협적인 목소리였다. 검은 망토, 아니 키반도 나르디 앞에서는 태도가 달랐다.

"제 이름은 키반 노르보르트, 님-나르시냐크 구원 기사단의 '니스로엘드의 기사'이며 아르킨 나르시냐크 단장님으로부터 비밀리에 태자 전하를 호위하도록 명받았습니다. 이번 항해에서 임무를 다하지 못해 전하께서 옥체를 해치시게 된 점, 추후 그 죄를 마땅히 고하고 벌을 받겠습니다."

나르디는 불쾌한 목소리로 말했다.

"내 몸은 내가 지키니 참견하지 마라. 그건 그렇고 아르킨 단장이 왜 내게 미행자를 붙였지?"

호위 임무라는 듣기 좋은 말을 바로 미행으로 단정해 버렸다. 무엇보다도 아버지를 이름으로 지칭하는 모습이 가장 낯설었다. 내게는 감히 올려다보기도 힘든 아버지였지만 나르디에게는 일개 신하일 뿐이었다.

“미행자라니 당치 않습니다. 제가 전하를 처음 뵌 곳은 다름 아닌 마르텔리조였습니다. 단장님은 전하께서 타국에 머무시는 동안 세르무즈 왕가의 위협이 다가오는 것을 깨닫고 저를 급파하여 전하께서 가신 곳을 수소문하고 따르라 하였던 것입니다. 일전 그 배를 경매하는 일로 떠들썩한 일이 없었던들 저 역시 전하를 뵙지 못하기가 쉬웠을 것입니다. 이제 위험이 눈앞에 닥쳤기에 전하를 보필하고자 부득이하게 정체를 드러내게 되었습니다.”

“부득이하다니, 어째서 미리 정체를 밝히지 않았느냐?”

나르디의 질문은 날카로웠다. 태자 전하를 보호하는 것이 진짜 임무였다면 처음부터 신분을 밝히는 것이 예의였을 것이다. 그러나 키반의 대답은 엉뚱했다.

“구원 기사단에 속한 저희가 행하는 서약 중에는 단장님 또는 부단장님의 직접적 허가 없이 외부인에게 신분을 드러내는 것을 엄격히 금하는 조항도 있습니다. 저희 내규에 대해 왕가의 내락도 있는 것을 아실 것입니다. 부디 무례를 용서하십시오.”

“그래, 태자인 내가 그대에게는 한낱 외부인인가?”

그러고 보면 키반은 나르디에게 최대한 예절을 갖추고는 있지만 그 이상은 아니었다. 진심으로 충성을 다하겠다는 느낌은 들지 않았다. 구원 기사단은 독립된 국가나 다름없는 단체라던 이야기가 새삼 떠올랐다. 나르디는 처음부터 그 사실을 의식하고 있었는지도 모른다.

“그럴 리가 있겠습니까. 다만 저는 단장님의 명을 최우선해야 할 의무가 있습니다. 만일 제가 신분을 밝히지 않아 태자 전하께 해를 끼칠 경우가 생겼다면 당장 신분을 밝히고 일을 수습했을 것입니다. 다행히 오늘까지는 별다른 일이 일어나지 않았으나 오늘 이대로만은 있을 수 없는 중대한 변고가 생긴 고로 단장님의 명 없이 임의로 이렇듯 태자 전하 앞에 나서게 되었습니다."

키반의 이야기는 교묘하게 공격을 비켜갔다. 이쯤 되면 더 추궁하는 것은 의미가 없을 성싶었다.

"알았다. 그렇다면 정확한 상황을 보고해 보라."

키반은 흘끗 나를 보았다. 나는 오늘 낮에 키반이 처분할 물건이 있다며 바르제 가 하인들과 어울려 마리뉴 시내로 나갔던 것을 떠올렸다. 어차피 출항에서 빠지기로 한 그를 말릴 사람은 없었다.

"그보다 잠시 단장님의 아드님에게 인사하는 것을 허락해 주십시오. 그 후에 정황 보고를 드리도록 하겠습니다."

순간 가슴속에서 뭔가 울컥했다. 어차피 사생아나 다름없는 입장이라 이런 대접은 상상한 일도 없었다. 타고난 핏줄이 신분이 되는 상황, 내가 한 일이 아닌 다른 누구 덕분에 뭔가 받게 되는 상황이 화가 나서 견딜 수가 없었다. 어쩌면 나르디 문제 때문에 더 민감해진 건지도 모른다. 하지만 역시 고귀하게 자라지 못한 나 같은 놈과는 거리가 먼 일이었다.

나르디가 내게 시선을 보냈다.

"그렇게 하라. 그리고 드워프 족의 왕께도 인사를 올려야겠지."

키반의 눈썹이 미묘한 각도로 움직였다.

"드워프 족이라고 하셨습니까?"

키반은 일어나 내 쪽으로 돌아섰다. 나는 그때 유리카의 입가에 떠오른 희미한 미소를 보았다.

"님-나르시냐크 구원 기사단, 니스로엘드의 기사 키반 노르보르트, 아르킨 나르시냐크 단장님의 아드님께 인사를 드립니다."

나는 키반보다 나이도 어리고 실력도 없을 거고 존경받을 만한 일을 한 적도 없을 거야. 그가 왜 내게 무릎을 꿇어야 하냐고. 난 평생 이런 상황에 익숙할 수 없을 거야.

그러나 키반은 이미 절을 하고 몸을 일으키는 중이었다. 절도 있는 몸놀림이었다. 이어 엘다렌에게 돌아섰다. 드워프 족이라는 말이 믿어지지 않더라도 되묻지는 않았다. 신하답게 수긍할 따름이었다.

"키반 노르보르트, 드워프의 왕께 인사를 올립니다."

이번엔 그가 무릎을 꿇지 않아서 오히려 당황했다. 한 종족의 왕인 엘다렌보다 내게 더 예를 갖춘다는 거야?

"그럼 상황을 설명 드리겠습니다."

쿠르릉…….

비가 점차 난폭해졌다. 프론느 헤르미가 등을 몇 개 더 가져왔다. 노르스름한 불빛들이 빗소리를 배경으로 음울하게 타올랐다.

"세르무즈 왕가에서 전하의 행방을 알아낸 경위는 아직 파악되지 않았습니다. 다만 수색은 마르텔리조에서 시작된 것으로 보입니다. 현재 하라시바에서 급파되어 다가오고 있는 병력은 기병 약 3백 기입니다만 마리뉴 주둔 병력 1천도 더해야 할 것입니다. 최악의 상황을 늘 가정해야 하니까 말입니다. 그들은 전하 일행에 대해 꽤 자세한 정보를 가지고 있습니다. 마리뉴를 통해 탈출하는 것은 아시다시피 불가능해졌으니 다른 방법이 있어야 할 것입니다."

다른 방법을 생각해 놓기라도 한 듯한 말투였다. 나르디는 고개를 약간 움직였다.

"그건 다 아는 얘기야. 방법이 있다면 어서 고해라."

키반이 고개를 번쩍 들었다. 그의 눈이 빛났다.

"단장님이 지금 세르무즈에 와 있습니다."

나는 놀라 자리에서 벌떡 일어날 뻔했다. 아버지가 와 계시다고? 그런데 나르디의 미간이 묘하게 찌푸려졌다.

"어디에? 언제부터 와 있다는 말인가?"

"저도 몇 시간 전에야 단장님이 보낸 기사와 만났습니다. 아르킨 단장님은 태자 전하의 신변에 위험이 닥쳐오는 것을 파악하고는 직접 구원 기사단의 선발된 기사들을 이끌고 국경을 넘어와 어젯밤에 클로머 황야에서 머물렀다고 합니다. 오늘 아침에 이리로 출발할 예정이었으니 지금은 꽤 가까이 왔을 것입니다. 태자 전하를 모실 선발대가 먼저 당도하여 지금 저택 앞에서 기다리고 있습니다."

내 머릿속에 먼저 떠오른 생각은 이제 아버지도 위험한 상태라는 거였다. 아버지는 왕가의 신하이고 태자를 보호하기 위해서는 어떤 위험이라도 무릅써야 한다는 당연한 사실이 떠오르는 데는 조금 더 시간이 걸렸다.

나르디가 물었다.

"클로머 황야라면 꽤 멀지 않은가?"

"한나절 거리는 넘습니다."

"말로 달려서겠지?"

"그렇습니다."

나르디는 창밖을 바라보았다. 밖은 폭우였다.

"비를 뚫고 달려야 하나. 별 수 없겠지."

불빛들이 일제히 몸을 틀며 일렁거렸다. 어디선가 들어온 바람 탓이겠지만 내 마음속과도 비슷한 움직임이었다. 급변해버린 상황, 납득하기도 전에 따라야 하는 처지에 대한 거부감, 내 의지와 관계없이 어디론가 내던져지는 두려움, 그런 것들이 나를 몰아세웠다. 현실과 나 사이에 시차가 생겨버린 것만 같다.

무엇보다도 폭우 소리가 주는 서늘한 감각이 목덜미를 감쌌다. 저 비를 뚫고 달려야 한다. 적국의 군대에 쫓겨서.

나르디의 목소리도 가라앉아 있었다.

"나 때문에 쫓기게 된 거였군요. 뭐라 할 말이 없습니다. 세르무즈 왕가가 무슨 정보망을 가지고 있는지 몰라도 한 수 배워야겠군요. 궁을 떠난 후 단 한 번도 내 신분을 발설한 일이 없는데……."

그래, 우리 일행에게조차 말이다. 대답하는 사람은 없었다. 당연한 일이다. 왕자가 아무리 미안하다고 한들 '맞다' 고 대꾸할 수 있는 사람이 있겠는가.

"결정됐으면 빨리 움직이죠."

유리카가 그렇게 말하며 발딱 일어섰다. 언제나처럼 그녀는 이미 상황을 받아들인 것이다.

"기다리고 있다는 기사들은 지금 빗속에 서 있나요? 들어와서 따뜻한 거라도 조금 들게 하고 그동안 짐을 꾸리죠. 태자 전하, 결정을."

나르디도 일어나며 유리카를 보았다.

"물론이다. 하지만 그 전에 나를 태자 전하라고 부르지 않았으면 좋겠군. 전처럼 그저 나르디라고 불러 주면 안 되겠나?"

유리카는 바로 대답했다.

"어려울 것 없죠."

키반이 유리카를 쏘아보았다.

"이그논 폐하의 보살핌을 받는 백성으로서 어찌 태자 전하의 존호를 함부로 부르겠다는 건가? 불충에 대한 설교라도 한바탕 듣고 싶은가? 태자 전하를 그렇게 부를 수 있는 분은 국왕 폐하와 비전하밖에 없다."

유리카는 고개를 옆으로 까딱 하더니 키반을 쳐다보고 다시 나르디를 봤다. 그녀의 입에서 뜻밖의 이야기가 나왔다.

"저는 본래 이곳에 계신 태자 전하께 예를 드릴 의무가 없습니다."

키반을 비롯한 사람들은 물론 나르디마저 의아한 표정이 되었다.

"저는 마브릴 족이고, 세르무즈도 아닌 로존디아의 백성입니다. 굳이 따지자면 이그논 국왕 폐하가 아니라 주드마린 여왕 폐하의 다스림을 받습니다만."

"뭐?"

내 놀란 목소리에 유리카가 돌아보았다. 그녀의 얼굴에 미안해하는 미소가 어렸다.

"너 그거 정말이야?"

유리카는 고개를 끄덕였다. 잘 생각해 보면 유리카가 자기를 엘라비다 족이라고 말한 적은 한 번도 없었다. 이스나미르 사람이라고 말한 적도 없었고.

그래, 생각해 보면 마브릴의 풍습을 잘 알고 있었고 그 나라의 돈도 가지고 있었지. 아무 거리낌 없이 프론느 헤르미에게 엘라비다 족이 아니라고 말했었어. 은빛 머리카락은 마브릴 족에게 흔한 빛깔이야.

"넌 달크로이츠 영지에서 태어났다고 하지 않았어?"

"네가 하라시바에서 태어났다 해서 마브릴이 되진 않잖아."

할 말이 없었다. 오늘은 정말 너무한 날이다. 하루에 이렇게 많은 새로운 사실들을 받아들여야 되다니.

유리카는 늘 가장 빨리 현실적인 결단을 내리곤 했지. 때로는 잔인하고 냉정하기도 했고, 맺고 끊는 것이 분명했고, 이해득실도 명확했어. 그게 다 마브릴의 민족성이잖아.

점점 바보가 되는 기분이었다. 어째서 한 번도 그런 생각을 하지 못했지? 그때 나르디가 말했다.

"그렇다면 아까 내게……."

"아, 그것은."

유리카는 장난이라도 꾸미는 아이처럼 빙긋 웃었다.

"일전에 스조렌 산맥에서 산적들을 만났을 때, 전하께서 그들을 속이기 위해 제게 무릎을 꿇으신 일이 있지요. 기억나십니까? 저는 그것을 전하께 돌려드린 것뿐입니다."

나르디는 유리카의 대답을 듣더니 이마를 짚으며 파안대소했다. 이윽고 웃음을 그치며 그가 말했다.

"어쨌든 태자 전하는 듣기 싫어. 존댓말도 싫네. 유리 너라면 이런 것쯤 문제도 아니겠지?"

유리카는 눈을 살짝 올려 뜨며 미묘한 미소를 지었다.

"그럼. 그런 것쯤 문제도 아니지. 끝끝내 본명 숨기던 왕자님."

나도 곧 하라시바 여관에서 했던 비밀 교환 놀이를 생각해 냈다. 굳이 따지자면 본명을 숨긴 것만은 아닌 셈이다. 나르디엔을 줄이면 어쨌든 나르디가 되잖아?

나는 유리카처럼 쉽게 태도를 결정하지 못했다. 나는 마브릴 족도 아니고 존댓말 안 쓰는데 익숙한 프랑드의 공주도 아니다.

그 결과 대안은 하나뿐이었다. 나는 나르디에게 더 이상 아무 말도 하지 않았다. 나르디도 먼저 말을 걸지 않았다.

"놀라게 해 드려 죄송합니다. 혹시 하라시바에서 온 군대한테 추궁당하시거든 처음엔 아무것도 모르고 도와줬다고 하십시오. 그리고 나중엔 우리가 기사들을 끌고 와 협박했기 때문에 어쩔 수 없이 협조했다고 말하세요. 우린 상관없으니 잘못이라면 모조리 우리 일행에게 돌리십시오."

나르디는 전처럼 부드러운 존대로 바르제 부부에게 당부했다.

"전하, 저흰 걱정 마시고 부디 옥체 보전하셔서 돌아가십시오."

프론느 헤르미가 허리를 굽히며 대답했다. 그녀는 나르디의 부탁으로 딸들을 나오지 못하게 했다. 신분 문제도 굳이 말해주지 않는 게 좋을 것 같다는 말에도 수긍했다. 특히 미르디네에게는. 그것 참, 제멋대로 고집 센 미르디네라도 이 이야기를 들으면 충격 좀 받겠지.

마디크 바르제가 말했다.

"두 나라 사이에 빨리 평화가 오기를 기원합니다. 전하께서 부디 이 점을 기억하시어 힘써 주셨으면 하는 바람입니다."

"고맙습니다. 도와주신 은혜는 결코 잊지 않겠습니다."

예의바른 태도는 태자로 밝혀진 뒤에도 변함이 없었다. 새삼 놀랍긴 하다. 평민들에게 뻔뻔스럽게 굴던 이런저런 귀족들을 생각한다면 말이지. 대체 나르디는 어떤 교육을 받고 자란 걸까? 언제부터 떠돌아 다녔기에 저렇지?

"그럼 아름다운 프로첸들에게 말씀 잘 전해주십시오."

유리카가 말에 오르기 직전에 헤르미에게 다가갔다.

"이걸 아라디네에게 전해주셨으면 해요."

헤르미의 손에 황금으로 된 뚜껑 달린 목걸이가 놓였다. 파하잔의 첨탑에서 주웠던 물건이었다.

"아라디네한테는 옷도 많이 빌려 입었고 여러 가지로 고마웠어요. 뭐라도 감사의 표시로 주고 싶었는데 이것뿐이네요. 간직해 주면 고맙겠다고 전해 주세요."

황금 목걸이는 헤르미의 주머니에 들어가기 직전에 마지막으로 반짝 빛났다. 어쩐지 아쉬운 생각이 들었다. 내가 지금껏 유리카한테 준 것이라고는 저것 하나뿐이었다는 생각이 문득 떠올랐다.

"그럼 정말 이별이네요. 모두 행복하길 바랄게요!"

키반은 용의주도하게도 우리 숫자에 딱 맞춰 말을 준비해 왔다. 내가 또 놀란 것은 엘다렌이 말을 탈 줄 알더라는 점이다. 주아니가 전에 드워프 족도 말타기를 무서워한다고 했는데 엘다렌은 왕이라서 진짜로 뭔가 다른 건가?

"어제처럼 좋은 날 되시길!"

"갑니다!"

우리는 폭우 속으로 길을 떠났다. 나와 유리카, 나르디, 엘다렌, 주아니, 그리고 우리 뒤를 따르는 키반과 스무 명의 기사들까지. 우리 일행이 이렇게 많아진 일은 일찍이 없었다.

아버지를 만나러 간다.

비…….

시야를 가리고, 갈래진 머리를 씻어 내리고, 체온을 식히고, 들판을 적시는 비다. 들리는 거라곤 젖은 말발굽과 물방울들의 후드득거리는 뜀박질 소리뿐.

무리의 선두에 선 것은 나르디와 유리카, 그리고 키반의 말이었다. 나르디는 어려서부터 헤아릴 수 없이 말을 탔을 터라 날렵한 승마 솜씨를 보였고, 유리카도 지지 않았다. 2백 년 전에 배웠을 승마지만 여전히 일품이라는 것을 드라니아라스에서도 증명했었지. 키반의 말은 특히 눈에 띄는 거마(巨馬)였는데 기수도 그에 걸맞게 거칠고 강력하게 말을 몰았다.

나는 중간 정도에서 기사들과 보조를 맞추어 달렸다. 드라니아라스에서 유리카에게 승마를 배워 두지 않았더라면 민폐 꽤나 끼칠 뻔했다. 하지만 주머니 속에 있는 주아니가 걱정스럽다. 제발 기절이나 하지 않았으면 좋겠는데.

그리고 엘다렌은…….

"저렇게 느려서야 추격에서 벗어나겠어?"

엘다렌에게 속도를 맞춰야 하는 상황이 자꾸 생기자 한 기사가 투덜거렸다. 이 친구야, 드워프가 저만큼이나 한다는 게 대단한 거야. 자네도 저렇게 짧은 다리로 큰 말을 제어하려고 해봐. 죽을힘이 들지 않겠는가. 게다가 엘다렌의 배낭이 좀 무거운가? 저 말은 지금쯤 죽을 맛일 거야. 전신 판금 갑옷을 입은 기사보다도 무거울걸.

"하, 하아, 하!"

"이랴, 이럇!"

이 들판은 '도크렌 시커'라는 이름으로 불린다고 했다. 드라니아라스 대평원과 비교할 수야 없지만 인적 드문 넓은 평지였다. 마른 풀—지금은 젖은 풀이다—말고는 아무것도 보이지 않았다. 지금은 그나마도 잘 안 보였다.

"모두 멈춰라!"

첫 번째 휴식이었다. 키반의 외침이 들리자 선두부터 서서히 속도를 줄였다. 이렇게 무리 지어 달리다가 갑자기 멈춰버렸다가는 큰 혼란이 일어난다. 얼굴을 빗겨 때리던 빗줄기가 바로 떨어지기 시작했다.

"태자 전하, 괜찮으십니까?"

키반은 나르디의 안부를 먼저 물었다. 나르디가 고개를 끄덕이자 유리카를 보았다.

"아가씨도 괜찮으십니까?"

오랜만에 프로첸 대신 아가씨라는 말을 들으니 낯설었다. 아직 이스나미르로 돌아온 것도 아닌데. 어쨌거나 기사인 키반은 유일한 여자인 유리카의 안부를 물어야 했겠지. 쯧, 주아니 안부는 이따 나라도 물어줘야겠다.

"괜찮아요. 고맙습니다."

비를 피할 곳은 없었다. 나무가 몇 그루 있었지만 바람에 시달려 앙상한데다 이미 흠뻑 젖어 별 도움이 되지 않았다. 하지만 저녁 대신 요기를 하는 것은 생략할 수 없었다. 기사들은 명령이 없어도 알아서 나르디를 중심으로 진을 이루고, 망을 보고, 말을 지키고, 정찰을 나갔다.

"델로즌, 식량 부대를 가져오너라. 아나이크, 분배할 준비를 해라. 포사일, 전하와 아가씨, 파비안 님의 말을 돌봐라."

나는 스스로 하겠다고 했지만 포사일이라는 기사는 고지식한 양반이었는지 말이 통하지 않았다. 아니, 대꾸 자체가 없어서 내 사양 따위는 아무 소용도 없었다. 나는 나보다 도움이 필요한 엘다렌의 말을 진정시키러 갔다.

기사들은 들판에 아무렇게나 주저앉았지만 나르디가 앉을 곳에는 누군가가 망토를 벗어 깔았다. 그것도 젖은 거였지만. 그리고 네 명의 기사들이 커다란 천막 천을 꺼내 귀퉁이를 잡고 인간 말뚝이 되어 지붕을 만들었다.

그 아래에서 뭘 먹자니 목으로 넘어갈 리 없었다. 하지만 우리 식사가 끝날 때까지 그 기사들은 아무것도 먹을 수 없을 것이 뻔했으므로 나는 기계적으로 뱃속에 음식을 집어넣었다. 음식 부대는 젖어 있지 않았기에 우리는 이 상황에서 엄청나게 사치스러운 '마른 빵'을 먹었다. 물은 빗물을 그냥 받아 마셨다.

나는 식사 도중 나르디를 보지 않으려 애썼지만 시선이 자꾸 가는 것을 어쩔 수 없었다. 그는 고개를 숙인 채 묵묵히 빵을 씹고 있어서 표정을 알아볼 길이 없었다.

"태자 전하, 출발 명령을 내려 주십시오."

내 머릿속에 아까부터 맴도는 생각이 있었다. 왜 나는 나르디 앞에 무릎을 꿇지 않았을까. 다 끝난 거라고 생각했으면서 왜 꼭 필요한 의식을 행하지 않았을까. 이제 친구가 아니란 걸 잘 알고 있는데. 아직도 난 뭔가 기대하고 있는 건가?

장막이 걷히자 비가 다시 쏟아졌다. 나르디와 유리카의 젖은 머리를 보자 스조렌 산맥에서 만났던 갑작스런 비가 떠올랐다. 가까스로 피했던 동굴에서 유리카의 몸을 데울 나무를 구해오겠다며 자진해서 다시 빗속으로 걸어 나가던 나르디의 뒷모습을 생각했다. 젖은 나무를 한 아름 안고 들어오던 그의 얼굴에 떠올랐던 미소를 생각했다.

나르디의 입에서 대답이 떨어졌다. 기분 탓인지 그의 목소리는 내 기분만큼이나 우울하게 들렸다.

"출발한다."

"출발이다! 모두 출발한다!"

키반이 먼저 외치자 기사들이 외침을 받았고 순식간에 출발 대형이

만들어졌다. 엘다렌이 잘 쉬었는지 걱정스러웠다. 보통 사람 몇 배의 체력이 있다는 건 알지만 말달리기는 또 다른 이야기니까. 하지만 그의 자존심을 생각해서라도 드러내놓고 물어볼 순 없었다. 유리카의 말에 의하면 2백 년 전에 에제키엘과 다닐 때 어쩔 수 없이 배웠던 거라던데. 하긴 드워프 족이 자진해서 말 타기 따위를 배웠을 리 없잖아.

나는 안주머니에 잠깐 손을 집어넣었다. 내 손에는 아까 미리 뜯어 놓았던 빵조각과 나무 열매 조금이 있었다. 안부조차 물어볼 수 없는 주아니. 괜찮은 거야?

"이랏!"

다시 달리기 시작했다. 차갑게 식은 귓불을 바람이 에었다. 머리카락도 얼굴을 때렸다. 빗물이 계속 눈으로 파고들었다. 그런데도 머릿속에는 온갖 생각이 그치지 않았다.

하르얀을 생각했다. 나르디와 아는 사이였겠지. 나르디는 우리 일행을 공격한 하르얀을 알아보고 분연히 그의 이름을 불렀고, 하르얀은 그 순간 화살에 맞은 짐승처럼 멈춰버렸지. 나를 죽이려 했던 내 동생. 실패했고, 이제 태자 전하의 추궁을 피할 수 없을 내 동생.

해전 중에 나르디의 얼굴을 보고 기가 질려 더듬거리던 기사도 떠올랐다. 그도 태자 전하의 얼굴을 알아보았던 것이구나. 나르디의 얼굴을 알 정도면 높은 귀족일 텐데 하르얀은 어떻게 그들을 이끌고 해전까지 벌였던 것일까?

콰르릉…….

하늘이 짐승처럼 으르렁대며 정신없이 질주하는 스물다섯 마리의 말들을 내려다보았다. 마음만 내키면 달려들어 우리 일행 따위 한입에 삼켜버릴 것처럼. 깨어진 하늘 사이로 짐승의 발톱이 언뜻언뜻 번뜩인다. 기회를 노리는 사나운 이빨도 보인다.

콰쾅!

이히히히힝!

짐승의 얼굴은 보이지 않았다. 한 줄기 벼락만이 들판에 내리꽂혔다. 그 사이로 미친 듯이 울부짖는 말들이 달린다. 기수들은 계속 박차를 가할 뿐이다. 멈추어 말을 달랠 시간이 없었다.

"하! 하!"

"전속력으로 달려라!"

벼락 치듯 흔들리는 말 위에서 몸은 수십 조각으로 갈라져 나가고, 시야는 찢기고, 너덜거리고, 흐려졌다. 온갖 감각에 고통스럽던 오감이 점차 몇 가지로만 집중되었다. 흔들림, 그리고 흐려지는 눈.

나는 도망치고 있어.

나를 둘러싼 자들은 아버지의 최정예 부하들이지. 나는 그들 사이에서 어떻게 행동해야 할까? 어떻게 해도 우스울 것 같아.

아버지가 기다리고 있어. 나는 그리로 간다.

세르무즈를 떠나 이스나미르로…….

고향을 생각하자 아련한 감각이 되살아난다. 떠난 지 10년은 되었던가? 내 고향은 겨울이었어. 아늑한 겨울.

무슨 소리야. 겨우 올해 초의 일이잖아. 겨울에 떠나서 이제 여름일 뿐인걸.

비 내리는 벌판, 인도자 아룬드의 비는 여름을 준비하는 비. 땅 위의 생명 있는 것들을 키워내기 위한 예비.

난폭한 비가 뺨을 친다.

우르릉…….

멀리서 거대한 고양이가 목구멍을 울리고 있어. 가르릉, 가르릉…… 왜 그렇게 기분이 좋지?

"대열에서 벗어나시면 안 됩니다!"

귓전을 울리는 외침에 정신이 들었다. 이렇게 미친 듯이 흔들리는데 정신이 몽롱해지다니 내가 좀 이상하긴 한가 보다. 하지만 오늘은 너무 많은 일이 일어났어. 받아들이기가 좀 힘들어.

먹구름으로 어둡던 들판이 어느새 밤이 되었다. 별도 하나 없었다. 비는 점차 잦아들었다. 대신 밤공기가 차가운 손가락처럼 목덜미를 파고들었다. 말과 사람이 모두 물에 빠졌다가 나온 것처럼 젖은 터라 물방울은 계속 흩날렸다.

속도가 눈에 띄게 느려져 있었다. 아까 폭우가 쏟아질 때 말이 놀라 너무 빨리 달렸던 탓이다. 엘다렌과 보조 맞추기는 좋아졌다. 신기하게도 엘다렌의 말은 속도가 그대로였다. 말도 주인을 닮아서 지구력이 강한 건가?

비가 약해졌지만 어둠이 앞길을 가렸다. 들판에는 표지로 삼을 만한 것이 없어 방향이 달라질까 걱정스러웠다. 어두운 청색 구름이 천천히 머리 위로 따라오고 있었다.

"태자 전하, 잠시 쉬는 편이 낫지 않을까 합니다만."

비가 완전히 그치자 키반이 이미 속보 정도밖에 안 되는 일행을 돌아보며 나르디에게 말했다. 나르디가 고개를 끄덕이자 키반이 외쳤다.

"잠시 휴식!"

조금 이상한 게, 왜 키반은 나르디에게 의견만 물어보고 명령은 자기가 내리는 거지?

멈춘 곳은 떡갈나무가 드문드문 서 있는 구릉이었다. 키반은 말에서 뛰어내려 기름 주머니를 열더니 숙련된 레인저의 솜씨로 관솔불을 만들었다. 처음에는 연기가 났지만 불은 금방 타올랐다.

"아나이크, 횃불을 하나 더 붙여라. 바이윌은 이 횃불을 받고. 둘이 함께 동쪽 반경 5백 보 이내를 정찰하도록. 혹시 표지가 보이면 즉시 돌아오도록 해라."

"예!"

"타반트, 홀루리, 너희들은 횃불을 밝히지 말고 서쪽 반경 5백 보 이내를 정찰한다. 혹시 적병의 움직임이 있으면 지체 없이 돌아와 알려라. 횃불을 준비했다가 만일 움직임을 들켰을 경우에는 불을 붙여서 신호해라."

"알겠습니다!"

키반은 네 기사가 말에 오르자 나머지 기사들을 향해 외쳤다.

"여기서 반 시간 휴식한다. 불은 피우지 않는다. 하이론과 켈덱은 태자 전하의 시중을 들어라. 네드처, 파비안 님과 아가씨를 돌봐 드려라. 코자킨과 마브나이저가 보초를 설 차례지? 실수 없도록 해라. 이만 휴식."

땅에 내려서니 바닥이 빙빙 도는 것처럼 느껴졌다. 하마터면 비틀대다가 발을 헛디뎌 주저앉을 뻔했다. 꼭 술에 취한 것 같네.

얼마나 온 걸까. 아버지는 국경에서 두 시간 떨어진 곳에서 출발해 오고 계실 거라 했지만 국경이 어디쯤인지 감이 잡히지 않으니 어차피 계산이 안 됐다.

마른 옷으로 갈아입는 것은 꿈도 못 꾸고, 쬘 불도 없는 가운데 밤의 벌판에 앉으니 늦가을처럼 온몸에 한기가 몰려왔다. 다임 로존드가 아니고 에름 로존드인 것만 같다. 유리카가 내게 다가와 앉더니 엘다렌을 향해 손짓했다. 이야기라도 하자는 걸까. 엘다렌이 가까이 와 우리를 잠시 굽어보더니 곧 옆에 털썩 앉았다.

"괜찮아, 엘다?"

엘다렌은 어깨를 한 번 으쓱했을 뿐이었다. 그는 말 등에 묶었던 짐을 수고스럽게 풀어 짊어지고 왔다. 죽을 고생을 했으니 말도 쉬게 해줘야겠다는 건가 보다. 엘다렌이 내게 물었다.

"로아에 친구는 괜찮은가."

마침 주위에 기사들도 없고 해서 주머니를 톡톡 건드려 신호하고는 주아니를 꺼냈다.

주아니는 다행히 정신이 있었다. 하지만 상태는 말이 아니었다. 말을 걸기가 미안할 정도다. 손바닥 위에서 똑바로 앉지도 못하고 흔들흔들하더니 픽 누워버렸다. 나는 두 손을 모아 주아니를 편안히 눕혔다. 주아니도 맑은 공기를 쐴 필요가 있었다.

유리카가 내 손바닥을 들여다보았다.

"고생 많았구나. 미안해 주아니."

"워낙에 말 여행을 못 견디는데."

하늘을 올려다보니 동편 하늘이 불그스름한 것이 다시 비가 한바탕 쏟아질 것만 같다. 하필이면 인도자 아룬드라니 날짜도 공교롭게 되었지 뭐야.

"나르디는?"

그 이름을 듣자 몸이 약간 굳어졌다. 유리카가 주위를 두리번거렸지만 그의 모습은 보이지 않았다. 기사들 사이에 있겠지.

나르디를 동료로 생각한다면 지금 이 자리에 그가 없는 것이 이상하게 느껴져야 할 거다. 유리카는 어깨를 움츠리며 내 얼굴을 봤다.

"너 마음 많이 상했니?"

글쎄다. 딱히 대답할 말이 없었다. 유리카는 아무렇지도 않다는 걸까? 참, 그걸 물어봐야겠다.

"넌 나르디의 정체를 일찍부터 알고 있었어?"

유리카는 잠시 생각하는 눈빛으로 나를 바라봤다. 그녀가 고개를 끄덕일 듯 하다가 다시 저었다.

"아니, 완벽히는 아니야. 그렇지만 꽤 높은 귀족이겠구나 싶긴 했지. 처음에 언제였냐면, 거기 어디야, 스조렌 산맥의 고룬 골짜기. 붉은 보석단과 처음 만났을 때 말이야."

"붉은 보석단?"

짐작이 안 갔다. 거기서 나르디가 뭘 어쨌기에? 고어(古語) 섞어서 몇 마디 한 것 같긴 한데 그런 걸 가지고?

유리카는 엘다렌을 흘끗 보며 웃었다. 엘다렌은 주아니를 받아들어 조심스럽게 상태를 살피고 있었다. 무뚝뚝한 드워프, 그러나 정이 많은 드워프.

"나르디가 산적들한테 너하고 자기 이름 말하던 것 기억나? 복잡한 명칭으로 바꿔서 얘기했었잖아."

"엘 헬카인…… 어쩌고저쩌고 그거 말이야? 그게 뭐?"

유리카가 간단히 읊었다.

"엘 헬카인 마르도르네 자디오, 엘 헬카인 마르도르네 메디오. 그거 실제로 있는 직함이거든."

"뭐야?"

엘다렌이 입을 열었다.

"고대에 무녀들을 섬기던 남자들의 직함이다. 2백 년 전에도 사라져 가던 것이니 이 시대에 그런 것을 쉽게 알 수는 없겠지."

유리카가 고개를 끄덕였다.

"그래. 그건 무녀들을 섬기며 평생 결혼하지 않는 남자 사제들의 직함이야. 이젠 그런 사람들이 없기 때문에 죽은 이름이나 다름없지. 그런데 그런 걸 어떻게 알았을까? 이스나미르의 고대 문서들은 모두 왕궁 도서관에 보관되어 있고 귀족들도 쉽게 못 읽어."

내가 고개를 끄덕이자 유리카가 주위를 한 번 살피더니 말을 이었다.

"또 있어. 지하 세계로 들어가기 전날 밤에 엘다랑 나랑 얘기하다가 네가 깨어나서 같이 나누었던 이야기, 기억나니?"

"기억하지 못할 리가 있어?"

"그때 나르디가 자고 있었다고 생각해?"

"……뭐?"

유리카는 어둠 속에서 내 눈을 똑바로 바라보았다.

"우리가 그 이후로 나르디에게 그때의 이야기를 따로 해준 일이 있니?"

"없지."

그래, 왜 안 해 줬더라. 이유가 있었어. 왜냐면, 왜냐면…… 녀석이 이미 알고 있었거든!

유리카가 고개를 끄덕거렸다. 당혹스러웠다. 왜 나는 그가 알고 있는 것을 당연하다고 생각했지? 유리카와 엘다렌의 이야기나 사라진 에제키엘의 이야기를.

그러고 보면 나르디가 그런 식으로 알아서 눈치로 파악하고 굳이 캐묻지 않은 일들이 더 있었다. 아버지의 일만 해도 그렇다. 처음 만났을 때 분명 난 부인했었다. 하지만 어느새 일행이 다 알게 됐고, 나르디도 따져 묻지 않았다. 아버지를 잘 알고 있었을 테지만 그렇다는 내색도 안 했고.

녀석은 처음부터 우리를 속이기로 작정했던 걸까? 아니면 자기가 숨기는 것이 있다 보니 우리한테 물을 수도 없었던 걸까? 나르디를 불러서 직접 물어볼까? 하지만 그런들 달라질 게 있나? 태자 전하에게 사과라도 받아?

"마지막으로 내가 확신을 얻었던 사건이 있었어."

"뭔데?"

점점 바보가 돼 가는 기분이다. 내가 그렇게 눈치가 없었나? 유리카는 언제나처럼 내 기분을 바로 알아챘다.

"네가 둔해서가 아니야. 넌 타로핀 홀에 대해서 잘 모르니까. 파하잔에 들어가기 직전에 엘다렌을 기다리며 셋이 얘기하던 때가 있었지. 그때 아룬드나얀이 타로핀으로 만들어진 물건이라고 하다가 타로핀 홀 얘기가 나왔어. 나르디는 달크로즈에 타로핀 홀이 있다고 확신하더라고. 목소리에 자부심도 있었고."

"겨우 그걸로?"

"물론 그렇지 않지. 그 다음에 하라시바에 타로핀 홀이 있느냐는 이야기가 나왔었지? 그때 나르디가 했던 말 기억나?"

"거기엔 없을 거라고 그랬잖아."

"응. 그리고 공개된 적이 없어서, 라고 이야기했어. 그럼 달크로즈의 타로핀 홀은? 그건 누가 보았을까? 왕궁에 있는 회의장에 들어갈 수 있는 사람이 그렇게 많다고 생각해? 게다가 타로핀 홀은 그냥 회의장이 아니기 때문에 귀족들에게도 쉽게 공개되지 않아. 그래서 어느 왕성의 타로핀 홀이든 항상 말로만 전해지는 거지. 달크로즈든, 하라시바든."

그제야 알 것 같았다. 타로핀 홀을 볼 수 있는 나이 든 대신이나 학자가 아닌 젊은 소년, 그건 왕족일 수밖에 없었다!

"파하잔에서 에멕 루아의 보호석을 보면서 달크로즈 성의 보호석에 대해서도 이야기했지. 물론 그 보호석은 평민도 볼 수 있어. 성문에 박혀 있으니까. 그런데 그 이름이 '레 클로슈의 보호석'이라는 것을 아는 사람이 과연 흔할까?

나는 망연해져서 중얼거렸다.

"그래……. 푸른 굴조개호에서 나르디는 내 동생의 이름을 알고 있었어. 그리고 적들 중에 나르디를 알아보는 사람이 있었던 것도 기억해."

바보라고 해도 할 말은 없다. 어쩌면 나는 녀석의 정체가 뭐든 상관없다고 생각하고 있었는지도 모르겠다. 하라시바의 여관에서 조금 짐작하긴 했지만 그게 이렇게까지 충격적일 줄 예상 못했던 것은 내가 어리석어서겠지. 하지만 어쩌면 나는 그때 이미 결과에 관계없이 그를 용서하겠다고 약속했던 것은 아닐까?

내가 입을 다물고 있자 유리카가 부드럽게 말했다.

"누구에게나 이유가 있어. 드워프와 엘프를 살리는 아룬드나얀에 대한 일만 해도 그래. 나한테 그건 오랜 세월 간직해 온 중요한 비밀이었어. 네게조차 쉽게 말하지 못했을 정도로. 그러니까 누군가가 그걸 알거나 모르는 것에 민감할 수밖에 없었던 거지. 어쩌면 나르디에게 직접 말해주지 않은 우리가 잘못한 걸지도 몰라. 그가 그날 밤 잠에서 깨어 그 이야기를 들었다고 한들 자기한테 말해주지 않는 우리를 놓고 어떻게 해야 했을까? 다음날 당장 왜냐고 물어? 끝끝내 모른 척 해? 어느 것도 적당치 않아. 나르디의 입장도 이해할 만한 것일 수도 있어. 자신에게 비밀을 지키는 친구들을 놓고서 그가 선택할 수밖에 없었던 행동 말이야."

나는 그래도 선뜻 대답하지 못했다. 유리카가 싱긋 웃었다.

"너, 하라시바의 연중무휴 여관에서 나르디랑 나랑 했던 이야기 기억해?"

"믿음에 대한 이야기였지."

"한 번만 더 믿어보면 어떨까?"

"……."

내가 대꾸하지 못하자 유리카는 웃었다.

"사람들이 뭔가를 믿기 위해서는 진짜 믿을 만한지 증거를 많이 수집해야 하지. 많은 증거가 바르게 나타난 뒤에야 사람이든 사실이든 믿게 되는 거고. 물론 그 뒤에 또 의심하기도 하지. 그런 의심이 잘못으로 밝혀지기도 하고."

"그런데?"

"그런데 아무 정보가 없는 상황이 있어. 의심은 가지만, 수집할 정보가 없는 거야. 그럴 땐 방법은 하나야. 믿는다, 또는 믿지 않는다. 선택하는 수밖에 없는 거지. 결과를 책임질 각오를 한 채. 상대한테는 어떤 것도 요구할 수가 없어. 당연히 상대는 믿음을 받고 싶어 해. 그러나 그에겐 네 선택을 기다리는 것 말고는 방법이 없어."

나는 잘 이해가 가지 않아서 한마디 했다.

"믿을 만하지 않다는 쪽의 증거가 훨씬 많은데도? 손해 보기 딱 쉬운 장사를 해?"

"그렇게 생각할 수도 있겠지. 결정이 틀렸을 경우 책임은 자기 혼자 지는 수밖에 없으니까. 상대는 절대 책임져주지 않아. 손해라고? 그렇지만 더 근본적인 것을 생각할 필요가 있어."

유리카가 날 보는 눈동자가 나 아닌 다른 사람을 향해 있는 것 같다.

오래 전, 또 다른 사람에게 했던 말인 것처럼. 또는 그때는 그녀가 듣는 입장이었을까?

"사람을 의심해서 얻을 수 있는 것보다, 믿어서 얻을 수 있는 것이 훨씬 많아."

"……."

내가 대답을 못하자 유리카가 말을 이었다.

"넌 내가 마브릴 족이라는 사실을 일부러 숨겼다고는 생각 안 해?

"아, 그건……."

딱히 대답할 말이 없었다. 유리카가 의도적으로 숨긴 거였을까? 아니면 부득이한 이유가 있어서? 2백 년 전부터 숨겨왔을까? 마브릴 족이면서 이스나미르 땅에서 태어났다면 그녀에겐 그 사실을 꼭 숨겨야만 할 이유가 있지 않았을까?

그때 유리카의 목소리가 들렸다.

"너 지금 내게 무슨 사정이 있어서 그걸 숨겼을까 하고 이유를 궁리하는 중이지?"

나는 깜짝 놀라며 대답했다.

"어떻게 안 거야?"

"거봐. 넌 내가 악의를 가지고 그걸 숨겼다고는 생각 안 하잖아? 부득이한 사정이 있어서 그랬을 거다, 그렇다면 그게 뭘까, 그렇게 생각하고 있을 뿐이잖아. 나를 속이다니 괘씸하다, 실망했다, 그렇게 생각하는 게 아니잖아?"

"내가 너를 그런 식으로 생각할 리 있겠어?"

유리카는 빙그레 웃더니 승마 때문에 묶었던 머리를 풀고 젖은 머리를 훑어 내렸다. 손으로 돌돌 말아서 물기를 짜냈다. 이마의 잔머리 몇 가닥이 바람결에 말라 가볍게 날렸다.

"그러면 나르디는?"

무슨 말인지 알 것 같다. 사람들은 남을 믿지 않을 때 상대가 믿을 수 없게 행동해서 그런 거라고 말한다. 하지만 틀렸어. 믿고 안 믿고는 내 마음이잖아. 믿고 싶은 사람은 아무리 믿을 수 없게 행동해도 믿으려고 애쓰게 되고, 아닌 사람은 작은 실수도 곧장 불신으로 이어져 버려. 그러니 상대가 문제가 아니고 내 마음이 문제야. 아무리 믿을 만한 상대라도 믿지 않으면 그만이고, 반대의 경우라 해도, 내가 믿으면 그만이야.

나는 마지막 말을 입 밖에 내어 말했다.

"내가 믿으면 그만이야."

"그래."

유리카가 활짝 웃었다. 나보다 현명한 그녀를 보며 문득 그녀가 2백 년 동안 무슨 꿈을 꾸었을까 하는 생각이 들었다. 그렇게나 긴 잠, 세상에서 가장 긴 꿈, 그 속에서 무엇을 보았을까? 혹시 그녀는 꿈속에서 2백 년의 세월을 살아버렸던 건 아닐까?

"그나저나 나르디를 계속 태자 전하라고 부를 테야?"

"그건 내가 결정할 일이 아니고…… 그쪽에서 결정할 일이잖아. 난 로존디아나 세르무즈 사람도 아니고. 키반의 말대로 멋대로 이름을 부르겠다고 주장할 수 있는 입장이 아니……."

"그렇지 않아."

유리카가 강하게 부정했다.

"넌 그를 분명 친구라고 생각해 왔어. 나르디도 그랬고. 지금 한 가지 사실이 밝혀졌어. 그 결과 너희 둘은 서로 말을 하지 않아. 너는 약간의 배신감 때문에, 그리고 나르디는 너를 어려워하기 때문에……."

"어려워하다니? 그가 왜……."

유리카가 내 말을 잘랐다.

"네가 그를 정말로 친구라고 생각한다면 호칭을 네가 제의하는 것이 하나도 이상하지 않아."

나는 약간 확신 없이 대답했다.

"그쪽에서 무례하다고 한다면?"

"정말로 그렇게 생각해? 나르디가 네게 '태자 전하'라는 말을 듣고 싶어 한다고? 가슴에 손을 얹고 생각해 봐. 나르디는 태자 전하이기 전에 네 친구였어. 너는 나르디가 어떤 앤지 알아. 지금껏 걔가 어떤 식으로 생각하고 판단하는지 안다고 믿었잖아. 왜 지금까지 쌓아온 사실들을 한 가지 때문에 부정하려는 거야? 지금까지 네가 본 나르디의 모습은 헛것이었어? 진짜 그가 아니었어?"

나는 한참 생각한 끝에 대답했다.

"유리, 내게 대답을 강요하지 마. 때는 계산 다 했다고 당장 오는 것이 아닐 거야. 내 마음의 때는…… 더 마음이 정리된 상태를 필요로 해. 그래, 나르디를 믿을 거야. 그렇지만 모든 사실이 명확해졌다 해서 곧 행동이 되는 것은 아니야."

유리카는 내 말을 알아들었다. 고개를 끄덕이고 미소를 지었다. 유리카도 내가 어떤 사람인지 아니까.

엘다렌이 한참 만에 입을 열었다.

"말해 둘 문제가 있군. 아룬드나얀의 일인데……."

목걸이의 이름을 말하는 엘다렌의 목소리가 일말의 경계심을 띠었다. 그는 주아니를 내 손에 돌려주었다. 주아니는 아무 말도 없었다. 예전처럼 신나게 조잘댈 수 있는 상태가 아니었다.

"당분간 비밀을 지키도록 하자. 자네 아버지를 만났을 때도."

"……."

엘다렌은 이 일이 이렇듯 손쉽게 나르디에게, 우리 사이에 의논도 없이 알려져 버린 것을 달갑게 여기지 않는 듯했다. 유리카도 고개를 끄덕였다.

"비밀을 지킬 필요가 있겠어. 기회를 보아 나르디에게도 이야기해 두자."

아버지한테 붉은 보석을 찾았다는 얘기도 못하는 건가 싶어 나는 잠시 망설였다. 하지만 결국 고개를 끄덕였다.

"그래, 알았어."

어둠 속에서 누군가가 나타나 내 앞에 섰다.

"태자 전하께서 찾으십니다."

나르디의 호위를 맡았던 켈덱이라는 기사였다. 그가 고개를 숙여 절을 하는 바람에 나는 당황해서 일어섰다. 이들이 태자인 나르디에게 예를 갖추는 것은 이해할 수 있었다. 그러나 기사단장의 아들이라는 이유로 내게까지 그러는 건 좀 지나친 느낌인데.

"네, 네."

켈덱의 뒤를 따라 나르디가 쉬고 있는 풀밭으로 갔다. 키반을 비롯한 기사 몇이 나르디를 둘러싸고 이야기를 하고 있었다. 정찰을 나간 기사들은 아직 돌아오지 않았다. 나르디는 키반에게 뭔가 대답하더니 나를 바라보았다.

"자리를 비켜 주겠나."

나르디의 한마디에 기사들은 분분히 일어나 흩어졌다. 나는 잠시 앉기를 주저했다.

"앉게."

나르디가 나를 올려다보며 말했다. 조금 떨어진 곳에 주저앉았다. 그의 눈을 바로 보지도 않았지만 그렇다고 절을 한 것도 아니었다. 나르디가 입을 열었다.

"오느라 많이 힘들었겠네. 다들 어떻다고 하던가?"

평소와 같은 말투였지만, 문득 저 말투가 왕족의 것이었구나 싶었다. 그래, 그에게 어울리는 말투였어.

나는 아직 태도를 정하지 못한 터라 망설였다. 하지만 결정하지 못한 이상 답은 하나였다.

"……괜찮습니다."

내 대답이 떨어지자 나르디의 얼굴에 잠시 그늘이 덮였다.

"그래. 돌이킬 수는 없다는 건가."

"……."

내가 녀석을 좋아하지 않았다면 이렇게 마음이 상하지도 않았을 거다. 나와 지내는 동안 한 번도 권위를 내세운 일은 없었지. 왕자치고 진짜 드문 종류인 건 틀림없어. 만일 녀석이 처음부터 나를 속이지 않고 사실을 말했대도 우린 친구가 될 수 있었을까?

아마 아니겠지.

내가 뭔가 더 말하려 했을 때였다.

"전하! 큰일 났습니다!"

나르디가 번쩍 고개를 들었다. 녀석은 '큰일 났다' 라는 말에 항상 민감하게 반응했지. 정신을 잃었을 때조차 단번에 눈을 뜰 정도로.

"무슨 일이냐?"

"후방에 추격대가 있다는 보고입니다! 서둘러 떠나야 합니다!"

나르디는 지체 없이 일어나 하이론이 끌어온 말에 올랐다. 그가 말에 오르는 동작은 아르노윌트는 비교도 되지 않을 정도로 능란하고 가벼웠다. 그는 말에서 나를 내려다보았다.

"파비안, 다치지 마라. 곧 다시 만나자."

대답할 여유도 없이 나르디는 말을 몰아 키반에게로 가 버렸다. 나도 이러고 있을 때가 아니다. 네드처가 나와 유리카의 말을 벌써 끌어오는 중이었다. 엘다렌이 말을 타도록 도와 준 다음 나도 말에 올랐다. 동작이 멋지지 않으면 어때. 탔다는 점이 중요하다고.

"출발한다!"

이번에 어둠 속에서 들려온 외침은 키반이 아니라 나르디의 것이었다. 녀석의 목소리도 날카롭고 힘이 있었다.

"하, 이랏!"

"달려라!"

앉아 쉬던 기사들이 얼마나 빨리 출발할 수 있는지 처음 알았다. 무장도 안 풀고 대기한 탓이기도 하겠지만 확실히 대륙 최고의 기사단다운 솜씨였다.

"전속력으로!"

말들이 쏜살같이 달려갔다. 비는 오지 않았지만 젖은 공기가 귓가를 차갑게 가른다. 입김이 하얗게 흩날릴 정도로 날씨는 찼다. 말의 콧김이 어둠 속에서도 어른거렸다. 코가 맵다. 피부가 마르기 시작하자 뺨에서 찢어질 듯한 통증이 느껴졌다.

말발굽이 젖은 풀밭에서 미끄러지기라도 했다간 끝장이었다. 발굽이 닿는 곳마다 고여 있던 물이 맹렬하게 튀었다.

"유리, 내게서 떨어지지 마!"

말발굽 소리 때문에 있는 힘껏 외쳐야 했다. 만일 추격대에게 붙잡혀 싸움이 벌어진다면 유리카가 옆에 있어야 안심이 된다. 해전이 벌어졌을 때처럼 어디에 있는지 모르는 건 참을 수 없으니까. 유리카도 외쳤다.

"왜, 네가 지켜 주기라도 하려고?"

"네가 안보이면 도대체 마음이 안 놓여!"

"칫, 같은 말이라도 좀 곱게 못하냐?"

유리카는 입술을 비죽이면서, 그러나 화가 난 것은 아닌 얼굴로 가까이 말을 몰았다. 그녀가 승마에 더 능숙하기 때문에 속도를 조금 줄

여야 했다. 급히 출발하느라 묶지 못한 젖은 머리가 헝클어져 날리는 모습이 흡사 전설 속의 여기수 같다. 작은 달의 여전사 파비안느 말이다. 파비안느의 머리도 은색이었다고 했지?

나르디가 눈앞에 보였다. 그 곁에 키반이 나란히 달렸다. 키반은 말고삐를 늦추지 않은 채 급히 출발하느라 하지 못한 보고를 했다. 반쯤은 외침이었다.

"아직, 본대는 아니고, 척후, 부대입니다! 또 전방을 정찰한 자들의, 보고로는, 이 속도로 두 시간이면, 아르킨 단장님이 이끄는 기사단과, 조우할 수 있을 것이라고 합니다!"

이 속도로 두 시간이라. 그러기에는 말들이 꽤 지친 것 같은데.

"일반적, 기준으로 볼 때, 척후 부대와 본대는, 한 시간 정도 떨어져 있을 것입니다! 충분히, 적의 본대와 마주치기 전에, 단장님과 합류할 수 있습니다! 이랏!"

숨 쉬느라 끊기는 부분 외에는 빠르게 붙여 말하고 있어서 알아듣기가 조금 힘들었다. 나르디가 뭐라고 대답했는지는 모르겠다. 날카로운 바람을 계속 들이마시니 가슴에 통증이 느껴졌다.

쿠르릉…….

다시 비가 오면 안 되는데. 이 상황에서 비는 최악인데.

쏴아아…….

쳇, 내 기원은 들어주는 경우가 없군.

비가 오히려 따뜻했다. 내 몸이 너무 차가웠던가 보다. 빗줄기가 온기를 머금고 턱으로 흘러내렸다. 키반의 옆으로 젊은 기사가 나는 듯

다가왔다.

"척후의 수가 줄었습니다! 보고를 위해 본대로 되돌아간 것으로 보입니다! 모두 다섯 기, 2백 보 정도의 거리를 유지하고 있습니다!"

"할 수 있는 한 따돌려 보고 동북쪽으로 방향을 바꾼다. 모두 전속력 전진!"

도크렌 시커의 어둠 속을 나는 듯 달리자니 시즈카에 쫓겨 질주하던 배가 떠오른다. 그렇게 검은 물 같은 어둠을 가르며 바람과 빗속을 달렸다. 하지만 더 빨리 가고만 싶다. 뭔가가 나를 끌어당긴다. 고향, 또는 아버지에 대한 이끌림 같은 것이.

"태자 전하, 문안드립니다!"

아버지가 태자 일행을 맞이하도록 보낸 다섯 명의 기사와 만난 것은 그로부터 네 시간이 흐른 후였다. 새벽녘이었다. 조금 전에 비가 그쳐 오랜만에 별 몇 개가 솟아났다. 밤새 달조차 없던 하늘이었다. 하룻밤 내내 비에 시달리며 달리느라 녹초가 된 터라 흐릿한 별 몇 개조차 감동을 주었다.

"일어나라."

말 위에서 나르디가 말하자 진흙과 젖은 풀이 뒤엉킨 바닥에 무릎을 꿇었던 다섯 기사가 몸을 일으켰다. 마른 옷이었다면 옷을 망치는 게 안되어 보였을지도 모르지만 그들도 우리와 마찬가지로 쫄딱 젖은 터라 개의치 않아도 좋았다.

이번엔 나르디도 드워프의 왕에게 인사하라는 말을 하지 않았다. 바르제 저택을 떠나면서 엘다렌의 종족과 신분은 일단 숨기기로 키반과 이야기가 됐다. 쓸데없는 관심을 끌지 않는 거야 좋았지만 그동안 엘다렌은 다른 기사들로부터 '어쩌면 저렇게 승마가 형편없을 수 있느냐' 는 불평을 들어야 했다. 그래도 후반으로 갈수록 상황은 나아졌다. 이유는 몰랐지만 엘다렌의 말은 그가 태운 기수만큼이나 지구력이 좋았던 것이다. 저 기사들도 엘다렌이 드워프라는 사실을 알게 되면 이 드워프 역사상 전무후무한 최고의 기수에 대해 경의를 표해야 마땅할 거다.

"아르킨 단장님이 5백 보 전방에서 태자 전하의 일행을 맞이하고자 기다리고 있습니다. 전하께 길을 안내하도록 단장님이 저희를 이리로 보냈습니다. 전하를 모시게 되어 영광입니다."

투구를 벗고서야 깨달은 거지만 선발대를 이끈 기사와 나는 구면이었다. 아버지를 처음 만났을 때, 그러니까 트뢰멜에서 처음 나를 발견했던 젊은 기사 야스딩거 경이었던 것이다. 보고를 끝낸 그와 눈이 마주치자 나는 씩 웃어 보였지만 야스딩거 경은 눈을 몇 번 깜빡거렸을 뿐이었다. 인사할 상황이 아닌가?

"왜 직접 맞이하러 오지 않는 것이냐."

말채찍을 손에 든 채 그렇게 묻는 나르디는 내 기억 속의 모습을 송두리째 엎고도 남을 정도로 오만한 왕자 그대로였다. 도대체 어떤 모습이 진짜인지 모르겠다. 아까 내게 말을 건네며 안타까운 표정을 짓던 그는? 일개 타국의 선원 앞에서조차 겸손하고 예의바르던 그는? 내 어깨를 잡고 전하라고 부르지 말아달라던 그는?

"단장님은 전하께서 갈아타실 말과 다른 물자들을 예비하고 대열을 짜서 출발할 만반의 준비를 갖추는 중입니다. 또한 주위에 정찰을 보내어 혹여 있을지도 모를 전투에 대비하고 있습니다."

"……알았다."

나르디는 키반에게 얼굴을 돌리더니 말했다.

"출발 신호를 하라."

키반이 손을 번쩍 들어올렸다.

"출발한다!"

말이 한 번 길게 울부짖었다. 나는 몸을 앞으로 수그렸다. 출발시의 충격에 대비하기 위해서다. 말은 앞발을 높이 올렸다가 앞으로 달려 나갔다. 목적지는 멀지 않았다.

"깃발이 보입니다!"

우리는 완만한 경사가 시작되는 언덕바지에서 멈춰 섰다.

새벽빛이 어둠을 가르고 솟아올랐다. 붉게 번쩍이는 창검들이 푸른 초지에 솟아 있었다. 밤이 걷히고 하늘이 열렸다. 비는 그치고 먹구름은 사라졌다. 지평선을 메운 빨간 띠 위로 구름들이 부서진 황금 조각들처럼 흩어져 있었다. 태양은 밤의 경계를 넘기 직전에 숨을 들이쉬며 한껏 부풀어 올랐다.

구릉 아래 도열한 백여 기의 기사들이 일제히 검을 뽑아들었다. 금속과 금속이 마주치는 마찰음이 서늘하게 울렸다.

"태자 전하께, 예(禮)!"

그 순간 하늘이 쪼개지고 광채가 평야를 물들이며 달려왔다. 눈을 똑바로 뜰 수가 없었다. 그림자들이 갑자기 또렷해지며 한없이 늘어났다. 검들은 모조리 은으로 만들기라도 한 듯 찬란한 빛을 뿜었다.

스릉!

나르디가 검을 뽑아 들었다. 그리고 발아래 도열한 기사들을 향해 검을 들어 정식으로 답례를 했다. 나르디가 검을 꽂자 기사들도 검을 내렸다. 지켜보는 나까지도 긴장되는 기분이었다.

나르디의 옆얼굴은 이제 감히 함께 웃고 떠들던 친구라고 생각할 수 없을 정도였다. 작은 말소리 하나 들려오지 않았다. 지금 입을 열 수 있는 사람은 나르디밖에 없었다. 나는 아래를 내려다보며 아버지를 생각했다. 저 안에 계시겠지?

그때 말 한 마리가 대열을 빠져나와 달려왔다.

먼발치에서도 똑똑히 보였다. 긴 망토와 검푸른 머리, 새카만 흑마를 탄 은빛 갑옷의 기사가. 손에 쥔 장창과 내가 알고 있는 문장이 새겨진 방패도. 마법사의 지팡이와 검사의 검이 엇갈린 나르시냐크 가문의 문장을 보자 이유 없이 말문이 막혔다.

흑마의 기사는 몇 걸음 떨어진 곳에서 말을 멈추고 훌쩍 뛰어내리더니 무릎을 꿇었다.

"구원 기사단장 아르킨 나르시냐크, 태자 전하께 인사 올립니다."

나르디는 손을 들어 그의 인사에 답했다.

아버지는 일어섰다. 내 쪽은 보지 않았다. 당연한 일이다. 태자 전하를 모시기 위해 여기까지 달려온 것이니까. 하지만 내가 바라보는 건 내 맘대로다. 새카만 말과 대조적인 은빛 갑주, 그 외에는 옷이며 장화,

망토가 모두 검푸른 빛이었다. 비록 언덕 아래에 섰지만 왕족이라 해도 쉽게 범접 못할 독특한 위엄을 지닌 사람이었다. 대륙 최고의 기사였다. 나의 아버지였다.

아버지 뒤로 도열한 구원 기사단의 기사들을 바라보았다. 예전에 릴가가 해준 말이 떠올랐다. 수련생이 되는 것도 힘들고 정식 기사가 되기까지는 몇 년이 걸릴지 장담할 수 없다고 했었지. 이들은 모두 그 과정을 거친 사람들이다. 그중에서도 최정예였다.

그리고 아버지는 그들 모두를 지배하는 독재자였다.

기사단을 거느리고 선 지금이야말로 아버지에게 가장 잘 어울리는 순간이리라. 고향에서 나와 술잔을 기울이던, 검을 가르치며 웃던 아버지와는 또 달랐다. 아버지는 지금 나르디의 명령을 듣기 위해 기다리고 있지만, 저 아래의 기사들은 아버지의 명령을 듣기 위해 창끝 하나 움직이지 않고 서 있었다.

아버지의 허리에 전에 보지 못했던 얇은 검이 매어져 있었다. 고향에서 내가 부러뜨렸던 검보다 더 가늘었지만 어쩐지 그 안에 상상할 수 없는 힘이 숨어 있을 듯한 느낌이다.

"이곳까지 온 노고를 치하한다. 한시가 바쁘니 당장 출발 준비를 갖추도록."

"알겠습니다, 전하. 하지만 아침 식사를 들고 떠나시는 것이 어떻습니까? 갈아입으실 옷도 준비해 놓았습니다."

아버지의 입에서 아침 식사니 갈아입을 옷이니 하는 이야기가 나오니 왠지 재미있다. 아버지와 커스터드 파이를 나누어 먹기도 했으면서도 아버지는 전투 보고나 출발 명령 같은 것만 해야 어울릴 것 같다.

나르디가 대답했다.

"그도 그렇겠지. 준비하도록 하오."

6. 태자와 기사단장

언덕을 내려가니 이미 아침 식사 준비가 다 돼 있었다. 태자 전하 일행의 식사와 휴식을 위한 천막들까지도. 이 빗속에서 어떻게 보관했는지 몰라도 정말 마른 옷도 있었다. 나르디뿐 아니라 나와 유리카, 엘다렌의 것까지 준비되어 있었다.

"식사입니다!"

옷을 갈아입고 따뜻한 수프를 마시니 좀 살 만해졌다. 손발을 주무르면서 얼마나 몸이 굳어져 있었는지 실감했다. 천막을 나오다가 나는 파안대소했다. 유리카를 위해 옷을 준비했다고 했지만 남자들 것과 다를 게 없는 터라, 천막 앞에서 마주친 그녀는 소년 병사 같은 모습을 하고 있었다.

"야, 너 꼭 견습 기사 같은데?"

"이거 갖고 농담하면 죽어."

유리카의 낮은 협박조에도 불구하고 나는 키득거리며 너무 길어서 걷어 올린 가죽 바지와 조끼, 직접 잘라버린 것 같은 팔 없는 셔츠를 바라보았다. 왼손에는 사슬 장갑 두 짝까지 들려 있었다. 모든 물건이 크기만 작을 뿐이지 수련생들이 쓰는 것을 그대로 가져온 모양이었다. 그녀는 한숨을 내쉬더니 장갑을 천막 구석으로 던져 버렸다.

"왜, 한번 써보지?"

"내가 너같이 무식한 검을 휘두르니? 내 검은 속도가 생명이란 말이야. 저런 걸 끼고 언제 검을 뽑아."

나는 어깨만 으쓱해 보였다. 유리카는 찢어낸 소매 언저리를 못내 불만스럽게 만지작거렸다.

"옷만 마르면 바로 갈아입을 거야."

그러길 빌어주마. 그때에도 옷을 갈아입을 천막이 있을지는 모르겠다만.

이어 엘다렌이 나타나자 예상은 했지만 또다시 웃음이 터졌다. 짐작대로 모든 옷이 너무 길었던 것이다. 인간 진영에 드워프에게 맞는 옷이 있을 리 없었다. 그가 지급받은 옷을 사용하는 방법은 이랬다. 젖은 옷을 그대로 입고, 대신 마른 옷을 둘둘 뭉쳐 머리와 수염을 닦고 있었다.

다가온 엘다렌은 나를 올려다보았다. 뭔가 할 말이 있는 것 같은데.

"네 아버지라고?"

그 얘기였군. 나는 크게 고개를 끄덕였다.

"흠."

나는 바로 앞에서는 보기 힘든 엘다렌의 표정을 보려고 뒤로 한 발

물러섰다. 그는 쓸모 없게 된 옷가지들을 내려놓더니 말을 이었다.

"그 가문의 핏줄은 놀랄 만하군. 정말 닮았지 않은가."

유리카한테 한 말 같기도 했지만 어쨌든 내 이야기인지라 나는 싱긋 웃었다.

"저도 처음에 많이 놀랐죠."

진짜 닮긴 했는데 분위기는 딴판이었다, 유감스럽게도. 아버지 같은 카리스마는 내가 할아버지가 돼도 생길 것 같지 않았다.

유리카가 말했다.

"나는 반대야. 난 네 아버지를 먼저 봤잖아? 그릴라드에서 널 봤을 때 오히려 네 얼굴을 보고 너무 닮아서 놀랐지."

유리카가 그렇게 말하더니 잠시 후에 덧붙였다.

"처음 보았을 때보다 훨씬 강해 보이는 사람이네."

동감이었다. 다시 만난 아버지는 흡사 후광을 갖고 있는 듯했다. 새삼 어머니가 그리워진다. 왜 어머니는 저렇게 훌륭한 아버지와 함께 사시지 못하셨어요.

"출발할 준비를 하시랍니다. 새 말을 대기시켜 두었습니다."

오는 동안 우리를 도와줬던 네드처라는 기사였다. 고개를 끄덕이자 그가 다시 말했다.

"그리고 파비안 님은 단장님께서 찾으십니다. 지금 저와 함께 가시지요."

나는 고개를 끄덕이고 유리카를 돌아보며 '출발할 때는 꼭 옆에 있는 거 잊지 마' 라고 말해 두었다. 유리카는 피식 웃을 따름이었다.

네드처를 따라가자 십여 명의 기사들에게 둘러싸인 아버지가 보였다. 기사들이 죽 비켜서고 나는 앞으로 다가갔다.

"어서 오너라. 파비안."

오늘 새벽 만난 뒤 처음으로 아버지의 목소리에 웃음기가 묻어 있는 것을 느꼈다. 뭐라 말을 하면 좋을지 모르겠다. 얼마든지 할 말이 많았는데 머릿속이 하얗게 돼버렸다. 아버지는 손을 내밀었다. 나는 그 손을 굳게 잡았다.

"손이 단단해졌구나."

나는 아직도 아버지의 장갑을 끼고 있었다. 처음 받았을 때 길이는 맞아도 품이 약간 컸는데 어느새 딱 맞게 되었다. 아버지는 빙긋 웃었다.

"이게 네 손을 잘 지켜준 모양이구나."

한참을 망설인 내 입에서 첫 마디가 나왔다.

"보고 싶었습니다."

그 순간 나는 믿을 수 없을 정도로 환하게 펴지는 아버지의 얼굴을 보았다. 주위에 둘러선 기사들이 놀라 눈이 휘둥그레질 정도였다. 저도 모르게 가슴이 뜨거워졌다.

"나도 보고 싶었다."

아버지는 다른 손을 내밀어 내 왼손을 마저 잡았다. 아버지의 손은 내 손보다 더욱 컸다.

"조심하거라."

"……아버지도요."

출발해야 할 때였다.

도크렌 시커를 벗어나는 데 세 시간 정도 걸렸다. 진로는 남동쪽이었다. 아침나절이 되어 우리가 도착한 곳은 산기슭이었다. 엘자스-오를리테라는 이름이었다.

아버지는 대열을 멈추고 명령을 내렸다.

"엘자스-오를리테를 올라가 서쪽 사면으로 이어지는 첫 번째 계곡에 진을 치고 기다린다. 키반, 태자 전하를 모시고 선발 부대를 인솔해라. 츠칠헨, 메를릿, 드모나, 로슬로이, 말에서 내려 저기 보이는 벼랑으로 올라가라. 아마도 적의 척후가 보일 것인즉, 즉시 내려와 위치와 군세를 보고하라."

구원 기사단엔 많지 않지만 여기사도 있었다. 메를릿과 드모나는 여자였지만 짧은 머리카락과 건장한 뒷모습 때문에 처음에는 여자라는 것도 알아보지 못했다.

"알겠습니다!"

명령을 받은 기사들은 즉시 말에서 뛰어내렸다. 하급 기사들이 이들의 빈 말고삐를 넘겨받았다. 기사들은 추격전을 고려한 듯 모두 경장비여서 산을 오르는 데에도 큰 어려움은 없었다.

"타힐, 카크다나, 토르첸, 남아서 산 입구를 경계해라. 츠칠헨 일행이 내려오면 함께 진지로 돌아오도록."

"예!"

"알겠습니다!"

카크다나라는 기사는 난생 처음 보는 비카르나 족이었다. 실례라는 것을 알지만 자꾸 쳐다보게 된다. 윤곽이 뚜렷하고 약간 기름한 얼굴에 머리카락과 피부 빛깔이 똑같이 검었다. 어깨를 드러낸 몸집은 그야말로 우람했다.

"딘데일런, 도끼질을 잘 하는 자로 열 명을 골라서 양쪽 소로로 가라. 나무들을 찍어 넘겨 두 길 모두 말을 타고 지나갈 수 없도록 막아라. 마브나이저, 코자킨, 마링겐, 너희들은 캘트롭(Caltrop)을 준비했다가 모든 기사들이 진지로 돌아오면 정면 길을 따라 올라가다가 5백 걸음 너머부터 진지를 칠 계곡이 나타날 때까지 뿌려라. 다만 능숙한 기사라면 피해서 전진할 수 있도록 간격에 여유를 두어라."

"옛!"

"예, 단장님!"

아버지는 이 산에 와본 것처럼 능숙하게 각종 명령을 내렸다. 지형을 속속들이 아는 것 같았다. 데리고 갈 기사들을 고르던 딘데일런이 엘다렌을 흘끗 보더니 말했다.

"도끼를 쓰시는 듯한데 저희와 함께 가시지 않겠습니까?"

엘다렌은 말없이 말에서 내렸다. 아마 인간 왕국의 왕이 그런 부탁을 들었다면 어찌 고귀한 내가 감히 그런 일을 어쩌고저쩌고 하면서 한참 소란을 피웠을 게 틀림없다.

그런 생각을 하는데 갑자기 내 이름을 부르는 소리가 들렸다.

"파비안, 너는 나를 따라오너라."

나는 잠시 입을 벌렸다가 다른 기사들처럼 즉시 대답했다.

"예."

임무를 받은 기사들이 흩어졌다. 딘데일런이 이끄는 기사들과 엘다렌은 우측 오솔길로 사라졌다. 키반은 나르디와 함께 기사들을 인솔하여 정면 길을 따라 올라갔다. 츠칠헨은 이미 떠났고, 입구를 경계하는 기사들도 각자 은폐물을 찾아 사라졌다. 자리에 남은 것은 나와 아버지, 그리고…….

아버지는 유리카를 쳐다보았다.

"아가씨는……."

유리카가 먼저 대답했다.

"아, 파비안이 자기 옆에 꼭 붙어서 지켜달라고 부탁했거든요."

뭐, 뭐야, 이야기가 다르잖아!

내 당황한 얼굴과 아버지의 의아한 표정을 보며 유리카는 생긋 웃었다. 내가 나서서 말하려 했다.

"그게 아니고……."

"아아, 어쨌든 여기 있는 게 안 된다면 당장이라도 가고요."

아버지는 나를 보았다. 내 표정을 보고 유리카를 보더니 갑자기 웃음을 터뜨렸다.

"하하하, 따라와도 좋소. 오베르뉴 양."

"감사합니다. 유리카라고 부르세요."

유리카는 재빨리 대답하더니 나를 향해 짓궂은 미소를 보냈다. 나도 지지 않고 코를 찡그려 보였다.

내내 머리를 떠나지 않는 문제가 있었다. 하르얀 이야기를 아버지에게 해야 할까?

아버지와 만난다는 것을 알고부터 지금까지 줄곧 고민해왔다. 결론도 계속 바뀌었다. 말한다면 어디까지 해야 할까? 어쩌면 어느 정도는 알고 계신 게 아닐까? 무엇보다도 해전은 내가 말하지 않더라도 나르디 때문에 결국 알려지게 되겠지. 그렇다면 먼저 말하는 것이 좋은 일이야, 나쁜 일이야? 하르얀이 왜 그러는지 아버지한테 물어 보면 속 시원한 답을 들을 수 있을까?

만일 아버지가 아무것도 모르신다면…… 과연 나는 하르얀을 나쁘게 말해야 할까, 조금이라도 감싸야 할까.

"파비안, 저기를 봐라."

어느새 한참이나 산 속으로 들어왔다. 아버지가 길 앞쪽을 가리켰다. 좌우로 곧추선 절벽 사이로 좁디좁은 길이 나 있었다. 보기 드물게 특이한 지형이었다. 험로 없이 서서히 높아지기만 하던 산길이 삼각으로 좁아지다가 한 점으로 모아진 형세였으니까. 길 너비는 대여섯 명 정도가 나란히 서면 완전히 막을 수 있겠다. 말 탄 기사라면 셋도 나란히 지나가기 힘들 테고.

좌우 절벽은 까마득히 높았고 양쪽 어디로도 접근할 길은 없었다. 아버지는 내가 지형을 살펴보도록 기다려 입을 열었다.

"저것을 보았기 때문에 한 판 싸워 봐도 좋겠다는 확신이 들었지. 보아라. 저렇게 좁은 길에서는 병력 차이의 의미가 크게 줄어든다. 한 사람이 자기 앞에 선 사람만 상대하게 되니 장시간만 아니라면 몇 배, 심하게는 몇십 배의 병력을 맞아서도 대등하게 싸울 수 있다. 여러 사람이 어깨가 닿을 정도로 붙어 서서 열을 이루고 그 앞을 방패로 가린다. 공격은 긴 창으로 하며 사상자가 나면 바로 뒤의 열에서 새 병사를 보충하는 것이지. 그런 것을 밀집대형이라고 한다."

아버지는 말을 멈추고 내가 이해했는지 살피는 기색이었다. 나는 고개를 끄덕여 보였다.

"물론 밀집대형 전투의 승패는 대형의 지속성으로 결정되기 때문에 평원에서 맞설 땐 많은 병력이 관건이다. 그러나 좁은 길이라는 지형적 우수함을 갖춘 경우 적은 병력만으로 며칠이고 저항할 수 있는 것이 바로 이 밀집대형이기도 하지. 이 대열로 싸울 경우 첫 전투의 승부는 굉장히 빨리 난다. 그러므로 우리는 그 사이에 치명적인 타격을 가할 다른 방법을 찾아내어야만 하는 것이다."

치명적인 타격을 가할 다른 방법이 뭔지 나로서는 짐작도 가지 않았다. 아버지는 내 표정을 보고 빙긋 웃었다.

"전술 강의를 조금 할까."

그동안 우리는 계속 걸어서 절벽 사이에 도달했다. 아버지는 바람에 귀를 기울이고 있다가 입을 열었다.

"밀집대형은 기병용 전술은 아니다. 중장갑을 갖춘 보병들 중심의 전투에서 쓰이지. 진형을 갖추면 별로 움직일 필요가 없으니 최대한 완벽하게 방어구를 갖추는 것이 보통이다. 이것이 또한 각개 전투의 지속시간을 짧게 만드는 이유 가운데 하나지. 중무장을 갖추고 한동안 싸우고 나면 병사들은 완전히 탈진해 버려서 패배하여 도망치는 적을 뒤쫓을 힘조차 남지 않는다."

아버지는 약간 웃었다.

"그렇기 때문에 적들도 다음날이면 전열을 정비해서 또 쳐들어오는 거야. 길면 수십 일씩 한 자리에서 싸우게 될 수도 있지. 물론 우리는 그럴 생각도 그럴 병력도 없기 때문에 다른 계획이 필요하다."

"무슨 계획인가요?"

아버지는 빨리 대답하지 않았다. 내가 스스로 생각해 내게 하려는 거라면 그만두는 편이 좋을 텐데. 난 그런 쪽엔 아무것도 아는 게 없으니 말이다.

아버지는 한참 만에 엉뚱한 이야기를 꺼냈다.

"밀집대형에서 필요한 장비가 무엇인지 아느냐?"

"네? 음…… 창하고 방패겠지요."

내가 생각해도 너무 조야한 대답이로군. 유리카가 옆에서 킥킥 웃었다.

"물론 그 두 가지가 기본이지. 갑옷은 필요하지 않겠느냐?"

"아…… 네, 흉갑도 필요하고 팔꿈치보호대(腕甲)나 정강이받이(脛甲)도 있으면 좋고, 창이 부러지면 검도 있어야겠네요. 투구도 있어야 되겠고."

내가 이것저것 생각나는 대로 주워섬기자 아버지는 빙긋 웃더니 다시 말했다.

"그래, 그렇지만 우리는 빠른 이동을 고려하느라 그런 장비를 다 갖추고 오지 못했다. 그러나 그것보다 더 필요한 장비가 있지."

"그게 뭔가요?"

바람이 절벽 사이를 지나갔다. 비는 오지 않았지만 비를 머금은 바람이라는 느낌이 들었다. 공기는 파르스름했다.

"군율과 사기, 거기에서 비롯한 투지가 그것이다."

위이잉…….

바람 소리에 귀를 기울이며 나는 고개를 끄덕였다. 내가 제대로 이해한 것이 맞을까? 아버지가 말한 밀집대형은 병사들이 서로 각별히 의지하지 않으면 안 되는 진형이고, 그러니 누가 군율을 어기고 빠져나가거나 겁을 먹고 제대로 싸우지 않는다면 금방 중간에 구멍이 뚫릴 것이다. 그러면 밀집대형은 소용없게 되어 버릴 것이 뻔하지.

"어떤 군대도 당연히 갖춰야 할 것을 왜 내가 굳이 밀집대형에 필요한 '장비'라고 불렀는지 알겠느냐? 첫 공격에 군대의 총력을 투입해야만 하는 것이 바로 이 진형이다. 이차 공격도 없고, 추격도 없다. 첫 번째 열 뒤의 예비 열은 앞쪽의 빈틈을 신속하게 메워야 하고, 예비 창을 공급해야 하며, 부상자를 처리하는 일을 맡는다. 군율과 투지 없이 비워진 첫 열이 신속하게 메워질 수 있겠느냐? 모두 나서기를 꺼리고 몸을 사린다면 구멍 하나로도 대열은 한순간에 무너진다. 밀집대형을 써서 승리하려면 다른 어떤 장비보다 바로 이 '장비'로 완벽히 무장하지 않으면 안 된다."

나는 고개를 끄덕였다. 구원 기사단의 엄격한 내규에 대해서는 전부터 들어 왔다. 구원 기사단이라면 이 모든 것을 해내고도 남을 것이다.

"응집력, 밀집대형이 결코 잃어서는 안 되는 것이 이것이다."

새로운 세계를 접하는 기분을 느끼며 나는 유리카를 보았다. 그녀는 절벽 위쪽을 바라보고 있었다.

"높아……."

무슨 생각을 하고 있는 걸까.

유리카를 보자 목에 걸린 아룬드나얀이 묵직하게 나를 눌러왔다. 아버지에게도 말하지 말자고 했었지. 보석을 모두 모으고 아룬드나얀의 목적이 달성되기 전에는. 이유가 있다기보다는 어떤 방해가 나타날지 모르기 때문에 엘프와 드워프를 되살려내는 일에 대한 것은 우리만의 비밀이다.

아버지가 유리카를 보았다.

"유리카 양은 언제부터 함께 여행했소?"

"아아, 반말을 하세요. 제가 불편하네요."

아버지는 웃으며 다시 말했다.

"그래, 유리카는 언제부터 파비안하고 함께 다녔지?"

"이베카 시에서 만났어요."

유리카는 그 한마디로 그릴라드에서 마주쳤던 일이랑 녹색 호수 변의 들판을 건던 일을 모조리 지워버리고 말았다.

"본래부터 여행을 다녔던 건가?"

"네, 저는 부모님이 안 계시거든요. 그래서 어려서부터 떠돌아 다녔어요."

부모님이 계실 턱이 없지. 2백 년을 사는 부모란 없으니까.

"어디 출신이지?"

"달크로이츠 영지요. 아시죠?"

마브릴 족이라는 것은 모르시겠지.

유리카가 마브릴이라는 사실 역시 굳이 약속하진 않았지만 일종의 묵계가 형성되어 있었다. 심지어 일부러 부탁한 것도 아닌데 키반조차 아무 말도 하지 않았다. 그러나 이어진 아버지의 말이 나를 놀라게 만들었다.

"마브릴 족처럼 보이는데 어째서 고향이 거기지?"

유리카조차 당황한 표정이 역력했다. 하지만 망설이지는 않았다.

"어떻게 아셨어요?"

아버지는 내 놀란 표정에 싱긋 웃어 보였다.

"아까 우리와 함께 가겠다고 말할 때야. 그건 엘라비다 족 아가씨가 말하는 방식이 아니지."

아버지는 가볍게 헛기침을 하더니 다시 덧붙였다.

"그리고 마브릴에 주로 빼어나게 예쁜 아가씨가 많다지."

나는 아예 입을 반쯤 벌렸다. 아버지가 저런 말도 할 줄 아셨다니!

유리카는 곧 침착성을 되찾고 웃었다.

"반년을 함께 다녀도 짐작조차 못하는 아드님보다 아버님이 훨씬 멋지세요."

나는 창졸간에 바보가 되고 말았다. 아버지는 소리 내어 웃음을 터뜨렸고 유리카도 함께 웃었다. 한참 웃고 나서 아버지는 나를 돌아보며 말했다.

"어쩐지 과분한 여자 친구를 얻은 것 같구나."

그러고 나서 당황해하는 내 얼굴을 보며 또다시 웃으셨다. 아버지가 저렇게 자주 웃으시다니. 부하들 앞에서는 늘 엄격한 얼굴에 가벼운 미소조차 잘 짓지 않던 아버지인데.

문득 하르얀이 떠올랐다. 넌 아버지와 살면서 왜 행복하지 못했던 거지?

"그만 돌아가자."

좁은 길에서 나와 기사단이 진을 치고 있는 골짜기로 내려가기 시작했다. 아버지가 걸으면서 말했다.

"이따가 작전 회의에도 참여하도록 해라. 아버지가 이번 작전을 짜는 것도 봐 두고. 밀집대형만큼이나 우리에게 필요한 또 하나의 전략이 있는데 네가 배울 만한 것이라는 생각이 드는구나."

아버지는 유리카를 돌아보았다.

"유리카도 오너라. 그리고 일행인 그리반센 씨도 참석하시면 좋겠다고 전해 드려라."

"네."

처음 만났을 때 간단히 소개한 엘다렌을 아버지는 잊지 않고 있었다.

골짜기 입구에서 우리는 아버지와 헤어졌다. 계곡에는 천막이 딱 두 개 쳐져 있었다. 하나는 아버지와 기사단을 위한 작전 천막이었고, 다른 하나는 태자 전하가 쉴 곳이다. 나르디는 보이지 않았다. 그리고 우리가 그를 찾을 수 있는 입장도 아니었다.

나는 주아니를 떠올렸다. 주아니는 말에서 지나치게 흔들렸던 일 때문에 기진맥진한 나머지 조금 아프다. 나는 주아니를 내 배낭 안쪽에 수건으로 싸서 눕혀 놓았다.

엘다렌은 아직 돌아오지 않았다. 나무를 꽤 여러 그루 베어야 하나 보다.

“저, 유리카. 우리 아버지 어떠시든?”

좀 망설여지는 질문이긴 했다. 우리는 근처에 있는 널찍한 돌 위에 걸터앉아 있었다. 유리카는 빨리 대답하지 않았다. 대신 하늘을 올려다 보았다.

“좀 개었네.”

밤에 비가 올 것 같진 않군. 그런데 유리카의 태도가 뭔가 망설이는 느낌이다. 나는 이상한 기분이 들어 재차 물었다.

“무슨 문제라도 있어? 아버지가…….”

유리카는 내 말을 듣더니 갑자기 망설이기를 중지했다. 그리고 환한 미소를 지어 보였다.

“아아, 좋은 분 같아 보였어. 내가 고아라거나 마브릴 족이라거나 해서 네 옆에 있어선 안 된다고 생각하시지 않잖아? 사고가 트인 분이고, 멋진 분이야. 이스나미르로 돌아가는 일도 그분 옆에 있으면 걱정할 필요가 없을 것 같아.”

유리카가 칭찬을 하니 기분이 좋긴 했다. 그런데 뭐랄까, 정작 하려던 말을 감추어 버린 느낌이 드네.

“저기 켈덱 씨네.”

유리카는 일어나더니 목소리를 높여 불렀다.

"켈덱 기사님, 잠깐만요!"

우리가 부르자 켈덱이라는 기사는 놀란 얼굴이었다. 우리가 자기를 부르는 이유가 전혀 짐작 가지 않는 모양이었다. 그는 뚜벅뚜벅 걸어와 우리 옆에 섰다.

"무슨 일이십니까?"

"태자 전하는 어디 계신가요?"

유리카의 말을 들으니 느껴지는 것이 있었다. 그녀가 나르디를 전처럼 부르겠다고 하긴 했어도 예의를 지켜 줘야 하는 곳에서는 알아서 높여 부르는구나. 그렇다면 타협할 여지가 없는 것도 아닌데.

"전하의 막사 안에 계십니다만 작전 회의가 있을 때까지 아무도 들이지 말라는 분부셨습니다."

"흐음, 그래도 우리가 간다면 들여보내 주실 걸요?"

유리카는 그 말로 켈덱을 다시 놀라게 해버린 다음 나를 돌아보며 말했다.

"우리, 가보자."

"어……."

유리카는 다짜고짜 내 손을 잡아 일으키더니 켈덱에게 장난스럽게 꾸벅 인사하고는 그의 앞을 지나갔다. 켈덱은 입만 벌린 채 우리를 쳐다보고 있었다. 우리는 곧 천막 앞에 다다랐다.

"태자 전하께서 아무도 들이지 말라는……."

천막을 지키고 선 기사의 말은 들은 체 만 체 하고 유리카는 기운차게 외쳤다.

"태자 전하! 좀 들어가도 되겠습니까?"

지키고 있던 기사가 약간 신경질적인 목소리로 유리카를 가로막으려 했다.

"태자 전하께서는 피로하시어……."

그러나 기사의 말문을 막아버리는 목소리가 안에서 들려왔다.

"아아, 유리카? 어서 들어와."

유리카는 여유 있게 기사를 향해 눈을 찡긋하더니 여전히 내 손을 잡아끌며 휘장을 걷고 안으로 들어갔다. 이거 참, 이거야 정말.

"파비안!"

나르디는 침구 위에 앉아 있다가 나를 보더니 반색하며 일어났다. 반가워하는 기색이 역력해서 나는 어떻게 대꾸해야 좋을지 몰랐다.

"어서 이리로 앉게."

천막 안에는 나르디의 침구가 엷은 휘장 뒤에 마련되어 있었고 조금 떨어진 곳에 방문자들이 앉는 두터운 자리가 깔려 있었다. 그러나 나르디는 그런 데 개의치 않고 우리를 안쪽 자리로 들어오게 했다.

"이렇게 와줄 줄은 몰랐네. 그거 아는가? 내 쪽에서 자네들 얼굴을 보기가 더 불편하게 되었다는 것 말이야. 옛날에도 싫어하던 거지만 행동의 제약이 너무 많아져서. 호칭도 거추장스럽고."

"……."

대답하지 않는 나와 달리 유리카는 활기차게 말했다.

"뭘, 다른 높으신 분들 앞에서는 깍듯이 태자 전하라고 불러줄 거라고. 하긴 왕궁 대신들이라도 계신 자리에서 맘대로 이름 불렀다간 내

목이 남아나지 않겠지만. 난 아무렇지도 않아. 네가 왕자라는 것도 어느 정도는 짐작하고 있었고."

나르디는 잠시 유리카를 바라보았다. 미안함과 고마움이 섞인 눈빛이었다. 그리고 내 쪽으로 눈을 돌렸다. 우리는 한참이나 서로의 얼굴을 보고 있었다. 새삼스레 구석구석 외울 정도로. 상대가 입을 떼기를 기다리는 거였을까. 똑같이 몇 번이고 움직일 듯하다가 마는 입술.

"파비안, 기억하는지 모르겠는데……."

나르디도 나하고 같은 생각을 하고 있을까?

"하라시바에 연중무휴 여관이라고 있었지. 거기서 내가 신분을 밝히기 어려워하는 걸 보고 괜찮으니 언젠가 말할 생각만 있으면, 아니 지금도 그러고 싶은 거라고 자네가 믿기만 하면 괜찮다고 했었지."

나는 문득 나르디의 머리를 바라보았다. 이제는 흠 없는 금빛이었다. 더 이상 엉뚱한 색깔로 물들일 필요가 없겠지. 그 머리가 훨씬 어울려. 너다워.

"자네한테 미안하네. 진심으로. 유리카는 짐작했었다고 하지만 자넨 짐작 못했던 것이 분명하니까……. 아니, 짐작을 하고 안 하고의 문제가 아니라 이렇듯 너무 크고 복잡한 현실로 자네를 끌어들여 버린 것이 미안하네. 자네가 나를 믿고 용인해주려 했던 한계를 내가 벗어나 버린 것이 마음 아프고, 이런 식이 아니었다면 얼마나 좋았을까 생각하네. 난…… 무엇을 지불해서라도 이 사태를 돌이키고 싶어."

말을 끝내며 나르디는 눈을 약간 빠르게 깜빡거렸다. 유리카는 잠자코 우리 둘을 지켜보기만 했다.

내 입에서 한참만에야 말이 나왔다.

"왜…… 왕궁을 나왔던 거야?"

내 반말을 듣고 나르디의 얼굴이 약간 펴졌다. 나는 문득 이상한 의문에 빠졌다. 참 이상한 녀석이다. 왜 녀석은 왕자씩이나 되어서 저렇게 반말을 듣고 싶어 할까? 내가 만났던 귀족들은 세상 사람들이 다 자기를 우러러보길 바라지, 대등한 친구가 되길 바라지는 않던데.

"말하자면 좀 복잡해."

나르디는 웃었다. 나는 녀석의 웃음을 참 좋아했다. 처음 만났을 때부터. 얼굴은 사람의 인격을 대변하는 것일지도 모르지. 그의 성격은 어쩌면 내가 그 미소에서 느꼈던 그대로였는데.

"직접적인 계기는 어마마마께서 돌아가셨던 것이겠지만 그게 전부는 아니네. 난 아주 어려서부터 늘 밖으로 나가고 싶어 했다네."

나르디의 눈이 잠시 먼 곳을 바라보는 듯했다.

"다들 알다시피 왕가에 자손이라고는 나 하나뿐이었기 때문에, 그리고 열네 살에 락샤미야 의식을 마쳤기 때문에 나는 점차 각종 의례 절차와 의무에 얽혀들어 도저히 빠져나갈 수 없게 되었지. 자네가 알고 있는지 모르겠는데 락샤미야 의식을 마치면 곧장 태자 책봉을 받게 된다네. 늦출 필요가 없는 거지. 락샤미야 나무는 내가 왕이 될 수 있을 것이고, 재위 기간에 필요한 수명을 누릴 것이라는 사실까지 예언해버리니까. 가끔 예외가 있다고는 하지만 워낙 드물고, 또 특별한 변고니까. 하여튼 그랬네. 내가 해야 할 일, 배워야 할 일은 정말 많더라고."

우리나라가 생기던 때부터 왕위를 결정해 온 락샤미야 의식에 대해

나는 어렴풋하게밖에 몰랐다. 왕위 계승권자가 자격이 있는지 알아보는 시험이라고 했던가? 무슨 숲인가에 들어가서 그 곳에서도 하나밖에 없다는 꽃나무 가지를 꺾어오는 것이라고 했는데. 그게 그렇게 정확한 예언까지 해주는 거였어?

나르디는 씁쓸하게 웃었다. 즐겁지 않은 기억이 떠오른 듯했다.

"내가 잠시 밖에 나간다 해도 왕위를 계승해야 한다는 사실은 변하지 않아. 나도 그것을 알고 있었고 언젠가 돌아가리라고 생각하고 있었네. 제아무리 벗어나고 싶은 의무도 지켜야 하는 것은 결국 지켜야 하는 법이니까. 그렇지만 그 전에 세상을 좀 보고 싶었어. 본래 듀플리시아드 왕가의 옛 전통 중에는 왕위 계승자가 궁 밖에서 얼마간 생활하는 것도 있었다네. 지금은 잊힌 것이지만, 그 전통의 존재가 종종 엉뚱한 기대로 내 가슴을 두근거리게 하기도 했지. 하지만 왕위에 오르고 나면 결코 할 수 없을 일이었어. 그래서 궤변을 늘어놓으며 고집을 부렸네. 그 희망이 이루어진 것이 병약하시던 어마마마께서 돌아가시고 지금의 왕비 전하께서 들어오신 덕택이라면 좀 아이러니한 셈인가?"

문득 여행을 해보고 싶었던 내 소망 역시 어머니가 돌아가신 다음에 이루어졌다는 것을 깨닫고 놀랐다. 가슴 한구석이 따끔한 느낌이었다. 유리카가 물었다.

"무슨 궤변이었니?"

나르디는 피식 웃었다.

"내가 나가겠다고 하니 다들 위험하다, 무슨 일이 생길지도 모른다, 자칫했다간 나라가 흔들리는 일인데 기어이 그렇게 하겠느냐며 난리도 아니었다네. 궤변이라야 하나밖에 없지 않겠나? 락샤미야 의식 말이네. 그게 수명까지 이야기한다고 말했지? 내가 분명 락샤미야의 축복을 받았는데 왕이 되기 전에 죽을 리 없다고 주장했다네. 오히려 왕이 된 다음에 밖으로 나가는 것이 훨씬 위험한 일이라고 말해 버렸어."

"푸하!"

나와 유리카는 동시에 웃음을 터뜨리고 말았다. 덕택에 굳어 있던 분위기가 한결 풀어졌다. 나르디가 얼마나 끈질기게 우겼을지는 모르겠지만 왕가의 신성한 의식인 락샤미야가 거짓말이라고 말할 수도 없고, 그렇다고 맘대로 하라고 할 수도 없고, 아마 진퇴양난에 빠졌을 성싶었다.

나르디는 아이 같은 미소를 띤 채 말을 이었다.

"마침, 이라고 말할 수는 없지만 어쨌든 어머님인 전 왕비 전하께서 그 무렵 세상을 버리셨네. 나를 붙잡던 가장 큰 이유 중 하나였던 '편찮으신 어머님' 이라는 문제가 사라지고 만 거지. 새로 들어오신 왕비 전하께선 매우 젊으셨고 그런 까닭에 아버님이신 국왕 폐하와 처음부터 사이가 좋기란 어려웠지. 나는 오히려 빠져주는 것이 좋겠다고 생각했어. 외부에는 태자가 왕도를 공부하고 검술 수련을 하기 위해 스승과 은거하고 있다고 발표하도록 이야기가 되었어. 그게 벌써 세 해 전 일이야."

내가 '폐하' 라는 말을 들으면서 나르디가 엘다렌에게 장난삼아 폐하 어쩌고 하던 때를 떠올리고 있는데 유리카가 갑자기 진지해졌다.

"나르디, 너 대단하구나."

"응?"

"그러다가 새 왕비 전하께서 동생이라도 하나 낳게 되면 어떻게 하려고 그랬어? 아무리 략샤미야 의식을 거쳤다고는 하지만 왕가에서 왕권을 놓고는 무슨 일이라도 가리지 않는 법이라는 거, 왕궁에서 자란 네가 더 잘 알거 아냐?"

"아아."

나르디는 싱긋 웃으며 고개를 숙였다. 우리는 대답을 기다렸다. 새 왕비 전하는 그럴 분이 아니라거나 또는 락샤미야 의식은 신성하기 때문에 아무나 거스를 수 없다거나…….

"뭐, 그런 위험이 전혀 없지는 않았네."

우리는 뜻밖의 대답에 놀라고 말았다.

"그런데도 그냥 나왔어?"

"뭐, 어떤가."

나르디는 양손을 들어 보였다. 그의 얼굴은 남의 일을 이야기하듯 사심 없이 개어 있었다.

"새로 태어나는 아이가 훌륭한 왕가의 재목이라면 그가 왕이 되는 것도 나쁘지 않지 않겠는가?"

"……."

우리는 둘 다 말문이 막혔다. 뭐라고 해야 좋을지 모르겠다. 왕위가 그렇게 하찮은 건가? 남에게 주어도 그리 아깝지 않은 것인가? 오직 그 자리에 앉겠다고 형제를 죽이고 부모도 죽이며 친구도 버리고 수많은 인명이 몰살당하는 것도 개의치 않는, 그런 것이 아니었나? 옛날이야기 속에서만 그랬던 것은 아닐 테지?

"나르디, 그건 틀려."

유리카가 한참 만에 입을 열었다.

"새로운 왕위 계승권을 주장하려는 사람들이 있으면, 여전히 네가 왕이 되기를 바라는 사람들도 분명 있을 거야. 두 파는 서로 경쟁하고 미워하게 되겠지. 그리고 결국 피를 흘려야만 결론을 얻게 될 거야. 넌 애매한 태도를 취할 수 있는 입장이 아니야. 택해야만 하는 거지. 넌 태자 전하고 그 위치가 요구하는 행동을 하지 않으면 안 돼. 네 기분이 어떻든 왕위란 수많은 생명을 책임지는 자리야. 네 말 한마디, 행동 하나로 수십, 수백의 목숨이 왔다 갔다 할 수 있어."

"……알고 있어. 그래서 더욱 그 자리가 즐겁지 않은 거야."

"아냐."

나는 왠지 모를 확신에 이끌려 입을 열었다.

"나르디, 난 네가 꼭 그래야만 한다면 얼마든지 그런 일을 해낼 수 있다는 것을 믿어 의심치 않아. 넌 충분히 냉정하고 침착하게 판단할 수 있고…… 잔인해질 수도 있어. 적어도 지금까지 보아온 너는 그래."

나르디의 놀란 눈동자가 나를 향했다. 내가 그의 이름을 다시 불러서 놀랐을 수도 있고, 내가 한 말을 인정할 수 없기 때문일 수도 있다. 그러나 도로 거둘 말은 없었다.

"……."

셋 다 아무 말도 하지 않았다. 나는 내가 한 말을 곱씹어보았다. 그래, 그게 본성이든 아니든 너는 그렇게 할 수 있어. 다른 귀족에 비하면

겸손하고, 솔직하며, 소탈하고, 진실하다 하더라도 그가 왕이 될 사람인 이상, 그리고 내가 본 그가 바로 너인 이상, 너는 그렇게 할 수 있어.

나르디의 입술이 열렸다.

"그럴지도 모르지."

그래, 그게 네가 지을 수 있는 또 하나의 표정이야.

"어서 오너라."

천막 안에는 네 명의 기사들, 그러니까 아버지, 키반 노르보르트, 츠칠헨 야스딩거, 루시아니 보나르체가 둘씩 마주보며 바닥에 앉아 있었다. 정면의 상석에는 태자 나르디엔 루아 듀플리시아드가 있었고, 보고를 위해 들어온 딘데일런과 마브나이저가 입구 앞에 무릎을 꿇고 앉았다. 나는 그들에게 간단한 소개와 더불어 인사를 했다.

"이쪽으로 앉으십시오."

나이를 고려해서인지 아니면 키반의 보고를 들었는지 아버지는 엘다렌에게 손을 내밀며 안쪽 자리에 앉을 것을 권했다. 나와 유리카가 딘데일런의 옆에 앉자 모두 빙 둘러앉은 모양새가 되었다. 가운데에는 지도가 놓여 있었다.

지도라고 하지만 정식 지도는 한쪽에 따로 놓여 있었고 가운데 놓인 것은 누구의 솜씨인지 간단한 선만으로 이 부근의 지형을 그려놓은 커다란 천이었다. 방위와 각 진영을 표시한 십자표들이 보일 뿐 단순하기 이를 데 없는 물건이었다.

"전하."

아버지가 나르디를 바라보았다. 시선을 받는 나르디의 얼굴은 아까 천막에서 마지막으로 보았던 표정과 조금 닮았다. 나르디는 조용히 말했다.

"회의를 시작합시다."

상석에 나르디를 앉혀 놓긴 했지만 회의를 주재하는 인물은 역시 아버지였다. 아버지는 태자 전하 앞이라 갑주를 벗어 놓고 흑청색 상의에 간소한 사슬옷만 걸치고 있었다. 가벼운 복장을 하자 탄탄한 근육이 더 잘 드러났다. 전투 상황인지라 검은 떼어 놓지 않았다. 지난번에 본 폭이 좁고 긴 검이었다.

"딘데일런, 태자 전하께 상황을 보고하라."

"예!"

딘데일런은 아버지를 한 번 쳐다본 뒤 나르디에게 고개를 숙였다. 그러나 형식적이라는 인상을 지울 수가 없었다.

"길 양쪽의 소로는 각각 통나무 열 개와 열두 개로 단단히 막았습니다. 말을 타고는 결코 지나갈 수 없을 겁니다. 이건 거의 전적으로…… 엘다렌 님의 공입니다."

그러면서 딘데일런은 엘다렌에게 눈길을 보냈다. 진심으로 감탄하는 표정이었다.

"감사하오."

아버지는 엘다렌을 향해 가볍게 고개를 숙여 보였다. 나르디는 아무 말도 하지 않았다. 내 생각에도 나르디가 이런 일로 엘다렌에게 감사하는 것은 어울리지 않았다. 우리는 오랫동안 동료였잖아.

나도 천막에 들어오기 전에 엘다렌이 도끼질 단 두 번씩으로 아름드리나무들을 척척 베어 넘겼다는 이야기를 들었다. 엘다렌에게 그까짓 일쯤이야 애들 장난이었겠지.

이번엔 마브나이저가 나섰다.

"캘트롭 스무 주머니를 뿌렸습니다. 말씀하신 대로 능숙한 기수라면 피해서 전진할 수 있도록 배치했습니다. 범위는 길을 따라 약 2백 걸음입니다."

아버지는 고개를 끄덕였고, 나르디도 형식적으로 고개를 끄덕였다. 말하자면 나르디는 회의에 협조하고 있었다.

"그럼, 츠칠헨."

아버지는 마주보고 앉은 츠칠헨에게 눈을 돌렸다. 츠칠헨은 일어서더니 나르디 쪽으로 무릎을 꿇었다.

"보고 드립니다. 절벽 위에서 적병의 위치를 살펴본 결과……."

츠칠헨은 천막 안의 다른 기사들에 비해 유난히 젊었다. 아버지나 키반, 루시아니 등은 비슷한 연배였지만 츠칠헨은 기껏 많이 잡아 봐야 20대 후반일 듯했다. 루시아니는 30대 후반의 여기사였는데 아가씨처럼 올려 묶은 긴 갈색 머리에도 불구하고 노련하고 강인한 인상이었다. 그 나이의 아주머니들 같은 느낌은 전혀 없었다.

"……반나절 거리까지 진격해 왔습니다. 바위 언덕 아래에 진을 치고 척후들을 내보내고 있는 듯합니다. 사로잡은 척후가 하나 있었습니다."

츠칠헨은 거기까지 말한 뒤 마브나이저에게 눈짓을 했다. 마브나이저는 일어나 천막 밖으로 나가더니 잠시 후 밧줄로 묶인 적병을 다른 기사와 함께 끌고 들어왔다. 두 기사는 적병을 입구 앞에 사납게 무릎 꿇리고는 좌우에 섰다. 키가 큰 기사들이 서 있으니 천장이 낮아 보이는 느낌이었다.

적병은 나보다 몇 살 많을까 싶은 어린 기사로 마브릴 특유의 은발을 가지고 있었다. 아버지는 나르디를 바라보며 말했다.

"전하의 이름으로 심문을 거행하겠습니다."

나르디는 또다시 고개를 끄덕였다. 나는 나르디가 안되어 보이기 시작했다.

"이름과 소속을 밝혀라."

그런데 붙잡힌 세르무즈 병사는 꽤 오기가 있는 자였다.

"자신이 먼저 밝히고 남에게 묻는 것이 예의 아냐?"

덕택에 그는 마브나이저와 또 한 기사에게 난폭하게 걷어차였다. 아버지는 얼굴색 하나 바꾸지 않고 다시 말했다.

"나는 아르킨 나르시냐크, 님-나르시냐크 구원 기사단의 단장이다. 그리고 네 앞에 계신 분은 고귀하신 이스나미르의 태자 전하이시다."

마브릴 병사는 아버지의 이름을 듣자 긴장하는 인상이었다. 그러더니 갑자기 부르짖었다.

"마르하드노 시즈카!"

저 이름은 나도 알고 있다. 마브릴들이 아버지를 부르는 별명이라고 했던가. 아티유 선장이 그 말을 했었지. 검푸른 광풍. 롱봐르 만에서 만났던 광폭한 시즈카가 문득 머릿속에 떠올랐다.

아버지는 그 말에 아무 반응도 보이지 않았다.

"이제 네 예의를 갖춰라."

"나는…… 벨리앙 오르티스, 세르무즈 국왕군 '검은 칼' 부대 휘하 기병대에 속한 흰 꽃잎의 기사다."

흰 꽃잎의 기사가 대체 뭔지 몰랐지만 이 자리에서 내게 그걸 설명해 줄 수 있는 사람은 없었다. 일종의 계급이겠거니 하고 짐작하는 수밖에 없었다. 아버지는 고개를 끄덕이더니 물었다.

"병졸은 아니군. 그렇다면 이 질문에도 답할 수 있겠지. 반나절 거리 밖에 진을 치고 있는 세르무즈 군의 규모는 얼마나 되나?"

벨리앙은 생각에 잠겨 눈을 굴렸다. 그러더니 대답했다.

"7백."

갑자기 츠칠헨이 외쳤다.

"거짓말 마라! 너희들은 급히 추격하느라 기병대밖에 이끌고 오지 못했어! 보병이 우리 속도를 따라올 수 있을 리 만무하지 않은가! 이미 내가 살펴본 바에 의하면……."

아버지가 츠칠헨 쪽으로 홱 고개를 돌렸다. 그는 아버지의 시선을 느끼는 순간 움찔하더니 대번에 바닥에 부복하면서 외쳤다.

"죄송합니다!"

"……."

아버지는 대꾸하지 않고 시선을 다시 벨리앙에게 돌렸다.

"총대장은?"

이번에는 벨리앙이 자신만만한 표정을 지었다.

"볼제크 마이프허. 마브릴의 빛나는 검."

놀라움이 천막 안에 번졌다. 벨리앙을 잡고 있던 두 기사조차 흠칫하며 아버지를 쳐다봤다. 아버지는 여전히 눈썹에 미동조차 없었다. 그러나 누구보다도 놀란 사람은 나였다. 아니, 마브릴 족의 최강 전사라는 그 괴물, 아니 거인 말이야?

벨리앙은 자기가 던진 파문에 만족해하며 천막 안의 사람들을 하나하나 바라보았다. 시선이 유리카에게 향했을 때였다. 눈동자에 의문이 떠올랐다. 작전 회의 천막에 웬 젊은 아가씨인가 해서 그러는 건가?

유리카는 그를 보고 있었지만 영문을 안다는 기색은 없었다. 그저 자기에게 오래 시선이 머무는 그의 얼굴을 평온하게 바라보았을 뿐이었다.

갑자기 의외의 대답이 들렸다.

"아니겠지."

아버지였다. 아버지는 아까와 달리 몸을 약간 앞으로 기울이며 벨리앙을 똑바로 노려보았다. 그 눈빛에 위압감을 느낀 벨리앙은 몸을 뒤로 틀었다. 물론 밧줄에 묶인 터라 많이 움직일 수는 없었다.

"사실을 말해라."

마브릴의 빛나는 검이 오는 게 사실이 아니라고? 그렇다면 그야말로 다행이겠고.

내가 내심 가슴을 쓸어내리고 있는데 다시 아버지의 목소리가 들렸다.

"마이프허 경이 오긴 오겠지. 하지만 총대장은 그가 아냐."

이게 무슨 소리야?

천막 안의 다른 기사들도 아버지에게 의아한 눈빛을 보냈다. 물론 불손한 태도는 아니었다. 그런데 문득 살펴보니 츠칠헨만은 의아한 기색이 없었다. 조용히 눈을 내리깔고 있을 뿐이었다. 아버지가 그런 츠칠헨에게 고개를 돌렸다.

"네가 본 것을 말해라."

"예!"

츠칠헨은 고개를 들었다. 아까의 잘못으로 단단히 긴장한 표정이었다.

"백합과 칼이 새겨진 문장을 단 기사가 보였습니다."

벨리앙이 츠칠헨 쪽으로 홱 고개를 돌렸다. 분노와 놀라움이 뒤섞인 표정이었다. 눈썹이 움찔거렸다. 그가 마침내 외침을 내질렀을 때 유리카가 그 틈을 타서 내 귓가에 속삭였다.

"백합과 단검은 세르무즈 왕가의 상징이야."

"거짓말! 반나절 거리 밖에서 그게 보였을 리가 없잖아!"

이로서 벨리앙와 츠칠헨은 한 번씩 고함을 주고받은 셈이 되었다. 이번엔 츠칠헨이 소리칠 차례가…… 아니군.

츠칠헨은 젊은 혈기로 인한 실수를 만회하려는 것처럼 조용조용히, 그러나 으르렁대듯 말했다.

"그래, 반나절 거리 밖에서 그게 보이진 않지. 하지만 네놈의 말 속에는 보이는군."

"오오……."

나는 저도 모르게 감탄하다가 흠칫하여 입을 다물었다. 벨리앙의 얼굴이 창백하게 일그러졌다. 확실했다. 아버지와 츠칠헨은 미리 말을 맞춰 둔 것이 분명했다. 그 결과 세르무즈 군 포로를 멋지게 속여 넘겼다.

그런데 나르디는 회의가 시작된 이래 한마디도 하지 않았다. 표정이 없어서 기분도 드러나지 않았다. 그러나 나는 그의 생각을 알 수 있을 것 같은 느낌이 들었다.

벨리앙은 일그러진 표정으로 씩씩거렸지만 더 항변하지 못했다. 입가가 실룩거릴 뿐이었다. 아버지가 물었다.

"그가 누구냐?"

왕가의 문장을 단 기사들이 왔다면 총대장은 왕족일 수밖에 없다. 벨리앙은 입을 꼭 다물고 독기서린 눈동자로 아버지를 쏘아보았다. 속아 넘어간 것이 몹시 분한 모양이었다.

"내가 말할 것 같아?"

또다시 기사들한테 걷어차였지만 벨리앙은 입술을 앙다물었다. 이렇게 되면 아버지는 어떻게 하실까? 루시아니가 처음으로 입을 열었다. 출신지 탓이겠지만 억양이 낯설었다.

"제가 데려가서 알아내어 올까요?"

고문을 하겠다는 소린가? 그런데 아버지가 대답하기 전에 뜻밖에도 나르디의 목소리가 들렸다.

"네가 말하지 않는다고 해서 알아낼 길이 없는 것은 아니야."

자기에게 처음으로 말하는 태자를 향해 벨리앙이 고개를 들었다. 나르디의 목소리는 무심한 듯했으나 뼈가 들어 있는 것이 느껴졌다.

"흥……."

벨리앙은 대꾸하지 않았다. 나르디는 아버지에게 고개를 돌렸다.

"백합과 단검 문장이라면 왕가 직속 근위대겠군. 그걸 백합 기사라고 하던가?"

"그렇습니다, 전하."

아버지는 정중하게 대답했다.

"백합 기사라면 왕족이라고 아무나 거느릴 수 있는 자들은 아니지. 몇몇이 개별행동을 할 수 있는 부대도 아니라고 알고 있어. 틀린가?"

이번 질문은 벨리앙을 향했지만 그는 여전히 대답이 없었다. 나르디는 별일 아니라는 듯 다시 말했다.

"그렇다면 대상은 넷으로 좁혀지는군."

"!"

벨리앙은 나르디를 노려보려 했으나 태자 전하께 불손한 눈빛을 보인다는 이유로 다시 한 번 걷어차였다. 마지막 발길질 때문에 그는 거칠게 기침하며 신음을 내뱉었다. 그를 둘러싼 두 기사에 비해 벨리앙의 몸은 형편없이 가늘었다. 마브나이저 같은 거한이 제대로 걷어찼다가는 갈비뼈가 부러져 버릴지도 몰랐다.

"전하의 말씀이 맞습니다."

아버지가 동의했지만 나르디는 그리 기뻐하는 얼굴이 아니었다.

"그리고 그 넷에서 더 좁힐 수 없는 것도 아니지."

이제 나르디와 아버지를 바라보는 벨리앙은 사생결단이라도 낼 것 같은 얼굴이었다. 나는 포로인 벨리앙의 고집에 놀라기도 했지만 그가 총대장인 왕족과 각별한 사이가 아닌가 하는 의심도 들었다. 총대장이 누구인지 밝혀진다고 싸움에 지는 건 아니잖아? 오히려 전장에서 마주친 지휘관들은 알아서 큰 소리로 자기 이름을 밝히지 않던가? 물론 복잡한 수사도 섞어서. 그런데 저렇게 밝히지 않으려는 이유가 뭐야?

나르디는 무관심한 시선을 천막 한쪽으로 보냈다.

"내보내라."

나르디가 본 사람은 마브나이저였다. 처음으로 그에게 직접 명령을 내린 셈이었다. 마브나이저는 약간 당황하는 듯 했으나 곧 옆의 기사에게 눈짓을 하며 벨리앙을 끌고 나갔다. 나르디는 시선을 아버지에게 돌렸다.

"회의를 속개합시다. 적은 최소한 3백 기 이상, 우리는 도합 1백 기. 이렇게 진을 치고 압도적 우세인 적을 기다리는 이상 좋은 작전이 있으리라 믿소만."

어조나 표정에 비해 내용은 추궁에 가까웠다. 작전이 있으면 내놓아 보아라, 아니라면 왜 여기서 이러고 있느냐라는 힐문이었다.

"전하, 심려를 끼쳐 드렸다면 죄송합니다."

아버지는 나르디를 향해 가볍게 고개를 숙여 보이더니 말했다.

"츠칠헨, 적의 상황을 보고 드려라."

생각해보니 '보고하라' 가 어느새 '보고 드려라' 로 바뀐 것도 같다. 나르디가 보인 태도의 영향일까?

"예! 말씀하신대로 적은 약 3백 기이고 계속된 추격전으로 보병은 따라오지 못한 듯합니다. 그러나 오늘 밤을 넘긴다면 다시 보병과 합류

할 가능성이 충분합니다. 기사들을 지휘하는 자는 볼제크 마이프허로 추정되는 자줏빛 망토의 거한입니다. 현재는 바위 언덕 아래에 머물러 있으나 이쪽의 군세와 상황이 파악되면 곧 들이닥칠 것으로 생각됩니다. 현재로서 우리의 위치는 저들에게 파악되지 않았습니다."

아버지는 고개를 끄덕이고 나르디를 보았다.

"지형을 제가 직접 설명 드리겠습니다."

임시로 그린 지도에는 나와 유리카를 데리고 정찰했던 곳, 다시 말해 절벽 사이로 좁은 길이 나 있는 바로 그 장소가 그려져 있었다. 아버지는 그 옆에 왕국에서 제작된 지도를 펼쳤다. 희고 질긴 비단에 그린 정교한 지도였다. 그 지도를 들여다보니 국경 지방까지는 지금까지 온 것보다 확실히 짧은 거리가 남아 있었다.

"……그리고 이곳은 엘자스-오를리테 내부의 로델라스 계곡으로 통하는 길로서 과거에는 '거인의 양손바닥' 이라는 이름으로 불리던 곳입니다. 오래전 이 근처에 존재했던 도시들이 차례로 사라진 후로 잊힌 지역이기는 하지만, 약 250여 년 전에는 두 종족 간에 격렬한 전투가 있었던 전적지이기도 합니다."

아버지는 그게 누가 누구와 싸운 전투인지 말하지 않았다.

"보시면 아시겠지만 이곳은 말 세 필이 머리를 나란히 하고 갈 수 없을 정도로 좁은 길입니다. 보병이라면 예닐곱 명이 어깨를 붙이고 서면 완전히 막을 수 있습니다."

아버지는 짧은 지휘봉을 들어 지도에 그려진 위치를 가리켰다. 사람들의 눈동자가 나무 막대의 끝으로 향했다. 과연 거인의 양손바닥이라는 말이 적절할 정도로 둥그렇게 솟은 절벽이 곧 손뼉이라도 칠 기세로 마주보고 서 있었다.

"우리의 병력은 정확히 백다섯 명, 밀집 대형으로 막아선다면 세 배의 병력 정도는 반 시간 이상 버틸 수 있습니다. 적에게는 기병이 있지만 캘트롭을 깔아 놓은 이상 돌격은 불가능합니다. 마이프허가 직접 이끄는 기사들만 아니었다면 세 배 차이 정도쯤은 문제도 되지 않았을 것입니다만."

"그 다음에는?"

나르디의 목소리가 날카로웠다.

"승리를 잡아야겠지요."

아버지는 나르디를 정면으로 보며 그렇게 말했다. 이만하면 방법을 알지 않겠느냐는 태도다. 아버지는 그런 자세로 잠시 기다렸다.

"……."

뭐랄까, 신경전을 벌이는 것 같아.

나르디는 말없이 그 눈빛을 받아냈다. 나는 아버지 뒤에 있다 보니 아버지가 어떤 표정으로 나르디를 보고 있는지 모른다. 그러나 좋은 분위기가 아닌 것만은 분명했다. 아버지 옆에 앉은 엘다렌의 눈동자에 묘한 빛이 서렸다. 인간보다 자연에 가까운 종족들은 인간이 보지 못하는 것을 곧잘 알아채곤 한다.

그런 상태는 오래 가지 않았다. 나르디가 입을 열었다.

"야습이라는 건가."

"그렇습니다, 전하."

둘 사이에서 어린애가 된 기분이다. 아버지는 시선을 지도로 돌렸다. 그리고 거인의 양손바닥 중 오른쪽 손바닥을 가리켰다.

"이 절벽은 겉보기와는 달리 뒷면 바위가 얇아서 틈새로 돌아 나올 수 있는 샛길이 있습니다. 그 길은 정확히 이곳으로 통합니다."

아버지가 가리킨 곳은 딘데일런을 시켜 통나무로 막게 한 양쪽 길 중에서 오른쪽 길이다. 그 길이 어디로 통하는지는 표시되어 있지 않았다.

"말은 갈 수 없지만 사람은 충분히 지나갈 수 있습니다."

그렇겠다. 사람은 통나무 위라도 문제없이 지나간다.

"그리고 여기서부터 여기, 캘트롭이 깔려 있는 곳입니다."

아버지는 목탄 조각을 들어 거인의 양손바닥이 있는 지점에서 통나무로 막힌 오른쪽 소로가 있는 근처까지를 둥그렇게 원으로 묶었다.

"여기가 세르무즈 군의 주력 부대가 묶이는 곳이 됩니다."

"캘트롭을 깔아 놓았는데 어째서 전진이 된다는 겁니까?"

질문한 것은 나르디가 아니라 츠칠헨이었다. 그러나 아버지는 나르디 쪽을 바라보며 대답했다.

"저 부대는 백합 기사들을 제하면 실질적으로 마이프허의 지휘를 받고 있을 것입니다. 그런 만큼 노련한 정예 기사들이겠지요. 드문드문 깔아 놓은 캘트롭쯤은 어설프게 막으려는 것으로 알고 더욱 자신 있게 전진할 것입니다. 마이프허의 성격을 생각하면 그는 그러고도 남을 사람입니다."

아버지의 눈이 알 수 없는 빛으로 빛났다.

"그러나 우리가 정체를 알 수 없는 왕족은 다릅니다."

나르디의 무심한 눈동자에 드디어 표정이 나타났다.

"그가 목표로군."

"그렇습니다."

천막 안에 침묵이 흘렀다. 나는 캘트롭을 뿌린 것이 볼제크 마이프허의 부대와 알 수 없는 왕족의 부대를 나눠 놓으려는 것임을 깨닫고 속으로 감탄을 금치 못했다. 거리 계산까지 해서 둘을 떨어뜨려 놓으려는 작전, 잔인하리만치 정교한 계획이다.

통나무로 옆길을 막은 것은? 기습을 감추고 적의 주력 부대를 분산시키지 않기 위한 포석이다. 전투 장소가 좁고 양측의 병력이 그리 많지 않으니 적 부대를 셋으로 나누어 봤자 어차피 각개 격파해야 하는 상황밖에 오지 않는다. 오히려 병력이 삼 대 일이긴 해도 거인의 양손바닥 앞에서 집중 대치하는 편이 밀집대형의 유리함을 살린다면 더 승산이 있다.

게다가 적 부대가 분산될 경우, 혹시 한 부대라도 왕족을 기습하고 있는 쪽으로 돌아와 지원한다면 일은 곤란해진다. 그러나 캘트롭이 깔린 길 안으로 일단 들어간 부대는 후방의 위기를 깨닫는다 해도 결코 빨리 되돌아 나올 수가 없다.

하지만 결국 이 작전은 '거인의 양손바닥' 앞에서 적을 막는 기사들의 희생을 전제로 한 것이었다. 그들이 제대로 버텨주지 않으면, 다시 말해 '거인의 양손바닥' 앞에서의 전투가 시간을 끌어주지 못하면 전멸에 이르는 작전이기도 한 것이다.

나는 감탄의 한숨을 내쉬며 유리카를 흘끗 쳐다보았다. 그때 츠칠헨의 목소리가 침묵을 깼다.

"단장님, 제가 기습 부대를 이끌겠습니다!"

의욕 넘치는 목소리였다. 츠칠헨은 아까 한 잘못을 아직도 만회해야 한다고 생각하는 것인지 아버지에게 간절한 눈빛을 보냈다. 아버지는 시선을 나르디에게 돌렸다. 형식상의 총대장인 나르디에게 허가를 맡겠다는 의미다. 그걸 보면서 나는 마브릴의 빛나는 검과 그 이름 모를 왕족도 저것과 비슷한 관계가 아닐까 하는 느낌을 받았다.

나르디는 아버지가 바라보는 이유를 알고 있었다. 그러나 그의 입에서 나온 것은 전혀 다른 말이었다.

"누구인지 알겠는가?"

"……."

회의 내내 나르디는 단지 변덕 같기도 한 태도를 차례로 보였지만 긴 호흡으로 본다면 무관한 것들이 아니었다는 느낌이 들었다. 그는 자기 기분을 전달했고, 상대의 변화를 끌어냈고, 화제를 빙빙 돌리다가도 결국 자기가 하고 싶은 말로 돌아왔다. 형식적 주재자로 시작하여 차츰 회의를 지배한 것이다. 이 순간 그는 왕족의 정체를 알겠느냐고 다른 사람들을 시험하기까지 했다.

"예."

아버지도 흐름을 놓칠 분은 아니었다. 두 사람의 결론은 같을까? 어쨌든 나야 알 수 없지. 왜냐면 세르무즈 왕가가 어떻게 구성되어 있는지조차 모르니 말이다. 그 집 아들이 몇이고 딸이 몇인지조차 모르는걸!

나르디는 턱 끝을 약간 움직였다.

"나와 같은 생각인 모양이군."

"그렇습니다."

두 사람은 내 의문에 실마리를 주지 않았다.

"몇 명이면 족할까."

"열 명을 넘을 필요는 없습니다. 백합 기사들이 호위하고 있을 테지만 그 정도 숫자는 순식간에 제압할 수 있는 자가 저희 중에 많습니다. 모두 일곱 정도가 적당하다고 생각합니다."

나르디는 고개를 끄덕이더니 츠칠헨을 보았다. 츠칠헨은 나르디를 향해 간절한 눈빛을 보냈다. 그런데 뜻밖의 대답이 나왔다.

"기습대에 합류하는 것을 허가한다. 그러나."

저건 지휘하라는 말과는 다른 뜻인데?

뒤이어 나온 나르디의 대답에 천막 안의 사람들이 모두 입을 딱 벌렸다.

"기습 부대는 내가 직접 지휘하겠다."

키반을 비롯한 기사들의 얼굴에 당황한 빛이 스쳤다. 아버지조차도 놀란 얼굴이었다. 그러나 나르디의 얼굴은 처음이나 다름없었다. 결연한 의지도 보이지 않았다. 오히려 냉담해졌다고 해야 할까?

여기 남아 전투의 추이를 지켜보기만 해도 될 텐데 일부러 위험한 작전에 뛰어들겠다니. 이것 참, 백합 기사라는 자들이 구원 기사단보다 약할지 몰라도 별 볼 일 없는 자들은 아닐 텐데. 나르디는 이런 작전을 직접 지휘하겠다고 나설 정도로 일찍이 교육을 받았던 건가? 여행 중에도 여러 실력을 보여주긴 했지만 이건 왕국간의 군사 작전이고 정식 기사들을 지휘해야 하는 일인데?

그러나 정작 놀라운 말은 다음에 나왔다. 나르디는 나를 보았다.

"파비안, 같이 가주겠지?"

"……."

문득 이런 생각이 스쳤다. 나는 왜 이런 상황에서 이야기 속 멋진 주인공들처럼 '그래, 당연하지. 내가 아니면 누가 네 곁에 있겠어!' 하고 외치지 못하는 걸까.

하여간 나는 군사 작전을 지휘할 만한 능력은 없었다. 병졸 정도라면 잘 해낼지도 모르지.

"예."

내 입에서 대답이 나오자 나르디는 천막 안에서 처음으로 입가에 미소를 올렸다. 아버지가 말했다.

"좋습니다. 태자 전하께서는 어려서부터 각종 무예에 출중하시니 이런 일에도 능하시리라 믿습니다. 츠칠헨을 비롯하여 최고의 정예 기사 다섯을 뽑아 전하께 딸려 드리겠습니다. 지도를 보십시오. 정확한 이동 경로를 알려 드리겠습니다."

아버지는 곧 당혹감을 접고 침착하게 지도를 가리키며 설명하기 시작했다. 나는 츠칠헨의 표정을 엿보았다. 그는 실망한 기색도 없이 나르디와 함께 지도를 들여다보고 있었다. 어쩌면 조금 전에 보인 츠칠헨의 행동 또한 아버지와 계획한 대로가 아닌가 하는 생각이 머리를 스쳤다.

"이 길로 돌아 나온다는 말이지. 시간은?"

나르디가 고개를 끄덕이며 지도에서 시선을 뗐다. 아버지가 대답했다.

"확실한 것은 반 시간 안에 이동까지 포함, 작전을 끝마쳐야 한다는 것입니다. 거인의 양손바닥 앞에 밀집대형을 세운다 해도 그 이상 버티는 것은 어렵습니다. 길어도 한 시간입니다. 그러나 그 정도 지체하게 되면 상당수의 기사들이 희생될 것입니다. 적어도 삼분의 일 정도는 궤멸당하겠지요."

작전을 끝마친다는 것은 왕족을 사로잡는 것까지 포함한 말일 것이다. 나르디는 가볍게 고개를 끄덕였다.

"그렇다면 반 시간 안에 끝내야겠지."

워낙 대수롭지 않은 표정이라 자신감이 지나친 건 아닌지 조금 걱정이 됐다.

"데리고 갈 기사들을 지정하여 내 천막으로 보내라. 나는 그동안 지도에 나타난 지형을 직접 살펴보고 오겠다. 츠칠헨은 천막 앞에 선발된 기사들을 집합시키고 대기하라. 이상, 회의를 끝낸다."

나르디는 이번엔 아버지의 동의도 얻지 않고 회의를 끝내 버리더니 몸을 일으켰다. 아버지와 기사들이 얼른 일어섰다. 나와 유리카도 마찬가지다. 나르디는 천막 중앙을 통과해 걸어 나갔고 츠칠헨이 아버지에게 꾸벅 고개를 숙인 뒤 그 뒤를 따랐다.

"기사들을 소집시켜라."

아버지가 뒤이어 나가며 키반에게 말하자 그는 명령을 받들겠다는 의미로 고개를 숙여 보였다.

나와 유리카, 엘다렌이 그 다음으로 나왔다. 천막은 기사단이 사용하는 곳이므로 우리가 나가 주는 쪽이 현명했다. 천막 앞에서 나는 둘의 얼굴을 흘끗흘끗 살폈다. 둘 다 생각에 잠긴 표정이었다.

"무슨 생각들을 하는 거죠?"

아까 유리카와 앉아 있던 바위 쪽으로 가서 먼저 걸터앉았다. 그리고 유리카를 올려다봤다.

"유리카, 왜 그래?"

"마브릴 공주를 생각하고 있었어."

"뭐?"

유리카는 어깨를 으쓱하며 싱긋 웃더니 내 옆에 나란히 앉았다. 나는 소년 기사 같은 복장이 유리카한테 의외로 어울린다고 생각하며 속으로 웃었다. 그 사이 그녀가 놀라운 말을 던졌다.

"우리가 사로잡은 왕족 말이야."

"그게 공주라고? 진짜?"

유리카가 황급히 조용히 하라는 시늉을 했다. 주위를 돌아봤지만 귀를 기울였을 만한 사람은 보이지 않았다.

"너 무슨 근거로 그런 소리를 하는 거야?"

유리카는 약간 심술이 난 표정을 지었다.

"내가 근거 없는 소리 하는 거 봤어?"

"봤지."

"언제?"

"일전에 나스펠론이라는 이름만 듣고서 나스펠 정령이 한 일이라고 확신하더니……."

"그때도 결국 내 생각이 맞았잖아. 잔말 말고 들어봐."

그래, 내가 넘어가 준다, 넘어가 줘.

"아까 나르디가 백합 기사단을 이끌고 올 만한 왕족이라면 네 사람으로 좁혀지겠다고 말했던 거 기억나지?"

"그랬지."

"넷이 누구겠어? 국왕, 왕비, 그리고 두 왕자나 공주들이겠지? 그보다 넓힐 수 있다면 특별한 왕족이라고 부를 필요가 없잖아?"

"국왕한테 동생이라도 있을지 아냐?"

"안됐지만 백합 기사단은 왕궁에 머무는 사람들만 지키는 것으로 알고 있어. 친척은 왕궁에서 살 수가 없다고. 그런 다음에 나르디가 거기서 더 좁힐 수 없는 것도 아니군, 하고 말했지?"

"더 좁힌다면……."

내가 추리하기도 전에 유리카가 빠르게 말했다.

"이런 일에 왕이 직접 오겠어? 고작 3백 기 병력만 이끌고? 불가능한 일이야. 게다가 왕이 출정했다면 그 소문이 일찌감치 우리 귀에도 들어왔을걸. 왕은 한시라도 궁을 비울 수 없는 존재니까 왕의 출정을 숨길 수는 없지. 그렇다고 왕비일 리도 없는 거잖아."

"당연히 아니지. 하지만 왜 하필 공주라는 거야? 넌 세르무즈에 공주가 있는지 없는지 어떻게 알아?"

유리카는 고개를 저었다.

"아니, 내가 그런 걸 알 리 없잖아. 2백 년 전이었다면 잘 알고 있겠지만……."

"그럼 공주라는 추리의 근거는 뭐냐고."

나는 눈썹을 찌푸리며 생각했다. 아까 천막에서 오간 대화에 정보가 있었나? 유리카는 입 끝을 올리며 생각할 시간을 주겠다는 듯 기다렸지만 나는 금방 포기해버렸다.

"모르겠다. 네가 말해 봐."

"아까 벨리앙이라는 기사의 반응 봤지?"

우리가 문제의 왕족이 누구인지 알겠다는 듯이 나오니까 펄쩍 뛰던 것 말인가?

"파비안, 총대장이 밝혀진다고 전투에서 진다는 이야기 들어 봤니? 오히려 싸우기 전에 누가 거느린 병사라는 것쯤은 밝히는 것이 상례라고. 그런데 그 포로는 그 정도 문제 갖고 사생결단이라도 낼 것 같았잖아. 나르디를 쏘아보다가 걷어차이기까지 하면서도 끝내 대답하지 않았고."

"고작 그걸 갖고 공주라고 단정할 수 있다고?"

유리카는 나스펠론 일을 우길 때처럼 고집스럽게 말했다.

"공주야. 그것도 결혼하지 않은 공주. 젊은 기사의 마음을 빼앗을 정도로 매력적일 거고."

이거야 정말.

바람 때문에 나뭇잎이 우수수 떨어지자 나는 손을 내밀어 유리카의 머리에 붙은 것을 떼어 주었다. 유리카는 내 머리에 붙은 것을 집어갔다. 그러면서도 계속 생각을 맞춰 나갔다.

"아까 넷이랬지? 공주 하나, 왕자 하나일 가능성이 높겠다."

"그건 왜?"

"그게 아니라면 네 아버지와 나르디가 동시에 같은 생각을 하고 고개를 끄덕일 수 있겠니? 공주만 둘이거나 왕자만 둘이라면 조건이 같으니 한 명으로 좁힐 수가 없게 되잖아. 만약 하나가 전투에 참여할 수 없는 어린애라거나 그랬다면 처음부터 넷으로 좁혀진다는 이야기를 했을 리가 없고 말이야. 넷으로 좁혀진다고 말한 이상 출진할 수 있는 사람이 왕궁에 넷 있다는 뜻이라고."

유리카는 말을 맺더니 자기 생각에 만족한 듯 고개를 끄덕거렸다. 듣고 있자니 슬슬 바보가 되는 기분이지만 그래도 앞부분은 너무 억측 아니냐?

"그런 식으로 추리하기보단 아버지나 나르디한테 대놓고 묻는 게 더 빠르겠다."

"그거야 그렇지."

저만치 나르디의 천막으로 걸어가고 있는 사람이 보였다. 길게 살펴볼 것도 없이 츠칠헨이다. 기습 부대에 참가할 기사들을 선별한 뒤 돌아오는 모양이었다. 그는 나를 바라보더니 문득 방향을 바꾸어 내 쪽으로 다가왔다.

"파비안 님, 드릴 말씀이 있습니다."

얼굴이 자못 심각했다.

엘다렌과 유리카가 일어나 물러섰다. 츠칠헨은 내 앞에서 일단 허리를 한 번 굽혔다. 나는 눈에 띄지 않을 정도로 고개를 저었다. 이런 절차는 싫다. 내가 대체 뭐라고 그런 인사를 받아야 한다는 거야.

그런데 고개를 든 츠칠헨의 입에서 생각지도 못했던 말이 떨어졌다.

"기습 부대에 참여하지 마십시오."

"네?"

츠칠헨은 내 놀란 표정에도 개의치 않았다.

"파비안 님 대신 보나르체 경이 가 줄 것입니다. 위험하니 이곳에 남아 계시는 편이 좋습니다."

"아…… 나도 내 몸 정도는 지킬 수 있어요."

츠칠헨은 고개를 저었다.

"이해를 못하시는군요. 하지만 이번 작전은 두 배가 넘는 병력을 야간 기습으로 처리해야 하기 때문에 자기 몫을 확실하게 해낼 수 있는 기사가 필요합니다. 한 사람이 자기 몫을 해내지 못하면 다른 사람의 몫이 배로 커지는 겁니다. 기습 병력은 겨우 일곱 명, 적은 아무리 적게 잡아도 열다섯 이상일 겁니다. 그것도 왕족을 지키는 정예 기사……."

"지나치시군요. 야스딩거 경."

화난 목소리가 그의 말을 가로막자 츠칠헨은 놀란 모양이었다. 은빛 눈썹을 치켜 올린 유리카가 허리에 손을 얹은 채 그를 쏘아보고 있었다.

"독선이군요. 어떻게 사람을 눈에 보이는 것만으로 멋대로 평가할 수가 있죠?"

츠칠헨은 정신을 차렸다. 그도 눈썹이 약간 찌푸려졌다.

"아가씨가 참견할 일이 아니오."

저렇게 말해서 물러날 거라고 생각했다면 유리카를 잘못 보아도 단단히 잘못 본 것이지.

"그렇다면 파비안이 가고 안 가는 것도 기사님께서 참견하실 일이 아니죠! 태자 전하께서 친히 결정하신 일이 아닌가요? 누구 마음대로 바꿀 수 있다는 말이죠?"

"억지로 바꾸겠다고 한 일 없소! 나는 다만 파비안 님의 안전을 생각해서 설득해 보려고 찾아왔을 뿐이오!"

츠칠헨의 목소리도 약간 높아졌으나 유리카는 조금도 개의치 않았다. 나를 한 번 쳐다보더니 오히려 확신에 찬 목소리로 외쳤다.

"누가 누구의 안전을 걱정해요? 파비안은 충분히 당신네 기사들 못지않은 실력을 지니고 있어요!"

이제 당황해야 할 사람은 츠칠헨이나 유리카가 아니라 나였다. 내가 구원 기사단의 기사들에 못지않은 실력을 갖고 있다고? 아니, 난 그런 생각은 한 번도…….

츠칠헨의 흥분한 목소리가 울렸다.

"무슨 소리! 구원 기사단은 수련생부터 엄정한 심사로 선발되어 수년의 강도 높은 훈련을 거친 정예 중의 정예요! 아가씨가 만나 보았을 떠돌이 칼잡이들과 견줄 수 있는 실력이라고 보오? 더구나 이번 출진은 단장님께서 직접 정식 기사들 가운데서도 실력을 인정받는 기사들로만 선정하셨소. 감히 비교가 가능하다고 생각하다니!"

"물론이지요. 파비안은 떠돌아다니는 어설픈 칼잡이가 아니니까!"

츠칠헨은 더이상 참을 수 없다는 표정이었다. 엘다렌은 끼어들지 않고 침묵을 지켰다. 유리카가 저렇게 확신어린 어조로 변호하는 사람이 내가 아니고 엘다렌이었다면 걱정도 없었을 텐데.

츠칠헨이 갑자기 목소리를 낮춰 타이르듯 입을 연 것은 그때였다. 그는 유리카에게서 고개를 돌려 나를 보고 있었다.

"파비안 님. 저는 실력이 부족하여 태자 전하 한 분을 지켜드리기에도 벅찹니다. 다른 기사들도 마찬가지고요. 이번 작전은 긴박하고 위험합니다. 두 분이나 되는, 싸움에 서투른 분들을 지켜드릴 만한 여유가 없단 말입니다. 오신다고 해도 방해가 될 뿐입니다."

갑자기 뺨이 화끈 달아오르는 것이 느껴졌다.

나는 그때까지 짓고 있던 당황한 표정을 거두고 츠칠헨을 똑바로 보았다. 그는 나쁜 사람은 아니다. 일부러 나를 화나게 하려고 저런 말을 꺼내는 것도 아니다. 다 알고 있다. 하지만…….

그런 것과 정말 화가 나는 것은 별개란 말이다!

내 입에서 츠칠헨 못지않게 낮은 목소리가 흘러나왔다.

"……그렇다면 시험해 보시면 알겠지요."

나는 두 걸음 물러나 손을 등 뒤의 검에 갖다 댔다. 츠칠헨은 어이없는 표정으로 나를 보더니 잠시 후 미소를 지었다.

"농담이시겠지요."

내게는 이런 때면 발휘되는 능력이 있다. 입에서 갑자기 명언들이 쏟아져 나왔다.

"검을 뽑지 않으시겠다고요? 당신이 섬기는 기사단장님의 아들에게 검조차 뽑지 않은 기사를 공격했다는 오명을 씌우고 싶다 그 말이로군요? 검을 뽑지 않으시겠다고요? 맨손으로 싸워도 충분히 이길 수 있다는 뜻으로 알아들어도 되겠습니까? 검을 뽑지 않으시겠다고요? 이 세상에 검도 뽑아보지 못하고 당한 기사의 이야기만큼이나 어리석고 우스꽝스러운 것은 없지요!"

"……."

츠칠헨의 얼굴에서 웃음기가 가셨다. 그는 나와 마찬가지로 두 걸음 물러섰다. 그러더니 말했다.

"진심으로 검을 들 때는 신분과 지위 같은 것에 구애받지 않는다는 것을 알고 있겠지? 상대가 어리고 무모하게 덤빈다고는 하나 그 의지가 확고한 이상, 기사된 자로서 받아들이지 않는 것은 도리어 수치가 된다. 이제 돌이킬 수는 없다. 기사 대 기사로서 정식으로 도전을 받아들여 주마. 결투를 하는 동안은 똑같은 두 기사에 불과한 법."

"난 기사는 아니오. 오히려 기사님께서 말씀하시는 시장판 떠돌이에 가깝지 않을는지?"

괜히 하는 말이 아니다. 그래, 시장 거리에서 물건이나 팔던 나다. 칼싸움보다 물건 값을 깎으라면 더 잘 깎을 나다.

내 말은 계속 츠칠헨의 신경을 건드렸다. 눈썹이 약간 움직였지만 그는 잘 훈련받은 기사답게 화를 내지 않고 허리춤의 검을 뽑았다. 스르릉, 하는 소리가 공터를 울렸다. 잘 단련된 검이 분명했다.

츠칠헨은 유리카와 엘다렌 쪽으로 고개를 돌렸다.

"그대들은 이 결투의 증인이오. 결투를 멈추어야 할 때쯤은 알고 있겠지.”

마지막 말조차 나를 무시하는 것으로 들렸다. 유리카는 자신이 믿는 남자가 실력을 보여줄 거라고 확신하는 순진한 소녀의 얼굴로 나를 바라보았다. 쟤가 저런 표정을 지을 수도 있구나.

츠칠헨의 얼굴에 그 순간 스친 것은 비웃음이었을까?

“시작한다!”

츠칠헨과 나는 검을 세워든 채 옆걸음으로 공터를 반 바퀴 돌았다. 검을 잡은 츠칠헨은 확실히 빈틈 하나 없는 자세다. 그는 아버지가 신임하는 기사였다. 이길 수 있으리라는 확신 따위는 처음부터 없었다. 그러나 그런 말을 듣고 그냥 물러설 만큼 나는 초라하지 않다.

“먼저 덤벼라!”

“왜 제가 먼저 덤빕니까? 누구든 좋을 대로 하는 거 아닌가요?”

그 말이 떨어지는 순간이었다. 츠칠헨의 발이 믿을 수 없을 만큼 빠르게 달려들었다. 아니, 검이 코앞에 있었다.

쩡!

입에서 신음 소리가 저절로 나왔다. 츠칠헨의 검은 바스타드(Bastard)라고 불리는 종류인데 내 검보다 약간 짧을 정도니까 상당한 길이다. 두 손으로 내리친 그 검을 내 검이 비껴 막았다. 손목이 지르르 울리고 충격이 곧 팔 전체로 퍼졌다. 그런데 나만 그런 것은 아닌 모양이었다.

“…….”

츠칠헨의 얼굴에 놀란 빛이 스쳤다. 그는 내 검을 밀어붙이려 했지만 나는 굴하지 않았다. 힘만은 나도 츠칠헨에게 밀리지 않는 것 같다. 정신을 집중하자니 몸이 뜨거워지는 듯했다. 츠칠헨의 눈을 보니 그 역시 있는 힘을 다하고 있었다. 우리는 검 대결이 아니라 힘 대결을 하고 있었다.

"으으으…… 에잇!"

힘이 약간 풀린 순간이었을까, 나는 츠칠헨의 바스타드를 힘껏 밀어내고 재빨리 한 걸음 물러섰다가 검을 꺾어들고 머리를 보호하는 자세를 취했다. 츠칠헨도 나와 마찬가지로 펄쩍 뛰어 물러났다. 그러고 보니 우리는 똑같은 자세를 취하고 있었다.

"……."

호흡을 차분히 조절했다. 이상한 느낌이 든다. 몸속에서 뭔가 끓어오르는 듯하다가 가만히 억누르면 다시 잦아든다. 해변에서 파도가 밀려왔다가 사라지고, 또 밀려오는 것 같달까? 확실하지는 않지만 이게 혹시…… 보크리드에 가까운 것이 아닐까?

그런데 놀라운 일이 일어났다.

"잘 알았습니다."

츠칠헨이 검을 내려 버렸다. 뜻밖의 상황에 나도 엉거주춤하며 검을 쥔 손에 힘을 뺐다. 츠칠헨은 검을 꽂으며 말했다.

"유리카 아가씨의 말이 거짓은 아니로군요. 보나르체 경에게는 제가 잘 말하도록 하겠습니다. 기습 작전에서 많은 활약을 하시길 기대합니다. 그럼 이만."

츠칠헨은 다시 존댓말을 쓰기 시작하더니 허리를 굽혀 정식으로 절까지 하고는 내가 대꾸하기도 전에 돌아서서 떠났다. 나는 한참 만에야 검을 내리고 얼빠진 표정으로 츠칠헨의 뒷모습을 바라보았다. 이게 도대체 어떻게 된 거야? 검 한 번 마주친 것 갖고 벌써 실력 파악이 됐다는 거야?

그런데 츠칠헨은 걷다 말고 자기 손바닥을 한 번 들여다보더니 다시 내 쪽을 돌아보았다. 짧은 순간이었다. 그리고 내가 시선의 의미를 생각해 보기도 전에 그는 가 버렸다.

"잘 했어, 파비안!"

유리카가 활짝 웃으며 다가와 내 손을 잡았다. 워낙 순식간에 일어나버린 일이라 당혹스럽긴 했지만 어쨌든 최소한의 실력을 인정받은 것 같아 나도 마주 웃어 보였다. 뭐, 끝까지 싸웠다면 내가 츠칠헨을 이길 수 있었으리라고는 생각하지 않지만 말이다.

엘다렌을 보니 그는 여전히 있던 자리에 묵묵히 서 있었다. 그는 나와 유리카가 왕족 얘기를 하다가 츠칠헨이 나타나고, 싱겁기 짝이 없는 결투가 벌어지는 내내 한 번도 끼어들지 않고 자신만의 생각에 잠겨 있었다. 유리카가 엘다렌에게 다가가 어깨를 툭 쳤다.

"엘다는 뭘 그렇게 심각해하고 있어?"

엘다렌은 그러고도 좀 더 침묵하고 있다가 불쑥 말했다.

"파비안, 자네 아버지는 자네와 얼마 동안 같이 살았나?"

"아버지요? 에…… 한 달 정돈가?"

얼떨결에 대답하고 보니 굉장히 짧았구나 하는 생각이 들었다. 다시 만났을 때 너무 반가운 나머지 오랫동안 함께 지냈던 것 같다고 착각했던 모양이야. 그렇지만 지금 와서 그게 무슨 문제가 되지?

엘다렌이 다시 입을 열었다.

"자네, 아버지에 대해서 얼마나 아는가?"

"네?"

나는 눈을 껌뻑거렸다. 엘다렌은 심각하게 눈썹을 찌푸렸다. 정말 뭔가 문제가 되긴 하는 모양이네.

"뭐가 문제예요? 우리 아버지한테 궁금한 거라도 있어요? 아니면 마음에 안 든다는 겁니까? 이상한 점이라도? 그도 아니면 내가 아버지와 오래 살지 못해서 그분에 대해 잘 모르는 게 잘못인가요?"

내 말이 좀 따지는 것처럼 들렸나?

엘다렌의 얼굴은 어두웠는데 내가 몇 마디 했다고 그런 표정을 지을 드워프가 아니라는 건 내가 더 잘 알고 있다. 그렇다면 왜? 아버지가 엘다렌에게 무례를 저지르기라도 하셨나? 그럴 분이 아닌데?

"드워프는 직감이 그리 발달한 편은 아니지. 그러나 인간보다는 낫다고 할 수 있을 거야. 내게는 어떤……."

그러나 엘다렌은 끝까지 말하지 못했다. 유리카의 화난 목소리가 그의 말을 가로막았다.

"엘다! 전투가 눈앞에 닥쳤는데 그게 무슨 태도야? 당신, 전투라면 많이 겪어 봤잖아? 이런 때 어떻게 행동해야 하는지 몰라? 아무리 압도적으로 우세한 적과 대치해야 하는 상황이지만 그 전에 조금이라도 승리를 의심해서야 되겠어? 더구나 총지휘자의 능력에 대해서는 더없는 신뢰를 주어도 모자랄 판인데, 실력을 보지도 않고서 무모한 평가를 내리려 하지 마."

뭐야, 지금 이건…….

엘다렌은 놀란 듯했다. 그러나 내 어깨 너머로 유리카의 얼굴을 한 번 보더니 갑자기 입을 다물어 버렸다.

"그렇겠지."

엘다렌이 더 말하려는 기색이 아니어서 나는 한층 의아해졌다.

"아니, 엘다렌! 도대체 무슨 말을 하려다가 마는……."

그러자 유리카가 얼른 막아섰다.

"파비안, 신경 쓰지 마. 엘다렌은 워낙 처음에는 사람을 신뢰하지 못하는 버릇이 있어서……. 나도 처음 만났을 때 엘다렌한테 좋은 소린 못 들었어. 그렇지만 또 오래 지내다 보면 뭐든 다 좋게만 생각해서 탈이지."

유리카는 뒤에서 내 양손을 잡아끌었다. 부드러운 턱이 내 어깨에 닿았다. 가벼운 숨결이 귓가를 스쳤다. 나는 갑작스런 표현에 놀라 고개를 돌리려 했다.

유리카가 무슨 표정이었는지는 모르겠다. 그러나 엘다렌은 유리카를 다시 한 번 쳐다보더니 말했다.

"자리를 피해 달라 그건가."

그리고 내가 말리기도 전에 숲길로 저벅저벅 들어가 버렸다.

"아니, 엘다렌……."

기분이 이상해졌다. 엘다렌이 앞으로 벌어질 전투를 걱정하는 거라면 나도 이해가 된다. 나도 마찬가지니까. 하지만 유리카가 일부러 화제를 돌려버렸다는 느낌이 드는 건 왜지?

요즘 너무 갑작스럽게 나를 둘러싼 것들이 바뀌는 느낌이 든다. 모두 예상 못한 방향으로. 아직 문제가 생기지는 않았지만 그렇다고 마음을 놓을 수도 없다. 매 순간 한 치 앞도 내다보기가 어렵다. 내가 통찰력이 부족해서인가?

유리카가 조그맣게 중얼거리는 소리가 들렸다.

"드워프의 직감 따위가 맞을 리 없잖아……."

7. 마브릴의 파비안느

"딘 에버차이즌, 전하를 따르겠습니다!"

"시그머 회어, 전하를 뵙게 되어 영광입니다!"

"드모나 델 카릴, 태자 전하의 지휘를 받게 되어 영광입니다!"

"카크다나 카크다닌, 뭐든 명령만 내려 주십시오!"

"츠칠헨 야스딩거, 구원 기사단 프랑드의 기사, 태자 전하를 성심껏 보좌하겠습니다!"

아버지는 츠칠헨에게 기습 부대의 부관 자리를 맡겼다. 태자 전하를 바로 옆에서 보좌하고, 그리고 보호하는 것까지가 그의 임무다. 선별된 기사들 중 기사단 내 서열이 가장 높은 사람도 그였다. 프랑드의 기사는 무려 서열 6위다. 그런데도 츠칠헨의 나이는 이들 중 가장 젊었다.

츠칠헨과 검을 맞부딪쳐 봤음에도 불구하고 그가 어떤 실력을 갖고 있을지 새삼 궁금해졌다. 조금 전 대열을 갖추기 전에 츠칠헨은 나를 보고 가벼운 미소를 보냈다. 처음 만났던 때와는 한결 달라진 태도였다. 나도 마주 미소를 보내 주었다.

기사들의 이름을 듣다 보니 북쪽 지방에서 전사가 많이 난다는 말이 괜히 지어낸 건 아니란 생각이 든다. 츠칠헨 야스딩거는 전형적인 노르마크 이름이었다. 노르마크는 노른슨 산맥 동쪽 지방을 가리키는 거라고 대충 알고 있는데 옛날에는 독립된 왕국이었다고 한다. 노르마크 말도 따로 있었고. 하지만 지금은 왕국도 말도 다 사라져서 노르마크에서 자라면서도 노르마크 말을 할 줄 아는 사람을 한 명도 본 일이 없다. 나 역시 어감만 어렴풋이 알고 있을 뿐 노르마크 어로 인사 한마디 할 줄 모른다.

시그머 회어. 이 사람은 이름보다 성이 노르마크에 가깝다. '회' 라는 음절은 입술을 묘하게 오므려 내야 하는데, 노르마크 특유의 발음이어서 남쪽 사람들은 잘 발음하지 못한다고 한다. 방금 시그머라는 기사 역시 평범한 공용어 발음으로 자기 이름을 말했다. 나는? 나도 잘 못한다.

딘 에버차이즌은 드라니아라스 대평원 근방 출신일 것 같다. 확실하지는 않다. 나는 그쪽 이름을 잘 모르니 말이다. 적어도 아라스탄 호수 아래, 위트비 산맥보다 남쪽이 아니리란 것만 말할 수 있다.

드모나라는 여기사의 성인 '델 카릴' 은 남부 테르시텔레 반도에나 가야 볼 수 있는 이름이다. 아버지의 심복 기사인 루시아니 보나르체도 마찬가지다. 그 지방은 여기사가 잘 나는 지방인가?

카크다나에 대해서는 별로 할 말이 없다. 비카르나 족이니 차크라타난에서 태어났으려니 할 뿐이다. 그렇게 먼 곳에 대해선 점원과 여관 급사로 경력을 닦아 온 나도 얻어들은 게 없다.

그런 생각을 하며 하나하나 살펴본 기사들의 얼굴은 긴장하여 돌처럼 굳어져 있었다. 노련한 그들이 저렇듯 긴장하는 건 위험한 임무를 앞뒀기 때문만은 아닐 것 같다. 구원 기사단의 군율이 엄격하여 농담하는 기사를 배출하지 않는 건지도 모르지만, 무엇보다도 그들은 오늘 태자 전하를 보호해야만 하는 것이다. 임무의 성공과 실패를 떠나 태자에게 무슨 일이 생기면 그걸로 끝장이었다.

기사들은 드모나를 제외하면 키도 나와 비슷하고 체격 역시 보기 드물게 강건했다. 특히 카크다나는 마브릴의 빛나는 검 앞에 갖다 놓아도 처지지 않을 것 같은 거인이었다. 그런 그들 앞에 오늘따라 유난히 더 가늘어 보이는 나르디가 서 있었다.

몇 시간 휴식을 취한 나르디는 아버지가 준비해 온 옷을 새로 갈아입었다. 부드럽게 몸에 감기는 검은 상하의는 그의 화려한—지금은 이 표현이 정말 들어맞는다—금발과 잘 어울렸다. 칼라와 소매 주위에 금실 수를 놓은 것이 장식의 전부였으나 재질이 워낙 고급이라 소박해 보이지는 않았다. 은장식이 달린 가죽 장화와 사슬 장갑을 싫어해서 대신 낀 키드 가죽 장갑까지, 보고 있자니 평소 보던 녀석의 허름한 차림새를 떠올리기도 쉽지 않았다.

허리에 찬 시미터와 검은 날 숏 소드, 그리고 어딘가에 숨겨진 단검들이 있을 것이다. 나르디는 갑옷을 걸치지 않는데 녀석의 빠른 몸놀림을 생각할 때 갑옷은 오히려 거추장스러울 것이 틀림없었다.

꼿꼿하게 선 기사들을 살펴보는 나르디의 얼굴도 차갑게 굳어 있었다. 긴박한 상황 탓이겠지만 새삼 범접하기 어렵다는 생각을 했다. 처음부터 왕자로 나르디를 알았더라면 과연 내가 기억하는 인상, 약간 엉뚱하기도 하고 눈치 없는 짓도 곧잘 하는 장난기 어린 그의 모습을 상상이나 할 수 있었을까? 몇 번이고 갖는 의문이지만 나르디의 진짜 얼굴은 대체 뭘까?

"이스나미르의 태자 나르디엔 루아 듀플리시아드다. 그대들의 환영에 감사한다. 앞으로도 잘 따라주기 바란다. 츠칠헨!"

"예, 전하!"

"지금 이 순간부터 전투 종결 시점까지, 기습 부대는 기사단과 분리되어 내 명령만을 따른다. 명령 계통의 혼선은 용서하지 않는다. 이 점으로 인해 부딪치는 일이 생길 경우, 어디서든 내 의사를 명확히 전달하라."

"예!"

츠칠헨은 마음속으로는 당황하거나 망설였을지 모르나 대답은 힘차게 했다.

나르디는 다시 기사들을 훑어보았다. 그가 말하는 동안 기사들은 머리카락마저 굳어버린 것처럼 보였다.

"집결 장소와 시간은 츠칠헨이 알려 줄 것이다. 오늘 밤 우리는 세르무즈 군대의 뒤로 빠져 고립되어 있을 네르쥬 왕가의 왕족을 노린다. 최소한의 시간으로 백합 기사들의 저항을 무력화하고 왕족을 생포한다. 도보로 움직일 테니 빠른 이동을 위해 가벼운 무장만을 해라. 내가 다른 일을 처리하고 돌아오는 동안 출발 준비를 끝내고 저녁 식사를 마친 뒤 정해진 장소에 집결하여 대기하라. 적군의 위치가 본대에 확인되는 즉시 어김없이 작전 시행한다. 이상, 질문은 있나?"

"없습니다!"

미리 연습이라도 한 것처럼 동시에 대답이 떨어졌다. 조금 떨어져서 이들을 바라보고 있던 나는 감탄하고 말았다. 우리나라는 생각보다 대단한 나라임이 틀림없었다.

나르디는 고개를 끄덕이며 말했다.

"좋다, 해산!"

기사들은 절도 있게 절을 하고 흩어졌다. 말을 숨겨놓고 무장을 바꾸려면 저마다 할 일이 많을 것이다.

"내 모습, 어땠나?"

나르디가 평소처럼 웃음기 섞인 어조로 말을 걸자 오히려 기분이 이상했다. 뭐야, 저 녀석은 왜 저렇게 변신을 잘 하는 거야?

내 대신 유리카가 대답했다.

"멋있었어. 그런데 우리 입장도 좀 생각해 줘. 양쪽 모습에 다 적응하려니까 힘들잖아."

"하하, 미안하네."

녀석은 예전부터 사과를 잘 했다. 얼굴에 떠오른 미소는 예전과 같았다. 나는 약간 마음이 놓였다.

"행동뿐 아니라 차림새도 멋진데?"

유리카의 칭찬에 나르디는 싱긋 웃었다. 젠장, 녀석이 나중에 왕가의 복장을 하고 나타난다면 난 같은 사람이라는 것조차 못 알아볼지도 모르겠다. 어쩌다가 이렇게 되었지.

"먼지 많이 타겠네."

역시 유리카의 의견이었다. 검은 옷을 입고 다닌다는 점에서는 선배인 셈이니 남들보다 나은 식견을 갖고 있을 수도 있겠지.

"아, 그렇진 않아. 이 천은 먼지가 잘 안 붙네. 나도 재료가 뭔지는 모르겠는데 어려서 검 연습 할 때 입었던 옷과 비슷하군."

손을 내밀어 옷을 만져 보았다. 그 옷에는 정말 티끌만 한 흙먼지도 보이지 않았다.

"촉감 좋은데."

조금 전 기사들이 집결하기 전에 나르디와 이야기한 결과 우리는 그 역시 사로잡아야 할 왕족이 공주라고 생각한다는 것을 알았다. 게다가 유리카가 말한 대로 세르무즈 왕가에 왕자 하나, 공주 하나가 있다는 사실도. 나는 과장스럽게 감탄하는 표정을 지었다.

"대단한데? 예언자로 나서도 되겠어."

"이런 건 예언이 아니고 명백한 증거에 기초한 논리적인 추리라고 하는 거야."

유리카가 턱 끝을 올리기에 나도 놀리듯이 대꾸했다.

"물론 그러시겠지."

잔-이슬로즈 아미유 드 네르쥬. 이게 공주의 본명이다. 이름이 복잡한 것으로 보아 무척 까다로운 여자일 게 틀림없었다. 아니, 까다롭기만 한 것이 아니다. 나르디는 잔-이슬로즈가 마브릴 족답게 어려서부터 전사 교육을 받아 검을 비롯한 각종 무기에 통달했고, 웬만한 남자들도 당하지 못할 강심장에 통솔력까지 갖춘 여전사라는 이야기도 함께 해주었다. 소문만으로도 무시무시하다. 나르디 정도는 한 손으로 집어 던질 수 있는 거 아닌지 몰라.

"마브릴들은 잔-이슬로즈를 파비안느의 화신으로 여기지. 로존디아와 전투가 벌어졌을 때 혁혁한 전공을 세워서 장군의 직위까지 가지고 있는 사람이라네. 오빠와는 여러 모로 딴판이지."

"오빠라면 왕자를 말하는 거야?"

"태자라고 해야 옳겠지."

나르디는 장화발로 흙바닥을 문지르며 말을 이었다.

"병약한 건지, 아니면 본래 군사(軍事)보다는 학문을 좋아해선지 몰라도 여동생이 용명을 떨치는 동안 한 번도 군사 작전의 선두에 나선 일이 없다고 하네. 하다못해 궁정에서 치르는 마상 시합에조차 제대로 참가한 일이 없지. 잔-이슬로즈는 매해 우승을 휩쓸다시피 했는데 말이야. 어쩌면 공주라는 위광 덕택에 상대들이 적당히 져 주는 건지도 모르지만. 아무리 뛰어난 기사라 한들 매회 우승하던 공주의 자존심을 꺾고서 궁정에 발붙일 수 있겠나? 덕택에 젊은 귀족 아가씨들은 이만저만이 불만이 아니었다는군."

"아니, 귀족 아가씨들이 왜 불만이야? 그 나라에선 아가씨들도 마상 시합에 나가는 일이 잦은가보지?"

내 질문에 나르디는 웃었다.

"물론 귀족 아가씨라 해서 참가할 수 없는 것은 아니야. 그건 우리나라도 마찬가지고. 하지만 잔-이슬로즈 같은 대단한 무예를 지니지 않은 바에야 나가보았자 몸만 다치기 십상이니까 참가자가 흔하다고는 할 수 없지. 그렇지만 불만은 그런데 있는 게 아니네. 자네, 우승자의 영광이라는 말 들어 봤는가?"

"우승자는 본래 영광스러운 거 아니냐?"

유리카가 참견했다.

"우승자의 영광이란, 우승자에게 주어지는 특권을 말하는 거야. 마상 시합마다 조금씩 다르긴 하지만 가장 일반적인 특권이 있지. 이스나미르에서도 마찬가지 아닌가?"

"그렇긴 하지."

나르디는 싱긋 웃으며 고개를 끄덕이더니 영문 모르는 나를 위해 설명해 주라는 눈짓을 보냈다. 유리카는 고개를 흔들었다.

"네가 설명하는 게 나아. 난 마상 시합을 실제로 본 일은 없단 말이야."

나르디는 왠지 자기 입으로 말하기를 꺼리는 듯했으나 곧 생각을 바꾸어 말해 주었다.

"마상 시합의 우승자는 마음에 둔 아가씨에게 우승 상품으로 받은 화환이나 관을 바치는 것이 상례이지. 공개적인 구혼이라고 할까. 또 마상 시합의 우승자와 결혼하는 것은 대단한 영예이기도 하니까 정혼한 상대가 있다면 이보다 더 좋은 결혼 신청은 없는 셈이지. 다시 말해 사랑하는 사람에게 공개적으로 구애해서 경쟁자들을 차단할 특권이 있는 거네. 또 그렇게 결혼하는 남녀는 국왕 폐하의 축복을 받게 되고 많은 선물이 주어지기도 한다네. 귀족 가문의 아가씨가 사교계에서 주목 받고 왕가와의 안면을 넓히고 싶다면 이만한 기회는 또 없는 셈이지.”

“아, 그렇다면 잔-이슬로즈가 우승하면?”

그제야 감이 왔다. 나르디가 고개를 끄덕였다.

“그렇지. 공개적 청혼을 받는 것은 아가씨로서도 자랑스러운 일인데 그럴 기회가 영영 사라진 거나 다름없으니까. 잔-이슬로즈가 나이가 들어 마상 시합에 참가하지 않을 즈음이면 그 세대의 아름다운 아가씨들은 대부분 결혼해버린 후가 아니겠나?”

내가 과연 그렇구나 하는 표정으로 고개를 끄덕이고 있는데 유리카가 눈을 가늘게 뜨더니 나르디의 옆구리를 쿡 찔렀다. 저건 숨기고 있는 거 빨리 말하라고 할 때의 행동인데.

“어, 왜 그래?”

나르디보다 내가 눈을 둥그렇게 뜨면서 물었다. 유리카는 은근한 말투로 채근했다.

“나르디 너도 우승해 봤구나? 그렇지? 얼른 얘기해 봐.”

하긴 그렇다. 열네 살부터 태자였던 나르디가 실력에 무관하게 우승 한두 번쯤 안 해봤을 리가 없다. 녀석이 전혀 실력이 없는 것은 아니니까 진짜로 이겼을 수도 있지.

나르디를 보니 녀석은 웃고는 있지만 빨리 이 상황이 지나가기를 바라는 얼굴이었다. 이런 상황에서 그냥 지나칠 내가 아니지. 우리는 갑자기 열렬히 묻기 시작했다.

“야, 그래서? 너도 그 뭐냐, 공개적인 청혼 해 봤어? 아니 그것보다 궁정에 사랑하는 아가씨가 있었냐?”

"안 해 봤다고 거짓말 해 봤자라는 건 알지? 네 얼굴 보면 그 정도는 알 수 있다고. 친구를 우습게보면 안 돼."

"그만, 그만, 다 말하지."

나르디는 결국 손을 들었다. 그러면 그렇지.

"있긴 있어. 단 한 번이지."

"오오, 정말?"

나르디의 표정을 보는 것이 재미있었다. 녀석은 본격적으로 계면쩍어하기 시작했다.

"아, 물론 우승을 한 번 했다는 게 아니고, 그 무안한 짓을 딱 한 번 해봤다는 말이야."

"그래서? 이제 궁에 돌아가면 결혼하는 거야?"

나르디는 다급히 손을 내저었다.

"무슨 소리. 그건 그저 의례적으로 한 것에 지나지 않네. 그날 우승을 하기도 전부터 우승한다면 어떤 아가씨에게인지 이미 정해져 있었다고. 그것도 내가 정한 게 아니라 아바마마께서 정하신 거야. 페일 카운티의 대영주인 그라이노프 공의 따님이었는데 굉장히 오랜만에 따님까지 대동하고 방문한 터라 환영하는 뜻에서 그렇게 하기로 얘기가 된 거였네. 어차피 그때 나는 열넷밖에 되지 않았고, 아가씨를 택할 때가 아니라는 것쯤은 누구나 알고 있었네. 결혼이라니 당치도 않아."

"그래도 그 아가씨는 꽤 기대를 했을 텐데? 미모의 왕자님께서 공개적으로 청혼을 해주셨으니 말이야."

유리카는 아예 짓궂게 나가기로 작정한 것 같았다. 나르디는 말문이 막혀 눈을 허공으로 굴리더니 한숨을 쉬었다.

"이봐, 그라이노프 양은 그때 벌써 스물세 살이었네."

우리 셋은 한꺼번에 웃음을 터뜨렸다. 무안한 짓이라, 그 말이 딱 맞는 것 같다. 방금 나르디의 뺨 색깔로 보건대 녀석의 그때 모습이 짐작이 가니까. 나는 피식 웃으며 덧붙였다.

"그래도 세르무즈 왕자는 그런 일조차 한번 못 해 봤다잖아."

유리카가 문득 물었다.

"참, 그 왕자는 이름이 뭐니?"

"그 태자도 그렇게 이름이 복잡하냐?"

"뭘, 내 이름도 만만찮잖아."

나르디는 개구쟁이처럼 머리를 긁으며 싱글거렸다.

다시 한번 나르디에게 신뢰를 주기로 결심하고 나니 믿을 수 없을 만큼 마음이 편안했다. 그를 용서하지 않으려 하던 때, 계속 혼란스럽고 갈피를 잡을 수 없던 것과는 딴판이다. 나는 그에게 새삼 화해를 청하거나 이름을 부르는 영예를 달라는 둥 쓸데없는 과정을 거치지 않았다. 나르디도 그런 얘기를 꺼내지 않았다. 서로 기억하기 싫은 건지도 모르겠다.

아니다. 나는 잘 기억하고 있다. 그러나 믿기로 한 이상 상처를 헤집어 확인하는 일 따위는 필요치 않았다.

"프랑도비네 베르티앙 드 네르쥬, 흔히 아를로이 공작이라고 부르지. 그게 세르무즈에서 태자로 책봉된 왕자에게 주어지는 칭호거든."

헤, 복잡하기도 해라. 뒤의 하나만 기억하는 편이 낫겠다. 공주보다

한 술 더 뜨는군.

유리카도 동행하기로 한 터라 우리는 나르디의 천막에서 함께 저녁을 먹었다. 다 먹고 밖으로 나오자 어디 갔는지 내내 보이지 않던 엘다렌이 다가오는 것이 보였다.

"엘다렌, 저녁은 드셨어요?"

"어디 가 있었어, 엘다?"

엘다렌은 언제나처럼 제대로 인사하지도, 인사를 받지도 않은 채 내 앞에 와 섰다. 나한테 볼일이?

"파비안."

"네?"

"이번엔 제대로 할 생각이냐?"

나는 무슨 소리인지 몰라 머리를 긁으며 엘다렌을 내려다보았다. 한데 그는 나를 보고 있지 않았다. 대신 등 뒤의 도끼를 내리더니 나르디에게 고개를 돌렸다.

"잠시 네 검을 보여 주겠나."

나르디는 의아한 얼굴로 허리에서 검을 끌러 내주었다. 엘다렌은 나르디의 시미터를 받아 바닥에 내려놓고 그 옆에 자기 도끼를 놓았다. 엄청난 크기의 날이 달린 엘다렌의 도끼를 보니 그걸로 나르디의 검쯤은 열 개도 만들 수 있을 것 같았다.

엘다렌이 나를 보았다.

"네 검도 옆에 놓아 보겠나."

그래서 바닥에는 검 두 자루와 도끼 하나가 나란히 놓이게 되었다. 참 대조적인 무기들이다. 하지만 뭘 하려는 건지는 여전히 모르겠다. 설명을 기다리는 우리 앞에서 엘다렌은 침묵을 지켰다. 할 말을 생각하는 건가 했더니…….

"알겠나?"

뭐야? 나더러 생각하라는 거였어?

나는 얼떨떨한 표정으로 엘다렌을 보고 다시 바닥의 세 무기를 내려다보았다. 하지만 결국 이렇게 말할 수밖에 없었다.

"뭐가요?"

엘다렌은 눈썹을 치켜 올렸다.

"네 검이 어떻게 써야 하는 물건인지 말이다."

"멋쟁이…… 아니, 여명검이요?"

엘다렌은 내 검을 '여명검' 외에 다른 이름으로 부르는 일이 없었다.

"자네의 검은 어디에 가깝나."

그게 일단 검이니까 나르디의 시미터에 가깝긴 해도, 생긴 거나 무게나 그런 걸 생각할 땐 역시 엘다렌의 도끼 쪽에…….

그때 엘다렌의 힘 있는 목소리가 울렸다.

"일격필살(一擊必殺), 그것이다."

문득 그가 하려는 말이 무엇인지 알 듯했다. 엘다렌의 도끼는 그의 말대로 일격필살, 한 번에 적을 죽이기 위한 무기이며 대신 변화무쌍함이나 속도는 떨어진다. 나르디의 시미터는 재빠르고 많은 상처를 주는 대신 결정타에는 약하다. 그렇다면 내 검은…….

"용도대로 쓰지 않는 한 그 검으로 어떤 것도 제대로 하지 못한다. 어디에서 배운 것인지는 모르나 네가 익힌 검법 역시 네 검에 어울린다. 그러니 너 자신이 더 잘 알 것 아닌가. 네가 가진 것을 왜 활용하지 않는 건가. 좋은 것을 왜 형편없는 것으로 만드나. 적을 죽이는 일이 그렇게 어려운가."

엘다렌은 전부터 내 망설임을 눈치채고 있었던 것이다. 나는 솔직히 시인했다.

"그렇습니다."

시선이 내게 쏟아졌다.

산 속이라 어느새 해가 뉘엿뉘엿 넘어가는 것이 느껴졌다. 곧 다가올 전투를 준비하느라 기사들은 흩어졌고 산 그림자가 드리워진 이 자리에는 우리뿐이었다. 나는 다시 한 번 분명하게 대답했다.

"죽이는 일이 싫습니다."

"그렇다면 그 검은 버려라."

나도 안다. 나는 일격필살의 거대한 무기를 쥐었지만 평소 싸우는 방식은 오히려 나르디에 가깝다. 다시 말해 이런 검을 든 주제에 상처만 입히고 끝내려고 안달이다. 여명검은 속도는 떨어질지 몰라도 위력만은 세상에 비교할 검이 없을 물건이다. 나는 내 검을 제대로 대접하지 않았다.

하지만 솔직하게, 나는 사람을 죽이는 일이 싫다. 죽이지 않고 해결할 수 있다면, 상처만 입혀 항복을 받을 수 있다면 그 편이 훨씬 좋다. 아예 말로 끝낸다면 더할 나위 없고. 그럴 바에는 나르디처럼 얇은 검을 드는 편이 훨씬 낫다는 것도 모르지 않았다. 나를 위해서든, 동료들을 위해서든.

"네가 동료들을 위한다면 더욱 그래야 한다."

엘다렌은 내 생각의 흐름을 읽은 것처럼 말을 이었다. 나는 묵묵히 땅을 내려다보았다.

"네가 한 번 망설일 때마다 너와 함께하는 자들이 위기에 빠진다. 네 검이 살인을 피해 조그마한 양심을 만족시키는 동안 너를 믿고 등을 맡긴 자들은 매 순간 너에게 배반당하는 것이다."

나는 눈을 똑바로 떴다.

"차라리 이 검을 버리고 다른 검을 쥐겠습니다. 저 자신에게나 동료들에게나 그 편이 낫죠."

"아냐, 파비안."

유리카가 고개를 저으며 입을 열었다.

"너에겐 주어진 일이 있어. 아주 중요한 일이야. 넌 그 일을 위해 최선을 다해야만 해."

"최선을 다할 생각이야."

"나무꾼이 갖고 있던 좋은 도끼를 내던지고 낫을 쥐고 나무를 자르면서, 아침부터 밤까지 죽을힘을 다해 일하기만 한다면 최선을 다한다고 말할 수 있을까?"

말문이 막혔다. 더구나 지금은 어느 때보다도 급박한 싸움이 시작되려는 때였다. 엘다렌도 그걸 알기에 굳이 오늘 이런 이야기를 꺼낸 것이리라.

바람이 등을 훑고 지나가고, 나는 검을 내려다보았다. 내가 택한 검은 아닐지도 모른다. 검이 나를 선택했다는 말이 더 옳겠지. 다시 말해 우연히 얻은 물건이 너무 특별했던 탓에 벗어나지 못할 조건이 되어버린 것이다. 뭐가 먼저고 뭐가 나중인 걸까.

나르디가 뜻밖의 말을 꺼냈다.

"유리카, 파비안의 생각을 조금 인정해 주면 어떨까."

그리고 엘다렌에게 고개를 돌렸다.

"사람이 자신에게 맞는 것을 찾기까지는 시간이 걸리는 법입니다. 도끼를 쓸 준비가 되지 않은 사람에게는 아무리 좋은 도끼도 소용없죠. 물론 대신 단검을 쥐어준다고 나무를 잘 베는 것도 아닐 거고요. 자신이 잘라야 할 나무가 아름드리나무인지, 관목인지, 심지어 갈대밭인지는 때가 되기 전엔 모르는 일 아니겠습니까? 파비안이 지금 그 검을 쓰고 있다고 해서 언제까지나 써야 한다는 법은 없습니다. 그에게 마련된 미래는 전혀 다른 것일지도 몰라요."

엘다렌은 여전히 굳어진 얼굴이었다. 그는 마치 내 미래를 아는 것처럼 조건을 지우고 도구를 주려 한다. 그에게만 보이는 미래가 있는 것일까?

이윽고 엘다렌은 말했다.

"결정은 스스로 하는 것이지. 알았다. 그러나 결정을 지체하여 초래될 영향을 생각해라."

엘다렌은 도끼를 집어 들어 다시 멨고, 왔던 것처럼 자리를 떴다.

하늘은 해가 졌는데도 불그스름한 기운을 띠고 있었다. 그보다는 자줏빛이랄까. 그리 기분 좋은 색깔은 아니었다. 상한 고깃덩어리가 떠오르는 색이다.

다시 비가 올 것만 같다. 좋지 않은데.

"……."

조건이야 같겠지. 우리에게 불리하다면 세르무즈 군에게도 불리할 거야. 그렇지만 이건 내 생각인데 비가 오는 것은 우리에게 더 좋지 않을 것 같아. 흙탕물이 기껏 깔아 놓은 캘트롭을 쓸어가 버리면 곤란하거든.

"태자 전하, 부디 옥체 보전하십시오. 전하의 안위가 작전의 성공과 실패보다 더 귀중함을 유념하십시오."

출정 직전의 나르디에게 말하는 아버지의 어깨 너머로 낮에 돌아보았던 거인의 양손바닥이 음산하게 솟아 있었다. 밤에 보니 정말로 마주치기 직전의 거대한 손바닥처럼 보이는 절벽들이다.

그 앞에서 키반의 지휘 아래 대열을 짜고 있는 기사들이 보였다. 말들은 후방으로 보냈고, 기사들은 검을 허리춤에 꽂고 장창(lance)을 쥐었다. 장식 없이 스파이크만 빙 둘러 박힌 오각 방패(knight shield)도 있었다. 외양보다 실용을 중시하는 구원 기사단의 전통이다.

눈 부분이 사각으로 뚫린 가벼운 투구(sallet)와 정강이받이, 흉갑, 장갑 정도가 이들이 갖춘 방어구의 전부였다. 좀 안타까운 생각이 들었다. 세 배의 병력을 맞아 과연 얼마나 버텨 줄까. 아무리 하나하나가 훌륭한 기사라 해도 지금은 상황이 너무 나쁘다.

이윽고 나란히 선 기사들은 장창을 갑옷 옆의 걸쇠에 걸고 정면을 겨누었다. 걸쇠 없이 육중한 장창을 제대로 가누기란 힘든 일이다. 왼손에 쥔 방패는 자신 뿐 아니라 옆 동료의 어깨를 함께 보호했다. 그렇게 일곱 명이 서자 그 뒤에 부러진 장창을 바꿔주고 부상자를 처리하며 전사자의 자리를 채울 일곱 명이 대기했다. 그런 식으로 백여 명의 기사들이 좁은 길을 메우며 대열을 짰다.

새삼 1열에 선 기사들은 보통 용기 있는 사람들이 아니리란 생각을 했다. 저 뒤로 저만큼이나 대기하는 것을 보면 1, 2열 정도는 무너질 것을 예상하는 것 아닌가.

적이 기병이므로 밀집대형 사이와 절벽 안쪽에는 튼튼한 복합궁(composite bow)을 든 궁수들도 보였다. 그들은 인마살상용의 크고 무거운 화살을 준비하고 있었다.

나르디가 아버지를 향해 대답했다.

"그대의 능력을 믿으니 내가 더 할 말은 없겠지."

지금으로부터 한 시간 전, 세르무즈 군이 엘자스-오를리테로 다가오고 있다는 정찰병의 보고가 전해졌다. 지금쯤은 산 입구에 도착했을 것이다. 세르무즈 군도 우리의 위치를 아는 걸 보면 어느 정도 정찰을 했을 테고, 이곳은 저들의 영토이니 지형은 더 잘 알고 있을 수도 있다. 이 작전이 과연 성공할 수 있을까?

밀집대형을 갖춘 기사들—지금은 보병이지만—은 이제 벽이 된 것처럼 미동도 없이 섰다. 앞으로 뻗은 1열 장창과 위로 세운 뒷열 장창들을 보자니 마치 고슴도치 같기도 했다. 이곳이 어찌될지 지켜보고 싶기도 했지만 몸이 두 개가 아닌 이상 어쩔 수 없는 일이었다. 아버지는 나를 바라보았다.

"태자 전하를 잘 지켜 드려라. 그리고 너도 몸조심해라."

"예."

깔끔한 대답이 되었다. 아버지는 츠칠헨을 비롯한 다른 기사들에게는 별 말 없이 나르디에게 절을 하고 밀집대형 쪽으로 떠났다. 절벽 뒷길로 돌아가는 입구에는 나르디와 나, 유리카, 그리고 다섯 명의 기사들만이 남았다. 조금 있으면 밀집대형에서 횃불이 오를 것이다. 세르무즈 군을 그곳으로 유인하기 위한 계략이다.

기사들은 유리카가 동행하는 것을 불안하게 여겼다. 남자 못지않게 건장한 드모나 델 카릴과 달리 유리카는 보통 소녀처럼 날씬한 몸매였고 무기도 가느다란 검이었으니 걱정하는 것이 무리는 아니었다. 심지어 한 기사는 우리의 이동 속도를 그녀가 따라올 수 있겠느냐고 말해서 나를 웃게 만들었다.

유리카는 몸집이 크고 힘이 센 기사들로선 불가능한 공격을 할 수 있는 능력을 지녔다. 그걸 아는 나는 그리 걱정하지 않았다. 오히려 한층 처절한 싸움이 벌어질 것이 분명한 이쪽에 두고 간다면 더 마음에 걸릴 것이다. 게다가 그녀의 능력은 저런 대열에 들어가는 것보다 기습에서 더 쓸모가 있었다.

엘다렌은 남기로 했다. 그도, 나도 그리고 다른 기사들도 엘다렌은 여기서 더 도움이 되리라고 확신했다. 다른 짐은 모두 남겨두고 간다. 짐 속에 들어가 있는 주아니가 제발 아무 일 없었으면 좋겠다.

전투의 기운. 절벽 주위를 감도는 묘한 분위기를 나는 그렇게 이름 붙였다. 처음 겪는 큰 전투였다. 불안과 흥분, 긴장이 주위의 대기까지 다르게 만드는 듯했다. 숨을 들이쉬어 보았다. 금속성의 공기가 감돌았다. 날카로운 창과 검, 기름칠한 활과 화살촉의 냄새.

"적이 정면 길로 올라오고 있다는 소식입니다! 태자 전하, 출발을!"

아버지가 보낸 전령의 외침이 울렸다. 나르디는 고개를 끄덕이더니 칼을 뽑아 높이 들었다.

"출발한다!"

"모두의 명예를 빛내는 무훈을!"

구원 기사단의 출정 구호다. 저것 말고도 몇 가지 더 있다는데 자세히는 모른다. 우리는 다음 순간 바위투성이 샛길로 뛰어들었다. 서늘한 공기 속에 무기 철컥이는 소리, 발소리, 숨소리가 흩어졌다. 깨진 자갈이 채이고 잡풀이 짓이겨졌다.

맨 앞은 츠칠헨, 다음이 나르디, 나, 유리카, 그 뒤로 네 명의 기사가 따랐다. 전진 속도는 상상했던 것보다 훨씬 빨랐다. 별빛 하나 보이지 않는 캄캄한 길을 망설이지도 않고 달렸다. 빨리 가지 않으면 안 된다. 늦어지는 만큼 밀집대형의 기사 하나가 위태로워질지도 모른다. 쏜살같이 숲을 빠져나가는 츠칠헨과 나르디를 이를 악물고 따랐다. 우거진 가지와 잎이 손이며 뺨을 긁었지만 느낄 틈조차 없었다.

유리카는 은빛 머리를 흩날리며 흡사 요정처럼 달려갔다. 아무 무장을 갖추지 않은 탓이기도 하겠지만 바닥도 딛지 않고 날아가는 것처럼 나아가는 그녀는 함께 전진하는 기사들의 시선조차 빼앗았다. 그녀가 우리를 못 따라올 거라고 누가 말했지? 지금쯤은 굉장히 창피하겠군.

"파비안, 서둘러!"

유리카가 곁에서 조그맣게 외치고 다시 앞으로 나아갔다. 어느 기사보다도 무거운 검을 짊어진 탓에 내 속도는 시원찮았다. 유리카는 일행을 손쉽게 앞질렀다 기다렸다 하다가 나르디에게 다가갔다.

"적당한 시점에 앞서 나아가 상황을 살펴보겠습니다."

나르디가 고개를 끄덕였다.

"유리, 부탁해."

걱정스러웠지만 말릴 입장이 아니었다. 지금은 나도 유리카도 중요한 작전을 수행하는 부대의 일원이었다. 그리고 그녀의 몸놀림과 속도는 정찰에 최적이기도 했다.

"여기부터, 소리를 줄여 전진한다."

얼마나 시간이 흘렀을까, 나르디가 명령을 뒤로 전달시켰다. 거의 다 오긴 한 것 같은데. 통나무를 쓰러뜨려 막은 길이 보여야겠지.

유리카가 정찰을 위해 어둠 속으로 사라지자 우리는 속도보다 주의 깊은 전진에 신경을 썼다. 혹시라도 작전을 눈치 채고 복병을 숨겨 놓았을 가능성도 배제할 수 없었다. 움직임이 있는지 모두 신경을 곤두세웠다.

"파비안, 내 옆으로 오게."

나는 나르디에게 다가갔다. 전방을 맡은 츠칠헨은 냄새라도 맡는 사냥개처럼 주위를 두리번거렸다. 그때 유리카가 돌아왔다.

"모든 것이 짐작대로입니다."

나르디는 고개를 끄덕였다. 유리카가 어둠 속에서 가볍게 웃는 것으로 보아 상황이 좋은 모양이었다. 이제 싸움이 눈앞이었다.

"아주 가깝습니다. 백합 기사들은 열다섯 명 정도고 붉은 갑옷을 입은 자를 둘러싸고 있습니다. 전진하지 않고 주위를 경계하는 듯합니다."

나르디는 기사들을 돌아보았다.

"딘과 드모나는 우측을 맡고 시그머와 카크다나가 좌측을 맡는다. 나와 츠칠헨, 파비안은 정면으로 들어간다. 왕족의 생포만이 목적임을 명심해라. 쓸데없는 피는 흘릴 필요가 없다."

"예!"

"예엣!"

나르디는 숨을 한 번 길게 내쉬고 유리카를 보았다.

"유리, 싸움이 시작되거든 기회를 틈타 적의 뒤로 돌도록. 후방에서 기회를 잡아 확실한 순간에 가세해라. 승리를 확실하게 하거나 패배의 위기를 구해라."

유리카의 얼굴에 미소가 떠올랐다. 나르디의 의도를 눈치챈 모양이었다. 그는 유리카가 아무 일도 하지 않길 원치 않았고, 그렇다고 위험해지는 것도 바라지 않았다. 그가 맡긴 역할은 몸이 빠른 유리카에게 딱 맞았다.

"공격 위치에 맞추어 분산 전진!"

달이 가려지자 그림자도 없었다. 잎이 밤공기 속에서 보랏빛으로 어른거렸다. 멈춰선 기사들의 갑옷에서 짓이겨진 풀과 금속 냄새가 섞여 났다. 신호만 기다리면 된다.

하나, 둘.

나르디의 손이 높이 올라갔다. 다음 순간 우리는 통나무 너머에서 단숨에 뛰어나와 샛길로 뛰어들었다. 기합도 필요 없었다.

"기습이다!"

생각보다 빨리 적들이 상황을 파악했다. 날카로운 말울음 소리, 당황하여 다각거리는 말발굽 소리. 정적은 깨어졌다. 백합 무늬가 새겨진 어깨가리개가 보였다. 저들이 백합 기사들이구나. 그들은 신속하게 방패 모양으로 대열을 짜려 했다. 그러나 구원 기사단의 정예들이 가만히 놓아둘 리 없었다.

"좌우 1진 공격!"

츠칠헨의 영리한 외침이었다. 기습 부대가 많은 것처럼 보일 필요가 있었다.

딘과 드모나, 시그머와 카크다나가 양쪽에서 몰아쳐 들어가는 모습은 폭풍의 두 날개를 연상케 했다. 절반쯤 만들어진 방패 대형의 양끝을 찌르며 대열을 흩트려 놓았다. 카크다나는 반달 모양의 대검을 휘둘렀는데 검은 피부가 밤의 빛깔과 섞이자 그야말로 종횡무진이었다. 첫 공격으로 말 두 마리의 다리를 잘라버리고, 이어 마주친 기사를 말에 탄 채로 꿰뚫었다.

"끄윽……."

여기사인 드모나의 힘도 상상 이상이었다. 평범한 여자라면 한 자루도 휘두르기 어려울 장검을 한 손에 하나씩 잡고 곡예 하듯 적을 베고 찔렀다. 이어 뒤따라가려다가 나는 문득 뒤를 돌아보았다. 나르디가 보이지 않았다.

"나르…… 태자 전하는?"

츠칠헨은 문제없다는 듯 고개를 흔들어 보이고는 낮게 말했다.

"뒤는 걱정 말고 곧장 달려 대열을 뚫으십시오."

내가 고개를 끄덕이고 달려 나가자 등 뒤에서 츠칠헨의 외침이 울렸다.

"2차 부대 돌격!"

2차 부대 돌격에 겨우 두 명이라니 츠칠헨의 농담은 조금 심했다.

"말을!"

츠칠헨이 외치지 않아도 알고 있었다. 검을 우측으로 꺾었다가 첫 번째 맞닥뜨린 말의 다리를 향해 한 바퀴 휘둘렀다.

이히히힝!

허공을 찢는 울음소리와 함께 무릎 잘린 말이 앞으로 넘어졌다. 그러나 기수가 막 떨어지려는 순간, 고삐를 이용하여 중심을 잡으면서 내게 창을 찔러왔다.

"커!"

내 검도 강철 창을 벨 순 없었다. 아슬아슬하게 쳐내고 나서 창의 사정거리 안으로 아예 뛰어 들어갔다. 상대 기사는 창을 거두고 검을 뽑으려고 멈칫했다. 그 틈을 노려 안장 안쪽을 찔렀다.

"크……."

기사가 옆으로 굴러 떨어졌다. 본능적으로 검을 휘돌려 아래를 찍는 순간 저항이 있는 듯하더니 물컹, 하는 느낌과 함께 격렬한 경련이 검을 타고 전해졌다. 나는 당황했다. 이 검이 갑옷을 뚫었나?

급히 검을 뽑는데 등 뒤로 달려드는 적의 존재가 느껴졌다. 몸을 낮추며 수평으로 그었지만 다급한 나머지 몸까지 휘청하며 휘둘렀다. 점성 강한 액체가 튀었다.

좌악!

저도 모르게 눈을 감았다가 왼손으로 정신없이 훔치고 떴다. 그 순간 달려드는 검이 보였다.

티캉!

제대로 자세를 잡지 못한 탓에 휘청거리며 밀렸다. 간신히 버티다가 갑자기 밀치면서 발로 상대의 다리를 걸어 잡아당겼다. 동네 소년들과 싸우던 때 쓰던 방법 같지만…… 어쨌든 상관없잖아?

넘어지는 적을 밀치고 마무리하려는 순간, 적의 급소를 노리려던 손이 멈칫했다. 엘다렌의 말, 그리고 다른 사람들이 했던 말이 함께 떠올랐다. 망설임은 짧았다.

상대의 팔뚝을 찔러 검을 떨어뜨리는 순간까지도 내가 결단을 내린 것인지 단지 본능을 따른 것인지 몰랐다. 그런데 선택하는 순간, 들끓던 맥박이 고르게 가라앉는 느낌이 들었다. 동시에 붉은 광채가 검을 감싸며 어른거리다가 사라졌다.

"조심해요!"

적 하나가 시그머의 등을 찌르려 했다. 가까워서 아예 몸으로 밀치고 들어갔다. 쿵, 소리와 함께 밀려 넘어진 자는 신음으로 보건대 여자였다. 백합 기사단에도 여자 기사가 있는 모양이다. 시그머가 바로 돌아보더니 상대의 배를 밟고 검을 찔러 넣었다. 경련을 일으키다가 조용해졌다.

바로 옆에서 검날이 부러지는 소리가 나는가 싶더니 기사 하나가 쓰러지며 내 몸에 부딪쳤다. 홱 몸을 뺐지만 기사는 이미 죽었고, 돌아보니 츠칠헨의 솜씨였다. 그가 검을 거두는 동작을 보니 감탄이 절로 나왔다. 절도 있고 날랜 것이 마구잡이에 가까운 나와는 천지차이다. 그때 츠칠헨이 나를 보더니 다급하게 손짓했다. 피하라고?

돌아보는 순간 눈앞으로 말발굽이 달려드는 것이 보였다. 넘어지다시피 피해 바닥을 굴렀다가 급히 일어서는데 흙먼지가 한입이나 씹혔다. 침을 뱉고 검을 꺾어 쥐자 바로 장창이 날아들었다. 허공으로 마주쳐내는데 얼마나 힘이 실렸는지 팔이 저릴 지경이다. 다시 한 번!

허리가 시큰거렸다. 한 발 물러서고 싶었지만 창이 여유를 주지 않았다. 반 박자 잃었다 싶은 순간 관자놀이로 식은땀이 흘러내렸다. 머리카락이 서는 듯했다.

쩡!

안 된다고 생각하면서도 억지로 검을 밀어붙이자 간신히 창날과 몇쟁이 검의 표면이 맞부딪쳤다. 이어 요란하게 긁히는 소리가 울렸다. 검 안쪽 홈에 새겨진 글자가 창날과 닿았으려니 싶었다. 그런데 다음 순간, 소음이 멎고 밀려들던 힘도 사라져 나는 오히려 앞으로 휘청거리기까지 했다. 어떻게 된 거야?

창날이 없었다. 내가 본 것이라고는 검의 홈에 새겨진 문자에서 붉은 빛과 검은 빛이 동시에 튀어나오던 광경뿐이었다. 그리고 창날은 부러진 것도, 부서진 것도 아니고 단지 사라져버렸다. 흔적도 없이.

기사도 놀랐는지 검을 뽑는 것도 잊고 창날 없는 창을 든 채 머뭇거렸다. 영문을 모르는 건 나도 마찬가지였지만…… 그래도 내 검이 일으키는 이상한 짓에는 남보다 익숙하겠지? 나는 즉시 검을 꺾어 쥐고 말 옆으로 내달렸다. 검이 옆구리를 베고 지나가자 기사의 몸이 말 등 아래로 푹 꺾어졌다. 돌아보며 숨을 고르려는데 갑자기 맥박이 미친 것처럼 뛰며 숨이 턱 끝까지 차오르는 게 아닌가? 아, 아니 이건 또 뭔데?

검을 내려다보니 붉은 빛은 없었다. 그런데 자세히 보니 홈에 새겨진 글자들이 은빛을 뿌리고 있었다. 어둠 속에서도 읽을 수 있을 정도로. 참, 내가 읽을 수 있다는 말은 아니다. 한 글자도 모르거든.

그런데 정신을 차리고 주위를 보니 분위기가 조금 이상했다. 우리편이 다 어딜 갔는지 모르겠다. 내가 엉겁결에 백합 기사들의 방어벽을 통과해버린 거 아냐? 그때 내 눈에 어렴풋이 보인 광경이 있었다.

"전하를 보호하라!"

붉은 망토에 붉은 갑옷, 흰 휘장과 어깨 장식, 흰 술 달린 붉은 투구…… 저 자다! 우리가 찾는 왕족!

상당수 줄어든 백합 기사들이 왕족을 둘러싸며 고슴도치처럼 창을 내밀었다. 이제 기습의 효과는 사라졌다. 철저히 실력으로 승부해야 할 순간이었다.

내가 몸을 도사리는 순간 한 기사가 긴 창에 꿰뚫려 말에서 떨어졌다. 돌아보니 어느새 말을 잡아타고 다가온 츠칠헨의 솜씨였다. 기사라면 마상 창술은 기본이라서 그런지 과연 창도 잘 쓴다. 뒤따라 온 딘 에버차이즌 또한 말을 빼앗아 타고 있었다. 짧은 머리의 절반을 피로 적신 드모나가 뒤를 이었다.

그렇더라도 포위를 뚫는 것이 쉽지는 않을 듯했다. 그런데 붉은 갑옷의 기사는 보호받는 것에 만족하는 성미가 아닌 모양이었다. 말머리를 돌리더니 주위를 훑어보다가 갑자기 내 쪽으로 말을 몰아오는 걸 보면 말이다. 그, 그것 참, 왜 하필이면 난데?

검을 세워 쥐었다. 저쪽은 말을 타고 있으니 내가 절대적으로 불리하다. 그렇다면 내려오게 해 줘야겠지?

다가오기 전에 내 쪽에서 내달렸다. 위험하다. 머릿속에서 뭔가가 그렇게 말한다. 저 긴 창이 더 빠를 것이다. 이대로는 안 된다.

한순간 창이 찔러져 들어왔고, 나는 창의 끝을 노려 힘껏 쳤다. 그런데 창이 밀리기는커녕 같은 힘으로 내 검을 받아내는 게 아닌가?

"크……."

온 팔의 뼈가 덜그럭대는 것 같다. 공주라고 했던 왕족의 창은 놀랍게도 앞서 마주친 기사들보다 훨씬 강했다. 질 수 없다는 생각에 세차게 밀치며 옆으로 한 발짝 비켜섰다. 그와 동시에 창날이 한 조각 부러져 나갔다. 기회를 놓칠세라 나는 그대로 달려들어 말의 옆구리를 힘껏 찔렀다.

이히히힝!

잘 훈련된 말이었다. 말은 쓰러지기 직전에 주인을 바닥에 거꾸로 처박는 대신 힘겹게 무릎을 꿇으며 잠시 멈춰 섰다. 그 사이 붉은 갑옷의 기사가 재빨리 뛰어내렸다. 말이 쓰러진 건 직후의 일이었다.

"……."

말은 없었지만 상대방은 말이 죽은 일로 몹시 화가 난 듯했다. 나도 검을 고쳐 잡았다. 쉬운 싸움이 아닐 것 같다. 그자는 검을 뽑아들더니 성큼 다가들어 말없이 휘둘렀다. 그 순간 문득 떠오르는 생각이 있었다. 내 임무는 저자를 죽이는 것이 아닌데?

츠캉!

검에 전해지는 기운이 예사 솜씨가 아니었다. 좌우 연격으로 치고 들어오는 바스타드에 연신 뒤로 밀렸다. 죽일 수도 없고, 그렇다고 상처를 입히기도 그렇고, 도대체 어떻게 싸워야 되는 거냐고!

저도 모르게 외침이 튀어나왔다.

"자, 잠깐만!"

이런 게 통할 거라곤 생각하지 않았는데, 상대는 무슨 생각을 한 건지 어이없게도 잠깐 검을 멈췄다. 나는 그 틈을 이용해서 후닥닥 뛰어물러났다. 그런 다음 커다랗게 외쳤다.

"저기, 당신하고 싸워봤자 득 될 것이 없을 것 같아서요!"

도망치는 거냐고? 아니다. 그러면 뭐냐고? 글쎄?

나는 점점 더 몸을 빼며 다시 외쳤다.

"당신도 득 될 것 없을 걸요!"

상대는 곧 내 뒤를 쫓으려 했다. 그러나 그건 하나는 알고 둘은 모르는 짓이다. 왜냐고?

"남의 남자 친구 뒤는 쫓아가서 어쩌려고요?"

은빛 섬광이 어둠을 가르며 뛰어들었다. 윤곽을 볼 수 없을 정도로 빠르게 달려들어 강하게 부딪쳤다.

"아!"

어둠 속에서 갑자기 긴 은빛 머리가 눈앞을 가리자 그자는 저도 모르게 움찔했다. 유리카는 달려들던 기세와 발검술의 속도를 집중해 검의 손잡이로 오른손을 쳤고, 그자의 손에서 검이 떨어져 나갔다. 너무 빠른 나머지 내 눈에는 두 사람이 한 몸인 양 겹쳐졌다가 다시 나뉘는 것처럼 보였다.

유리카가 달려온 반대쪽으로 빠져나가자, 붉은 갑옷은 동작을 멈췄다. 그 이루 말할 수 없이 짧은 순간에 어느새 단검 하나가 목에 들이대어진 까닭이었다.

"싸움을 멈추도록 명령하십시오."

그렇게 말하는 목소리에는 비아냥거리는 기색은 없었다.

나는 단검을 쥔 자를 보았다. 이 순간을 노릴 수 있었던 자는 처음부터 사라졌던 한 사람일 수밖에 없었다. 검은 두건으로 얼굴과 머리를 감싼 것이 완벽히 어둠 속에 녹아들었을 모습이었다. 그랬기에 성공할 수 있었을 것이다. 나는 반가움이 북받치는 것을 느끼며 저도 모르게 외쳤다.

"태자 전하!"

처음으로 저 호칭을 제대로 외친 기분이 든다. 나르디는 한 손으로 단검을 쥐고 다른 손으로 붉은 갑옷의 손목을 틀어쥐었으므로 내 부름에

답하여 두건을 벗을 수가 없었다. 대신 본래 가진 힘의 몇 배로 치고 지나가느라 바닥에 넘어져버린 유리카가 일어나더니 나르디의 뒤로 돌아가 두건을 벗겼다. 두건 아래로 금빛 머리카락이 한꺼번에 흘러내렸다.

백합 기사들 사이로 동요가 퍼져나갔다. 주위를 둘러보니 이미 왕족이 명령을 내릴 필요도 없어 보였다. 구원 기사단의 기습부대가 그들 대부분을 죽이거나 전투 불능으로 만들어버렸고, 몇몇 남은 자들은 왕족이 사로잡힌 것을 보고 무기를 내렸다. 전투는 끝났다.

붉은 갑옷을 입은 자는 대답하지 않았다. 움직이지도 않았다. 바닥에 떨어진 채 주인을 지키지 못한 검이 싸늘하게 빛나고 있었다.

나르디가 고개를 들며 외쳤다.

"공주를 지키고 싶다면 모두 물러서라!"

하지만 무모하게 달려든 자가 있었다. 나르디는 갑자기 순식간에 손을 바꿨다. 다시 말해 오른손에 들렸던 단검이 사라지고, 어느새 왼손에 나타난 다른 단검이 목에 들이대어졌다. 사라진 단검은?

"컥……."

"한 번만 더 이런 짓을 하면 협상 없이 끝낸다."

낮았지만 위협적인 목소리였다. 적을 생포한 채로 단검을 던져 상대를 제압하는 묘기를 보고 나자 적들도 덤벼드는 것을 포기하고 순순히 물러나 한쪽에 섰다. 나르디는 손을 좀 더 조이며 포로에게 나직이 말했다.

"결국 왕족끼리의 대결이 됐군요."

"……."

대답이 있든 없든 나르디는 포로를 끌고 몸을 돌려 백합 기사들을 보았다. 그의 포로와는 달리 아무 갑옷도 걸치지 않은 가벼운 옷차림이 적들의 눈길을 끌었다. 낭랑한 목소리가 밤공기 속으로 퍼졌다.

"나는 이스나미르의 태자, 나르디엔 루아 듀플리시아드다. 너희들이 잡으려 했던 바로 그 사람이지. 그러나 사태는 이렇게 뒤바뀌었다. 물론 너희도 예상한 바는 아니었겠지만 이제 내가 좀 무리한 요구를 한다 해도 불만은 없으리라 본다."

나는 저도 모르게 실소하려다가 나오는 웃음을 꾹 눌렀다. 녀석의 말투는 우리와 여행하던 때와 근본적으로 달라진 게 없었다. 단순한 얘기를 쓸데없이 복잡하게 바꿔서 하는 것 말이다. 그냥 간단하게 말을 안 들으면 이 자를 죽여 버리겠다고 해도 되는데.

대답이 없자 나르디가 다시 말했다.

"너희는 대장도 없나? 앞으로 나서라."

반쯤 찢어지고 피로 얼룩진 망토를 걸친 기사 하나가 몇 걸음 걸어 나와 섰다. 고개는 숙였지만 눈이 적의로 형형하게 번쩍거렸다.

"나는 고귀한 포로를 모시고 내 진영으로 돌아간다. 너희 가운데 용기 있게 따라올 자는 한 명만 나서라. 두 진영 간의 소식 전달자로 쓰일 것이다. 너희 중 누구라도 더 이상 죽일 생각은 없다. 모두 돌려보낸다. 단 한 명만 너희의 고귀한 포로를 위해 따라오너라."

"내가 가겠다."

존대도 하지 않는 걸 보니 자존심이 꽤나 강한 자 같다. 츠칠헨이 발끈했으나 나르디가 눈짓으로 말렸다. 그리고 대꾸했다.

"너는 안 된다. 마이프허 경에게 상황 보고를 해야 할 것 아닌가. 다른 자가 나서라."

세 명이 한꺼번에 나섰고 남은 기사들도 움직이려 했다. 나르디는 고개를 저었다.

"저기 붉은 머리로 하겠다. 나머지는 곧장 산 아래로 내려가 본대를 기다려라. 만일 뒤를 쫓는다면 너희 뿐 아니라 포로들 역시 용서하지 않겠다. 전령은 내일 아침에 보내겠다. 이상."

나르디는 츠칠헨에게 고개를 돌렸다.

"돌아간다. 모두 수고했다."

그리 높지 않은 환성이 우리 기사들 사이에 일었다. 포로가 되기를 자청한 기사는 카크다나와 딘이 손을 뒤로 묶어 앞세웠다. 이어 '고귀한 포로' 의 손을 묶으려 하자 나르디가 고개를 저었다.

"내가 하겠다. 왕족은 왕족에게 사로잡히는 것이 어울리겠지. 필요 없는 모욕은 줄 필요가 없다."

나르디는 손수 포로의 양손을 돌려 묶더니 정중하게 말했다.

"투구를 벗어 주시면 고맙겠습니다만."

상대방은 손을 움직이지 못하니 투구를 직접 벗을 수 없다. 당연히 대꾸가 없자 나르디는 다시 말했다.

"원하신다면 제가 손을 빌려드리고자 합니다."

잠깐 침묵이 흐르고 처음으로 왕족이 입을 열었다. 나는 목소리가 궁금해 귀를 바짝 기울였다.

"어차피 포로가 아니오. 마음대로 하시오."

톤이 높고 날카로웠지만 고상한 억양이 느껴졌다. 물론 여자의 목소리다. 그때까지도 의심쩍게 여겼던 의문이 풀렸다. 공주라는 말이 맞았구나.

나르디가 투구를 잡아 올리자 새카만 머리카락이 흘러내렸다. 산 아래로 내려가던 백합 기사들도 그들의 공주가 어떤 모욕을 당하는지 알고자 함인지 그 순간 돌아보았다.

곧바른 콧날과 시원스런 이마, 밤하늘을 한 조각 잘라 넣은 듯 청명한 흑색 눈동자. 성미를 나타내듯 몹시 뾰족한 턱, 그리고 갈가마귀보다도 검은 깃을 품은 머리카락까지……. 거참, 공주들이 원래 이렇게 아름다워야만 하는 거라면 무척 곤란한 직업이겠는데.

검은 눈동자가 나르디의 얼굴을 똑바로 쏘아봤다. 나르디도 그녀를 마주 보았다. 나르디의 금빛 머리와 금갈색 눈동자가 그녀 곁에 서니 대조적으로 환해 보였다. 마브릴의 공주는 햇빛 못 본 귀족 처녀처럼 새하얀 얼굴은 아니었다. 남자 못지않게 전장을 누볐다는 말을 증명하듯 연한 갈색을 띤 얼굴이 독특한 매력을 풍겼다.

이윽고 두 사람의 눈이 떨어졌다. 나르디가 출발 명령을 내렸다. 서둘러 돌아가야 하는 이유는 충분했다. 지금도 구원 기사단의 정예 기사들은 압도적 숫자로 육박해오는 적을 막아내느라 죽을힘을 다하고 있을 것이다.

오랜만에 하늘을 메운 보랏빛 구름이 갈라지고 차가운 별이 하나 떠올랐다. 거봐, 오늘 밤에는 비가 오지 않을 거랬잖아.

8. 핏빛 하늘의 만가

회색의 하늘
메마른 장미
차가운 바람
날리는 꽃잎
푸르른 물결
창백한 눈빛

운명, 그리고 영원.

ISNAIDE 8774. 11. 12 - 8788. 10. 23.

로존디아 땅 아르나브르 시 외곽,
버려진 이름 없는 묘비에 새겨진 글

푸른 안개가 서린 아침이었다.

단체 생활을 할 때 늦잠을 자는 건 바람직한 일이 못 된다. 첫째로 남들의 눈총을 받고, 둘째로 스스로 창피해지고, 셋째로 아침밥이 남아있지 않은 경우가 허다하니까.

훌륭한 결론의 영향으로 나는 날이 미처 밝기도 전에 벌떡 일어나 앉았다. 대단해. 이틀 동안 몇 시간 자지도 못했는데 기사들 사이에서 지내다 보니 각성 상태가 오고 있어.

"파비안!"

익숙한, 그러나 오랜만에 듣는 목소리였다. 아아, 너무 오랫동안 혼자 두었구나.

나는 배낭을 열고 목소리의 주인공을 손바닥 위에 올렸다. 이베카 시의 여관에서 주아니를 깜빡 잊고 혼자 뒀다가 '악질 모험가' 로 매도당하던 생각이 난다. 악질 모험가라. 그땐 '악질' 보다는 '모험가' 라는 말이 더 어울리지 않는다고 생각했는데. 돌이켜 생각하니 내가 겪어온 일들이 모험이 아니라고 말할 순 없을 것 같다. '악질' 이라는 말은 원래 한 해에 몇 번쯤은 듣던 말이었지. 주로 '악질 점원' 이었겠지만.

"다치지 않았어?"

푸훗, 웃음이 나온다. 나를 잡아먹을 것처럼—주아니의 기나긴 인생을 모조리 쏟아 붓는다 해도 그 많은 고기를 먹어치울 순 없겠지만—노려보며 소리를 지르던 때와는 사뭇 달라졌구나. 나는 두 손바닥을 붙이고 주아니를 눈높이까지 올렸다. 정말이지 보일 듯 말 듯 한 코와 입에 비해 눈 하나는 또렷하니 크다.

"왜 그래? 난 다 나았어."

그럼, 다 나았겠지. 로아에들은 그 왕성한 식욕만큼이나 몸도 튼튼한 것 같으니까. 말 멀미(?) 쯤이야 하루만 쉬면 충분한 일이지.

하지만 내 입에서 나온 말은 달랐다.

"다행이야, 다 나아서."

차가운 아침 공기를 한껏 들이마셨다. 돌이켜보니 어젯밤엔 참 운이 좋았다. 좋은 계획을 세우기도 했지만 어느 정도는 예측이었던 부분들이 그렇게 한 가지도 어그러지지 않고 맞아 들어가기도 쉽지 않을 텐데. 물론 구원 기사단이 거짓 없이 대륙 최강이더라는 것도 확인했고.

전쟁, 전투, 싸움이라.

"주아니, 인간들 사이에서 일어나는 일들, 잘 이해가 안 가지?"

스조렌 산맥에서 여명검의 고향을 찾아갔을 때 주아니는 갖가지 기이한 일들을 보고도 우리만큼 놀라지 않았다. 그만큼 자연에 가까운 존재인 거고, 그런 만큼 더더욱 우리를 이해하기 힘들 것 같다. 다른 어떤 종족들보다 인간이 가장 빈번히, 그리고 열렬히 하는 일 중 하나가 바로 전쟁 아니던가. 어쩌면 인간은 이 땅을 딛고 살아가는 종족들 중 자연에서 가장 멀리 떨어져 나온 조각인지도 모르지.

주아니는 조그마한 어깨를 으쓱하더니 고개를 저었다.

"아니."

"아니라고? 다 이해가 간단 말이야?"

주아니는 생각을 하는지 고개를 갸웃거렸다.

"인간의 일은 인간의 방식대로. 굳이 로아에의 방식으로 이해하려고 하지 않는 것이 가장 자연스러워."

"……."

늘 아이 같다고만 생각했던 주아니였지만 예순다섯 해를 헛사는 것은 아니다.

일찍 일어난 날이면 그렇듯 눈가가 뻣뻣하기도 하고, 와 닿는 공기가 상쾌하기도 하다. 나는 주아니를 주머니에 넣고 일어나 안개가 깔린 진지로 걸음을 옮겼다. 안개 속에서 솟아난 천막 꼭대기가 살짝 고개를 숙인 채 산중턱을 내려다보고 있었다.

어젯밤 나르디와 아버지를 제외한 사람들은 모두 숲에서 노숙을 했다. 아버지는 유리카더러 대신 천막에 들어가 자라고 했지만 유리카는 한사코 일행과 함께 지내겠다고 우겼다. 다른 여기사들도 노숙을 하는데 자기라고 특별대우를 받고 싶지 않다는 거겠지. 말하지 않아도 알 수 있다.

걸음이 저절로 어젯밤 쌓아올린 장작더미 쪽으로 향했다. 푸르스름한 안개에 젖은 나무더미가 어스름 자태를 드러냈다. 정말 높다. 저기다가 불을 붙이면 마리뉴에서도 보이겠다.

이걸 만들기 위해 어젯밤 갓 힘겨운 전투를 끝낸 기사들은 불평 한마디 없이 횃불을 밝히고 도끼를 휘둘러 일했다. 근처의 쓸 만한 나무란 나무는 모조리 베어내다시피 했다. 물론 나 역시 그들에 섞여 일했다. 용도가 무엇이냐고?

진혼을 위한 것…… 이라면 적당할까.

어젯밤 세르무즈 군을 철수시키는 데는 기습 부대가 가져온 공주의 붉은 투구가 유용했다. 그러나 그때까지 이미 열둘의 기사가 죽었다. 다시 기사 생활을 하기 어려울 정도로 치명적인 부상을 입은 사람들도 있었고 자잘한 부상은 헤아릴 수도 없었다. 그러나 무엇보다도 이 작전을 위해 뽑힌 구원 기사단의 최정예 기사들 가운데 열둘이 '거인의 양손바닥' 아래에서 목숨을 잃었다. 사람의 죽음은 어쩌면 그렇게 늘 뜻밖일 수밖에 없는지.

난 그들의 이름조차 다 몰랐다. 얼굴도 기억나지 않았다. 어젯밤에 흰 천으로 싸인 죽은 기사들의 이름을 하나하나 들으며 쳐다본 하늘은 태연히 맑았고 셀 수 없는 별들이 있었다. 먹구름에 잠시 가렸어도 별빛은 곧 돌아온다. 하지만 사람은 그럴 수 없다.

아는 이름은 딱 하나, 메를릿뿐이었다. 처음 츠칠헨과 함께 절벽 위로 감시하러 올라갔던 기사들 중 하나다.

"일어났나?"

나르디였다.

"전하도 일어났구나."

돌아보며 인사한다는 게 앞 뒤 안 맞는 말이 나와 버렸다. 나르디가 픽 웃더니 내 곁으로 다가와 장작더미를 올려다봤다. 새벽이슬이 내려 장작이 좀 젖었다. 태울 때 연기가 많이 날지도 모르겠다.

난 딱 한 번 화장(火葬)을 보았었다. 엠버리 영지에서, 형체를 알아볼 수 없을 정도로 훼손된 시체들을 모아 한 곳에서 태웠었다.

"그래도 비는 더 안 오려나."

나르디가 장작 꼭대기를 보다가 이윽고 하늘을 올려다보며 말했다.

그도 장작이 잘 타지 않을까 걱정하는 것이다.

키반은 어제 작전이 끝나고 나르디를 다시 보았다는 얼굴이었다. 쏘다니기나 좋아하는 철없는 소년으로 생각했는데 훌륭히 어른 몫을 한다는 것을 그다운 간결한 말로 칭찬하면서 한마디 덧붙였다.

"마르텔리조의 경매장에서 전하의 담대하심을 보았을 때에도 이토록 성장하셨으리라고는 생각하지 못했습니다. 이제 폐하께서도 태자 전하를 믿고 마음을 놓으셔도 되겠습니다."

그러고 보면 키반은 경매장에서 나르디를 시험해 본 거였을까? 사실 굳이 경매에 나올 필요는 없었으니까 말이야. 신분을 숨기고 모험을 한 셈인데.

나르디가 중얼거리는 소리가 들려 나는 생각에서 깨어났다.

"바쁜 하루가 될 거야……."

그게, 애매한 일이긴 한데, 세르무즈 공주 잔-이슬로즈는 어제 나르디의 천막에서 함께 밤을 지냈다.

물론 손발이 묶인 채로, 그러나 잠자리에 편안히 누워서 말이다. 나르디가 오히려 자기 잠자리를 내주고 입구 쪽에서 새우잠을 잤던 모양이었다. 나르디의 천막에 들어가 보니 잔-이슬로즈는 세상모르고 잠들어 있었다. 거참, 느긋하기도 하지.

"어젯밤 늦게까지 고집 부리며 눈을 부릅뜨고 있던 결과라네. 내가 믿어지지 않는다나 뭐라나."

나르디는 내게 소곤소곤 설명하고는 필요한 물건만 꺼내서 천막을 빠져나왔다. 자기가 남의 천막에 들어오기라도 한 것처럼 공주가 깰까 봐 조심하는 모양새다. 나 역시 덩달아 살금살금 걸어 나와 주위에 보는 사람이 없는지 확인하고는 녀석의 어깨를 한 대 때렸다.

"아얏, 왜 그러나?"

"야, 누가 포로고 누가 감시자야? 그것 참……."

나르디는 빙그레 웃었다. 이윽고 우리는 아버지의 천막으로 나란히 걸어갔다. 아침 식사도 끝난 터라 주위를 오가다가 나르디에게 인사하는 기사들이 더러 눈에 띄었다.

"안 그래도 어제 공주를 어디에서 지내게 할 것인가를 놓고 여러 의견이 오갔었는데……. 나는 비록 포로라 하더라도 일국의 왕족을 아무렇게나 대접해서는 안 된다는 생각이야. 공주가 이스나미르에 안 좋은 감정을 품게 되면 향후 양국 관계에 대단한 악영향을 미칠 수 있네. 언제나 가장 중시해야 하는 것은 양국 백성들의 평화야. 필요 없이 감정을 상하는 것은 최대한 조심할 일이지."

……어젯밤 서로 왕자와 공주를 잡겠다고 추격전과 전투를 벌일 대로 벌인 끝에 하는 말치고는 참으로 안 어울렸지만, 어쨌든 틀린 말 같지는 않았다. 그런데 반대로 세르무즈 측은 이스나미르의 태자를 뒤쫓아서 이런 일까지 벌여도 별로 거리낌 없다는 건가? 진짜로 그렇다면 어쩌면 그들은 아무 트집이나 잡아 한판 싸워보고 싶다고 생각하는 건지도 모르겠군.

"야, 네 말대로라면 저 공주님이 네가 자기를 어떻게 할지도 모른다고 생각하는 것부터 말이 안 되잖아? 양국의 평화를 생각한다면 어떻게 그런 일을 할 수가 있겠어?”

나르디는 웃음을 터뜨렸다.

“모르는 남자를 경계하는 것이니 일견 당연할 수도 있겠지만……. 어쨌든 그대가 공주가 아니라 해도 그런 일은 당연히 일어나지 않는다는 점을 설득시키고 눈을 붙이게 하려 했지만 결국 이렇게 실패했다네.”

이 대목에서 녀석을 좀 지분거려 볼까 어쩔까 고민하고 있는데 나르디가 덧붙였다.

“잔-이슬로즈는 단순한 공주가 아니야. 호전적 성미로 알려진 세르무즈 국왕 프랑도비네 14세가 가장 총애하는 핏줄이자 신임하는 장군, 그리고 훌륭한 참모라네. 마브릴 족 사이에서 파비안느의 화신으로 불린다는 얘기는 전에 했지? 파비안느는 마브릴들이 가장 좋아하는 전설 속 인물이야. 그것만 봐도 알 수 있듯, 인기 역시 태자인 아를로이 공하고 비교할 바가 아니네. 세르무즈 군에선 붉은 투구 밑으로 검은 머리를 휘날리는 공주가 전장에 나타나면 그 전투는 이미 이긴 거라고 말해지곤 했다니까. 최고의 전사는 아닐지 몰라도 최고의 사기를 북돋울 수 있는 존재란 결코 가볍지 않지. 잔-이슬로즈를 함부로 대하는 건 마브릴 족하고 한판 해보자는 말밖에 되지 않아.”

나르디와 나는 작전 천막으로 들어섰다. 천막 내부에는 지난번 작전회의를 할 때와 비슷한 자리가 만들어져 있었다. 참석자들도 대략 같았다. 그러나 달라진 점은 있었다. 키반은 턱 아래 길게 찢어진 상처를 간신히 지혈만 해 놓았고, 루시아니는 왼팔을 다친 듯 단단히 싸맨 모습이었다.

지난번처럼 포로도 있었다. 벨리앙 오르티스 대신 어젯밤 나르디가 사로잡아 온 테르 이르나우가 손을 뒤로 묶인 채 입구 앞에 꿇어 앉혀져 있었다. 마브나이저는 어제 많이 다쳤기 때문에 슈위그라는 기사가 들어와 포로를 감시했다.

나르디가 나타나자 포로를 제외하고 모두가 자리에서 일어났다.

"전하, 밤새 편안하셨습니까."

편안했을 리가 없건만 나르디는 고개를 끄덕였다.

"어제 수고가 많았을 텐데 아르킨 경도 잘 쉬었는지 모르겠소."

"전하의 염려 덕택에 편히 쉬었습니다."

수인사가 끝나자 나르디는 윗자리로 가 앉았고 나는 전처럼 입구 옆에 자리를 잡았다. 아버지의 시선이 나를 향했다.

"그리반센 씨와 오베르뉴 양은?"

지난번에 회의 분위기를 경험한 터라 최대한 엄숙하게 대답했다.

"나중에 제게서 회의 내용을 전해 듣겠다고 했습니다."

"그런가."

나르디는 테르 이르나우를 보고 있었다. 어젯밤에 그를 데려올 때 마찬가지로 묶인 주제에 공주 곁에서 한시도 떨어지지 않으려고 버티던 모습이 새삼 떠오른다. 눈빛도 아주 살벌했지. 세르무즈의 공주 추종자들은 다 무시무시하더란 말이야.

나르디가 말했다.

"회의를 시작합시다. 포로를 잠시 내보내시오."

슈위그와 테르 이르나우가 밖으로 나갔다. 이따가 필요하면 부르겠지. 작전 회의였던 지난번에 비해 오늘 회의의 주제는 간단했다. 교환 조건 작성이다. 시간과 장소 등은 물론 교환 대가도 정하고, 저쪽에서 예상과 다르게 나올 경우 어떻게 할지 결정하는 것, 이 정도가 오늘 할 이야기들이었다.

"세르무즈의 공주이자 대장군인 잔-이슬로즈 아미유 드 네르쥬의 처분 문제를 논의하겠다. 최우선 조건은 우리 군이 이스나미르 국경까지 안전하게 철수하는 것이고, 추가로 전사자의 장례 의식 동안 공격을 금하는 것, 그리고 향후 이 사건을 양국 모두 문제 삼지 않겠다는 내용의 각서 교환을 요구할 생각이다. 추가할 것이 있으면 말하도록."

나르디가 상황을 정리하더니 주위를 둘러보았다. 손해배상 따위를 요구할 상황이 아니라는 점은 모두 납득하고 있는 듯했다. 안전하게 철수하는 것이 가장 중요했다. 어제 그 짧은 전투로, 아버지의 놀랄 만한 지휘력에도 불구하고 열두 명이나 되는 기사들이 죽었다. 물론 세 배나 되는 기마병을 그만큼의 희생으로 막아낸 것도 대단하다는 것을 잘 알고 있다. 그러나 더 이상의 희생은 필요 없었다.

한 박자 사이를 두고 키반의 냉정한 목소리가 들려왔다.

"조건이 받아들여져도 공주를 돌려보내면 안 됩니다."

뭐라고?

다들 키반에게 눈이 쏠렸다. 공주를 돌려보내지 않는다면 무슨 수로 조건을 받아들이게 하겠다는 거지?

키반은 잠자코 기다렸다. 우리가 자신을 이해할 때까지. 나르디가 침묵을 깼다.

"외교적 카드로서 달크로즈로 데려가잔 건가?"

"그렇습니다, 전하."

나르디의 천막에서 아침녘이 다 되어서야 힘겹게 잠들어 있던 잔-이슬로즈의 얼굴이 떠올랐다. 우리야 작전에 성공한 것이지만, 그녀로서는 최악의 수모를 맛보고 있을 텐데. 그런 그녀를 수도까지 데려간다라…….

그러나 천막 안에서 나처럼 이 문제를 생각하는 사람은 아무도 없겠지. 루시아니의 목소리가 흘러나왔다.

"조건을 받아들이게 할 다른 대안이라도?"

"있습니다."

키반은 짧게 말을 끊더니 부연 설명을 하기 전에 약간 사이를 두었다.

"양편 모두 자국에게 가장 유리하도록 일을 마무리 짓고 싶어 합니다. 그러나 상대의 이익은 다른 편의 손해인 법. 비록 우리가 공주라는 좋은 카드를 쥐고 있으니 협상을 유리하게 진행할 수 있지만 그보다 더 유리하도록, 다시 말해 공주를 달크로즈로 데려간다는 최고의 카드를 쥐기 위해서는 그들에게도 최고의 카드를 쥘 가능성이 있다는 환상을 심어 주어야 합니다. 일단 그들은 우리보다 낮은 카드를 쥐고 있기 때문에 상황을 뒤집지 않는 이상 지는 것은 당연한 이치이니까요. 분명히 우리의 제의에 응할 것입니다."

"무슨 제의를 하자는 겁니까?"

츠칠헨이 물었다. 그런데 이거 어디선가 한번 접해 본 상황이잖아?

아주 익숙한데?

키반이 바로 대답했다.

"간단합니다."

나는 슬슬 유리카가 떠오르기 시작했다. 그녀가 있었다면 즉시 내뱉었을 말이 하나 있어서 말이다. 그래, 그 말을 할 사람이 여기에도 한 명쯤 있을 텐데?

있었다.

"내기를 하자는 건가?"

나르디였다. 그래, 나는 말을 못 하지만 너는 해도 되니까 기억나는 걸 빨리 말해둬야지. 참, 그런데 내기 내용도 아는 건가?

키반이 천천히 고개를 끄덕였다. 익숙한 대답이 들려왔다.

"결투입니다."

이건 마르텔리조에서 푸른 굴조개호를 보름 빨리 출항시키기 위해 써먹은 방법이잖아! 그럼 우리 쪽에도 엘다렌과 같은 확실한 카드가 있다는 말…… 아!

나는 급히 눈을 돌려 이 순간 바라볼 수밖에 없는 한 사람을 보았다. 나뿐 아니라 모두가 같은 순간 고개를 돌렸다. 그 시선들을 받으며 아버지가 입을 열었다.

"마브릴의 빛나는 검과 드디어 겨루어 보게 되겠군요."

아니, 아니, 잠깐만…… 마브릴의 빛나는 검이라고?

나르디의 미간이 약간 흔들렸다. 키반을 제외한 다른 기사들의 얼굴에도 놀란 기색이 감돌았다. 츠칠헨이 외치다시피 말했다.

"위험한 일입니다!"

그래, 그렇겠지. 세르무즈의 최고 카드라면 반드시 그다. 마브릴의 빛나는 검, 그 이외엔 없다. 이 제의엔 분명히 그가 나설 것이다.

루시아니도 특유의 고요한 태도로 말했다.

"단장님, 굳이 위험을 무릅쓸 필요가 없습니다."

두 사람은 확실히 반대다. 나는? 의견을 말할 입장도 못 되지만 당연히 반대다! 아버지가 볼제크 마이프허를 이기지 못할 것 같아서가 아니다. 결투를 하는데 만에 하나라도, 다치거나, 나쁜 일이 생겨날 가능성은 당연히 있잖아! 압도적 우위여도 운이 나쁠 수 있는데 지금처럼 실력 차이를 알 수 없는 상황이면 더더욱 그렇다고!

나는 츠칠헨보다 더 간절한 반대의 눈빛을 아버지에게 보냈다. 안 돼, 안 된다고, 어머니 하나로 충분해. 더구나 왜 꼭 아버지여야만 하는 건데!

나는 울컥 화가 치밀어 다른 기사들을 쏘아봤다. 특히 이 의견을 낸 키반의 튀어나온 광대뼈와 상처 난 얼굴을 노려봤다. 구원 기사단에는 젊은 기사가 많다. 장년의 기사들 중에도 실력자가 숱하다. 대륙에서 내로라하는 검사들이 모이는 곳이잖아? 최고 수준의 기사들만 입단시켜 준댔잖아? 그런데 그 사람들을 다 제쳐놓고 중년에 접어드는 아버지가 꼭 위험스런 내기 결투에 나서야 하는 거야?

거기다가 츠칠헨이나 루시아니도 당연히 아버지가 결투에 나갈 거라고 전제하는 이유가 뭔데? 말리지 말고 직접 나가든가!

끓어오른 내 감정과는 달리 천막에는 차가운 침묵이 흘렀다. 나르디조차 아무 말도 하지 않았다. 다들 네 명령을 들어야 하는 이곳에서 네가 안 말리면 누가 말리는데? 뭐라고 말 좀 해봐!

아무도 말하지 않았다. 결국 아버지가 침묵을 깼다.

"좋은 지적을 해 주었다, 키반. 그럼 정리를 하자."

키반은 대답 없이 아버지를 향해 고개를 숙여 보였을 뿐이었다. 다시 고개를 든 그의 시선이 언뜻 내 얼굴을 훑고 지나갔다.

"태자 전하께서 말씀하신 조건들은 반드시 필요한 것들뿐이다. 물론 결투를 해서 이긴다면 잔-이슬로즈 공주의 거취를 비롯하여 이 모든 조건을 다 갖게 되는 것은 자명하다. 질 경우의 조건은 어떻게 생각하고 있나?"

키반은 자신만만한 눈초리로 대답했다.

"우리가 이곳을 떠나 국경을 넘기 직전, 친절하게 공주를 돌려주겠다고 약속하는 것입니다."

나는 키반의 제의가 교활하기 이를 데 없다는 사실을 깨달았다. 그러니까 본래는 우리의 탈출과 맞바꾸어야 할 공주의 자유인데, 범위를 넓혀 아예 포로로서 이스나미르로 데려갈 것인가, 아니면 국경에서 돌려보낼 것인가로 은근슬쩍 바꾸는 것이다. 세르무즈 측이 결투에서 기껏 이겨 보았자 우리가 탈출한다는 사실에는 변함이 없다. 우리가 이긴다면 덤으로 공주까지 데려가는 거고.

그러나 마브릴의 빛나는 검은 이 조건을 받아들이지 않을 수 없을 것이다. 지금 그들에게 가장 절실한 것은 잔-이슬로즈 공주의 안전과 자유였다. 우리가 그걸 갖고 무슨 장난을 해도 다 받아들일 수밖에 없었다. 만일 나르디가 저쪽에 붙잡혔다 해도 상황은 같았을 것이다.

아버지는 마침 나르디를 보고 있었다.

"전하의 생각은 어떠십니까?"

아버지는 결투를 하는 쪽으로 결정지으려 했다. 이 내기가 무슨 동전이라도 던지는 거라면 나라도 나서서 해보자고 했을 것이다. 이기든 지든 손해 볼 게 없는 훌륭한 내기니까. 그렇지만 결투는 사람의 목숨을 걸고 하는 내기다. 마르텔리조에서 엘다렌이 그랬던 것처럼 관대하게 투구만 쪼개놓고 멈추는 것은 상대가 비교도 안 될 정도로 형편없을 때에나 가능한 일이다.

나르디의 얼굴에 고민의 빛이 떠올랐다. 줄곧 정면을 보고 있던 그는 마지막 순간 내 얼굴을 잠깐 보았다.

"결투 시간은 낮 한 시. 양측 모두 오전 동안 엘자스-오를리테를 내려가 평원에 진을 치고 양측 군대가 지켜보는 가운데 행한다. 입회인은 아르킨 경이 직접 정하도록. 즉시 이행하시오."

나는 입 밖으로 낼 뻔한 외침을 간신히 눌러 참았다. '무슨 말도 안 되는 소리야!'

옆에서 내 마음과 전혀 다른 대답이 들렸다.

"알겠습니다, 전하. 명령은 이행될 것입니다."

나르디는 다시 한 번 나를 보는 듯하더니 눈을 내리깔며 덧붙였다.

"서로 죽이지 않는 선에서 끝내도록 하시오."

아버지의 단호한, 내가 결코 원치 않는 대답이 울렸다.

"저는 가능하기만 하다면 죽일 것입니다."

나는 아무 말도, 아무 행동도 할 수 없었다. 막지 못했다. 그런 자격은 내게 없다. 입을 열어보았자 내 아버지와 내 친구인 나르디, 두 사람의 명예를 떨어뜨릴 뿐이다.

나르디의 눈이 아버지를 향했다. 왕만이 할 수 있는 당연한 요구를 담고서.

"나는 승리를 원하오."

"원하시는 것을 얻으실 것입니다."

나르디는 고개를 돌려 모두를 향해 말했다.

"볼제크 마이프허에게 보낼 전언은 내가 직접 쓰겠다. 펜과 종이를 가져오라. 그리고 포로 테르 이르나우를 들여보내라. 이것으로 회의를 마친다."

"분부 거행하겠습니다, 전하!"

기사들이 모두 일어서 나르디에게 절을 한 뒤 천막을 나갔다. 나는 일어서기는 했으나 발이 떨어지지 않았다. 나르디는? 그도 나를 보고 있다.

"어째서……."

나르디는 대답 없이 고개를 저었다. 자신이 되돌릴 수 있는 일이 아니었다는 것처럼. 나도 기사단으로 이루어진 이 진영에서 그의 입장을 모르는 바 아니다. 나르디가 강경하게 반대했어도 이 일은 이루어지기 쉬웠을 것이다.

우리는 오래 서로를 쳐다보았다. 나는 선 채로, 그는 앉은 채로. 나르디가 한참 만에 조그맣게 한숨을 내쉬더니 말했다.

"파비안, 유리카와 함께 가서 잔-이슬로즈 공주를 좀 살펴봐 줘. 무슨 일이 일어나지는 않았는지, 불편한 것은 없는지."

"……."

나는 대답 없이 밖으로 나왔다.

오랜만에 맑은 하늘이 펼쳐져 있었다. 인도자 아룬드가 끝나간다고 알리는 것처럼. 올해 다임 로존드(초여름 장마)는 유난히 짧은 것 같다. 전에는 약초 아룬드가 되어도 종종 폭우가 내리곤 했는데.

그런 생각을 하고 보니 봄도 일찍 끝나긴 했다. 타로핀 아룬드에 스조렌 산맥에서 얼마나 더웠던가. 여름도 되기 전에 농익어 늘어졌던 구즈베리와 멜론도 떠오른다. 올해 계절은 모두 빨리 지나가려는 모양이다.

그리고 내 곁에서 일어나는 일들 역시 턱없이 급변했다. 점점 더 빨라진다. 한꺼번에 많은 일이 일어나고, 저물고, 급히 정리해야 할 장부처럼 무지막지하게 달려오더니 내 의사조차 묻지 않고 통과해 가버린다.

나만 세월에 뒤처져 혼자 남을 것만 같다.

그러지 않으려면, 이 속도에 맞춰 터무니없이 달려야만 할 것 같다. 아니, 이미 달리고 있는 것도 같다. 나는 왜 이렇게 허우적대고 있지?

잔-이슬로즈의 얼굴은 어리석은 동물들을 위협하는 먹이 사슬의 지배자 같은 날카로움을 지녔다. 좁고 가파른 코와 턱, 가늘고 섬세한 눈초리, 거기에 흑표범의 시선이 깃들어 있다. 하루 동안의 포로 생활로

빰만이 갓 핀 오얏꽃처럼 창백했다.

"……."

나를 보았으나 입을 열진 않았다. 유리카가 조금 전부터 와 있었던 모양이지만 마찬가지로 말을 나눈 기색이 아니었다. 손이 묶인 채 비스듬히 일어나 앉은 모습이 몹시 불편해 보여서 유리카가 다가가 자세를 조금 고쳐 주었다. 유리카의 손이 닿자 공주의 팔이 가벼운 경련을 일으켰다. 그 모습이 덫에 걸린 맹금을 보는 듯 묘한 인상을 남겼다. 그린 듯 날씬한 눈썹이 가볍게 일그러졌을 뿐, 고귀하신 공주는 여전히 한마디 말씀도 내려주지 않았다.

"엘다렌은?"

내가 입을 열자 유리카가 한쪽 손을 가볍게 올려 보였다.

"네 아버지와 만나는 것 같던걸."

그래? 그것도 의아한 일이군.

잔-이슬로즈는 갑옷을 걸친 채 잠들었던 탓에 무척 피로해 보였다. 손발이 묶인 채 갑옷을 입고 자면 얼마나 불편할까. 더구나 슬슬 후텁지근해지는 이 날씨에 말이다. 그렇지만 그녀에게 제공할 만한 옷가지가 준비됐을 리 만무했다. 유리카조차 처음에 그렇게 웃어마지않던 소년기사 복장을 여전히 걸치고 있으니 말이다. 공주한테야 저런 옷을 내줄 수는 없을 거고.

물정 모르는 공주님 앞이라 괜찮겠지 싶어 나는 다시 물었다.

"주아니는?"

"산책하고 싶어서 좀이 쑤시나 보더라. 하지만 웬만해서야 어렵지."

"넌 언제부터 여기 있었던 거야?"

"조금 됐어."

유리카는 문득 생각났다는 태도로 잔-이슬로즈에게 고개를 돌렸다.

"필요한 것이 있으면 말씀하세요. 태자 전하께 전하면 가능한 한 도와 주실 거예요."

"……."

공주에게 가장 필요한 것은 자신이 거느리고 온 기사들에게 돌아가는 일이겠지.

볼수록 묘한 인상이다. 좁은 창날, 또는 초승달처럼 갸름한 옆얼굴은 싸늘하면서도 고전적이었다. 적을 한칼에 꿰뚫는 창의 호전성, 그리고 바람 없는 숲속의 댓잎사귀 같은 고요함이 함께 있었다. 초췌하게 늘어진 머리채에 문득 눈이 갔다. 야생적인 검은 머리만 보아서는 궁정이 아니라 초원에서 태어났대도 믿을 것 같다. 아니, 저 머리를 흩날리며 달리기에는 역시 숲과 초원이 더 어울리겠다.

유리카도 그 순간 나와 같은 것을 생각한 모양이었다.

"아, 그 머리."

유리카는 잔-이슬로즈의 등 뒤로 다가가 천막 한쪽 구석에서 성긴 빗을 꺼내 들었다.

"공주님 머리가 이래서야 안 되겠네요."

유리카의 손가락이 작은 물고기들처럼 검은 물결 속으로 숨더니 곧 머리채를 한 번에 훑어 내렸다. 이어 성긴 빗이 풍부한 강을 몇 갈래의 시내로 갈랐다. 잠시 후 머리채는 대지 밑을 흐르는 저승의 강처럼 가지런하게 반짝이며 흘러내렸다.

공주는 아무 표정도 짓지 않았다. 이마에 검은 머리 몇 가닥이 흘러내려 선명한 곡선을 그렸다.

유리카는 마지막으로 품에서 자신의 검은 리본을 꺼내 공주의 머리채를 가볍게 묶었다. 그러고 보니 공주라고는 하지만 시골 마을 처녀만큼의 치장도 하지 않은 모습이었다. 작은 장신구 하나도 찾아볼 수 없었다.

"나와 검을 부딪친 것이 그대요?"

갑자기 목소리가 들려와 나는 흠칫 놀랐다.

"네, 그렇습니다."

무슨 뜻으로 묻는 건지 종잡을 수가 없었다. 잔-이슬로즈의 눈동자가 내 얼굴에 잠시 머물렀다.

얼굴이 근질거렸다. 나르디도 왕족이었지만 전부터 알았던 탓인지 이런 느낌을 받은 적은 없었다. 물론 잔-이슬로즈 공주가 자신의 막사에서 당당히 접견을 받고 있는 것은 아니었다. 그런데도 시선에서 위엄이 느껴졌다.

"엘라비다 족의 소년들은 모두 그대와 같으오?"

"네?"

저 말은 나처럼 괜찮은 놈이냐는 걸까, 나처럼 형편없는 놈이냐는 걸까?

하지만 잔-이슬로즈는 더 이상 설명해주지 않고 생각에 잠겨 눈을 내리깔았다. 말이 없을 때도 어려운 느낌이었는데 몇 마디 나누고 나니 더 어렵게 느껴진다. 이렇게 위엄 있는 그녀는 대체 몇 살일까? 물어보면 실례겠지?

"그대는 몇 살이오?"

그게…… 저쪽에서 묻는 것은 실례가 안 되는 건가?

"두 달 뒤면 열아홉이 됩니다."

"소년이로군."

그 말을 들으니 더더욱 잔-이슬로즈의 나이가 궁금해졌다. 저쪽에서 먼저 물었는데 내가 못 물을 것은 뭐냐 이거지. 결국 나는 예절 따위 모르는 놈답게 입을 열고 말았다.

"실례지만 공주 전하는 나이가 어떻게 되십니까?"

나이가 아니고 춘추나 연세라고 했어야 하나? 그렇지만 상대를 늙은이 취급하는 것 같아서 오히려 실례되는 거 아닐까?

유리카가 조그맣게 말했다.

"보령(寶齡)이라고 해야지."

그 순간 잔-이슬로즈의 얼굴에 뭐라 해석하기 어려운 빛이 스쳤다. 건방지다고? 무례하다고?

"두 달 뒤면 스물하나가 되오."

의외로 순순히 대답해 줘서 놀랐다. 그것도 일부러 그런 것처럼 나하고 똑같은 방식으로. 아니, 참, 그럼 공주도 파비안느 아룬드에 태어났나?

이왕 무례도 저지른 거, 더 못 물을 것도 없었다.

"파비안느 아룬드에 태어나셨군요?"

공주는 그 말에는 대답하지 않고 다시 물었다.

"이름은?"

"파비안 크리스차넨입니다."

아버지가 곁에 계신 지금 나르시냐크라는 성을 써야 하는 건가 잠시 고민하기도 했었다. 아들이라는 내가 아버지와 다른 성을 쓰는 것을 기사들이 들으면 뭐라고 생각할 것이며 또 아버지는 기분이 어떨까 싶어 생각이 기울지 않았던 건 아니다. 그러나 나 자신과 한 약속, 그리고 돌아가신 어머니와 살던 시절에 대한 기억이 아직 그 성을 버리는 것을 허락하지 않았다. 다만 사람들이 나를 나르시냐크라고 부를 때 굳이 부인하지는 않을 작정이었다.

"파비안느 아룬드에 태어난 파비안이로군."

어디선가 들어본 말인데. 참, 헤렐이 했던 말이구나. 잔-이슬로즈는 유리카에게 고개를 돌렸다.

"프로첸은?"

한때 익숙해지기도 했는데 새삼 들으니 다시 낯서네, 저 말도.

"유리카 오베르뉴입니다, 전하."

잠시 침묵이 흘렀다. 내가 잔-이슬로즈의 기나긴 나머지 이름을 떠올리느라 골머리를 썩이고 있는데 유리카의 입에서 뜻밖의 질문이 나왔다.

"전하께서는 공주 전하로 불리는 것이 좋으십니까, 아니면 장군으로 불리는 것이 좋으십니까?"

잔-이슬로즈가 고개를 들자 두 아가씨의 눈동자가 마주쳤다.

"두 가지 모두 나의 이름들이다."

"전하의 태생으로 얻은 것을 더 사랑하십니까, 능력으로 얻은 것을 더 사랑하십니까?"

무례하다고 할 수도 있을 질문이었으나 잔-이슬로즈는 그리 화난 기색이 아니었다.

"그 두 가지 역시 나의 것들인데 무엇을 버리고 무엇을 취할 까닭은 없다."

"그러면……."

잔-이슬로즈의 얼굴에 흥미로운 표정이, 유리카의 얼굴에는 가벼운 웃음이 떠올랐다.

"전하는 검은 머리카락이 더 마음에 드십니까, 아니면 검은 눈동자가 더 마음에 드십니까?"

이건 또 무슨 소린데?

앞의 이야기는 그렇다 쳐도 이건 완전 수수께끼나 다를 바 없었다. 그런데 잔-이슬로즈의 얼굴에 의혹이 어렸다. 그걸 어떻게 아느냐는 듯한 얼굴이었다.

"당연히 눈동자 쪽이지."

"잘 알았습니다, 전하. 감사합니다."

도대체 뭐가 감사하다는 건지 모르겠네.

내가 영문을 알든 모르든 회견(?)은 끝났다. 잔-이슬로즈가 마지막으로 한 질문은 이러했다.

"내 검은 어디에 있는가?"

"나, 나르디엔 루아 듀플리시아드는 성수(聖樹) 락샤미야의 선택 의식을 거친 이스나미르의 태자로서, 노르마크 대공이자 동(東) 하르마탄의 자작으로서, 고귀한 이스나에-드라니아라스의 피를 이은 듀플리시아드 왕가의 지엄한 국왕 이그논 루아 듀플리시아드 폐하를 대신하여, 근일 발생한 이스나미르와 세르무즈 양국의 불미스러운 충돌을 최대한 평화롭게 해결하기 위해 본인이 제안한 바 있는 양측 대표로 뽑힌 기사들 간의 깨끗한 일 대 일 결투에 대해 그대들이 찬성을 표하였음을 진심으로 환영하노라. 또한 평화를 위한 그대들의 노력에 경의와 함께 기꺼운 지지를 보내는 바이다. 이미 전령을 통하여 확인한 바 있는 서로의 의사에 따라……."

나르디가 구구절절 기나긴 개전 선언을 엄숙히 읊는 동안, 나는 좀 전에 엘자스-오를리테를 내려오면서 츠칠헨과 나눈 대화를 떠올리고 있었다. 생각도 하지 못했던 이야기다.

"니스로엘드의 기사께서 공식적인 자리에서 단장님의 동의도 없이 그런 중대한 이야기를 꺼내실 리가 없지. 그분은 아르킨 단장님의 마음을 누구보다도 가까이에서 읽는 분이다. 또한 단장님을 가장 오래 모신 분이기도 하지. 미리 아르킨 단장님의 재가를 받았거나, 혹은 아르킨 단장님께서 이미 결정한 일을 대신 말한 것에 불과할거야. 나로선 후자 편에 좀 더 점수를 주고 싶지만."

츠칠헨은 얼마 전부터 내게 반말을 했는데 내가 그렇게 해 달라고 부탁했다. 이미 검도 부딪친 일이 있고 함께 작전도 수행했던 선배 검사에게 굳이 존대를 듣고 싶지 않아서였다. 그런데 츠칠헨의 말대로라면 이 결투는 처음부터 아버지가 하고 싶어서 시작됐다는 거잖아?

그때 나르디의 목소리가 귀에 들어왔다.

"……구원 기사단장 아르킨 나르시냐크 경으로 결정하였다."

저만치 횡대 진을 친 세르무즈 군에서 한숨이 터져 나왔다. 저들도 짐작이야 했겠지. 우리 편은 그 맞은편에 역시 횡대로 진을 쳤다. 두 대열 사이에 결투를 위해 널찍한 자리가 마련되었다.

세르무즈 군은 우리가 제안한 조건을 모두 받아들였다. 아니, 받아들이지 않을 수 없었다. 이대로 돌아갔다가는 국왕의 진노를 감당하기가 쉽지 않을 테니까. 그 국왕, 이름 뭐랬더라, 그래, 프랑도비네 14세 말이다. 원래 다혈질인데다가 눈에 넣어도 안 아플 공주를 빼앗겼는데 용서 따위가 있겠어?

기나긴 이야기를 미리 적어놓은 종이 한 장 없이 줄줄 읊은 나르디가 우리 편의 환호를 받으며 말을 몰아 대열 앞을 지나갔다. 이런 포고문은 보통 대신 읽는 사람이 있는가보던데 나르디는 무슨 생각인지 직접 하겠다고 했고, 지금 깃발도 스스로 들고 있었다.

깃발은 그동안 천막에 꽂혀 휘날리던 구원 기사단의 것이 아니라 아버지가 따로 준비해 온 듀플리시아드 왕가의 문장기다. 번쩍이는 푸른 비단에 흰 별 열네 개가 장검 모양으로 수놓아졌고, 테두리에는 흰 술이 달렸다. 사람 하나쯤은 휘감을 정도로 큰 그 깃발을 나르디는 솜씨 있게 휘날리며 달려갔다. 우리 편 기사들의 함성은 하늘을 찌를 듯했다. 그걸 보고 있자니 나 역시 이스나미르 사람이라는 자각이 새삼 뚜렷해진다.

"대전을 수행할 기사는 앞으로 나오시오!"

세르무즈 군 진영에는 붉은 바탕에 흰 백합, 그 아래 금빛 단검이 새겨진 깃발이 금빛 술을 늘어뜨린 채 펄럭였다. 공주가 이끌었던 군대답게 네르쥬 왕가의 문장기이리라.

나는 아버지 곁에 서 있었다. 처음에 아버지의 수행 종자로 명을 받았을 때엔 당황하기도 했고 두려웠지만 지금은 제법 의연해졌다. 아버지는 저들에게 '검푸른 광풍'이라고 불리는 이스나미르 최강의 기사다. 나 역시 그 이름에 어울리게 행동해야 한다는 생각이 머릿속을 꽉 채웠다.

마브릴 진영을 가르며 한 기사가 말을 몰아 나왔다. 거대한 말과 어마어마한 몸집을 보니 멀리서 보아도 한눈에 누구인지 알겠다. 세르무즈 최고의 전사, 마브릴의 빛나는 검이라는 칭호를 가진 볼제크 마이프허는 말을 멈추고 커다랗게 소리를 쳤다.

"공주 전하께서는 어디 계시냐!"

잔-이슬로즈를 맡은 사람은 유리카였다. 말 두 필이 천천히 진영 앞으로 나서자 기사들이 죽 비켜섰다. 잔-이슬로즈는 붉은 갑옷을 입은 채였으나 투구는 먼저 본진으로 돌아간 탓에 쓰고 있지 않았다. 유리카가 매어 준 검은 리본과 긴 머리채가 바람에 휘날렸다. 공주의 손은 자유로웠지만 말에서 뛰어내릴 수 없도록 안장에 몸이 묶여 있었고, 유리카가 연결된 밧줄을 잡고 나란히 말을 세웠다.

잔-이슬로즈의 모습을 알아본 볼제크 마이프허는 말에서 훌쩍 뛰어내려 땅바닥에 엎드렸다. 이어 들판이 쩌렁쩌렁 울리도록 외쳤다.

"공주 전하! 소신이 불민하여 전하와 국왕 폐하의 드높은 명예에 크나큰 누를 끼쳐 드렸사옵니다! 이 몸이 부서지는 한이 있더라도 반드시 전하를 다시 안전하게 모실 것이오니 근심치 마시고 기다려 주시옵소서! 또한 그때가 되면 소신의 씻을 수 없는 과오를 엄중히 문책하여 주시길 진심으로 바라마지않나이다!"

잔-이슬로즈는 아무 대답도 하지 않았다. 잠시 후 다시 일어난 마이프허 경은 그만한 몸집으로는 놀라울 정도로 가볍게 말에 올라탔다. 그의 말을 듣고 있자니 조금 안됐다 싶기도 했다. 이 결투로 마이프허 경이 즉시 잔-이슬로즈를 데려갈 수 있다면 좋겠지만, 이겨 봤댔자 겨우 국경에서 공주를 돌려받을 뿐이다. 쓸데없는 생각이겠지만 역시 교활한 조건이란 말이야.

아니지, 그들이 먼저 나르디를 잡으려고 군대를 동원했으니까 피차일반인 건가? 하지만 저들의 나라를 멋대로 돌아다닌 나르디가 세르무즈 입장에서는 곱게 보이지 않았을 수도 있다. 적국의 태자가 상대 나라의 구석구석을 살펴보고 다니는 건 정찰로도 생각할 수 있으니까. 그러면 내 입장이란 뭘까? 내가 우리 편이 정당하다고 생각하는 건 내가 이스나미르 사람이라서? 아버지의 일이라서? 내 친구가 관련된 거니까?

그런 생각을 하는 사이 볼제크 마이프허의 외침이 들려왔다.

"마르하드노 시즈카! 나오지 않는 건가?"

그 순간 기사들의 열이 죽 갈라졌다.

아버지가 탄 흑마는 아버지의 머리, 또 내 머리 빛깔처럼 푸르스름한 윤기가 흘렀다. 몸에 걸친 다른 것들도 마찬가지다. 아버지의 얼굴은 고향에서 내가 듣던 평판과 마찬가지로 볕에 잘 타지 않아 희었다. 강풍이 불어와 깃발이 타닥거리고, 망토가 날개처럼 뒤로 펼쳐졌다.

양 진영 사이에 두 기사가 마주서자 넓은 들판 전체에 침묵이 흘렀다. 바람소리만이 낮게 스쳐갈 뿐, 수많은 무장한 기사들은 갑옷 부딪치는 소리 하나 내지 않았다.

아버지를 뒤따라온 나는 잔뜩 긴장하여 볼제크 마이프허를 바라보았다. 흙먼지 묻은 자줏빛 망토에 약간 바랜 은회색 갑옷, 귀 옆으로 늘어지는 사슬 보호대와 투구, 회갈색 얼룩이 있는 말이 보였다. 그 옆에는 종자로 보이는 자가 나처럼 말을 타고 있었다.

보통 사람과 비교할 수 없는 건장한 체격의 아버지였지만 마이프허경에 비하면 평범해 보일 정도다. 검푸른 복장 또한 날카로운 인상을 주긴 해도 사람을 실제보다 작아 보이게 만드는 법이니까. 하지만 두 사람은 이스나미르 최고의 기사, 그리고 세르무즈 최고의 기사다. 첫 대면일까?

"……."

양 진영에는 진행을 맡은 사람이 있을 터이나 이 순간 감히 입을 열지 못하고 다른 사람들처럼 묻혀 있었다. 누가 먼저랄 것도 없이 네 마리의 말이 움직였다. 진영과 멀어지면서 내가 마지막으로 본 것은 나르디가 들고 있던 깃발, 푸른 비단 폭의 흰 별들이었다.

마침내 매우 가까운 곳에서 멈춰 섰다. 그제야 알았지만 볼제크 마이프허가 데리고 나온 종자는 내 또래의 소년이었다. 아들이란 것도 한 눈에 알아보겠다. 비슷했다. 흑갈색 머리와 눈동자, 차갑게 굳은 얼굴과 그 또래치고는 상당한 몸집까지.

양측 군대는 이제 너무 멀리 떨어져 아무 말도 전하지 못했다. 낮은 웅성거림만이 바람에 실려 귓가를 어지럽힐 뿐이다. 네 사람은 그들만의 공간에 따로 존재했다. 누가 먼저 입을 열까? 마이프허 경이 장갑 낀 손을 들어 보이며 말했다.

"아들인가?"

아버지가 고개를 끄덕였다.

"그렇지."

말하는 것만 봐서는 두 군대의 운명을 걸고 결투하기 위해 만난 사람들 같지가 않았다. 예사로운 어조로 이야기가 오갔다.

"그쪽도 아들이로군."

"그렇지. 내 맏아들이지."

"이쪽도 내 맏아들이네."

그래, 나는 아버지의 맏아들이었지. 하르얀이 둘째고.

"몇 살인가?"

"열여덟이지."

"이 녀석은 스물이다."

볼제크 마이프허가 아버지와 나이가 비슷하다면 무척 일찍 결혼한 모양이다. 아버지가 나를 낳은 것이 20대 초반 아닌가.

"인사라도 시키는 것이 어떤가?"

아버지가 제안하자 마이프허 경도 고개를 끄덕였다. 그는 자기 아들을 돌아봤고, 아들은 날 보았다. 키는 나보다 조금 큰 정도지만 몸집은 바위라도 부술 듯 우람했다. 거참 대단한 핏줄이야.

소년이 입을 열었다.

"나는 카로단 마이프허다."

'만나서 반갑다' 따위 입에 발린 소리는 하지 않았다. 듣고 보니 익숙한 이름이기도 했다. 검술 교본 쓴 '마브릴의 빛나는 검 카로단 마이프허' 말이다. 카로단은 저 집안에서 전통적으로 붙여 온 이름인가보다.

"파비안…… 나르시냐크다."

나르시냐크라는 이름으로 소개한 것은 이번이 처음이었다. 아버지의 입장을 생각해서다. 카로단과 나는 가볍게 목례를 나누었다. 그 이상의 것은 필요 없었다.

이윽고 나는 마이프허 경과 카로단의 눈빛에 서린 적의를 눈치챘다. 비록 겉으로는 자연스럽게 이야기를 주고받았지만 아버지의 평온한 태도와 반대로 저쪽은 감정이 잔뜩 들끓어 있었다. 잔-이슬로즈를 빼앗긴 것 때문에 저러는 건가?

마이프허 경의 짓눌린 한마디가 짧은 침묵을 깼다.

"2백 년 전의 실수는 되풀이하지 않는다."

2백 년이라는 말에 정신이 번쩍 났다. 무슨 소리야? 마이프허 경이 2백 년을 살았다고?

내 주위에 2백 년을 산 자들이 너무 많았나보다. 엉겁결에 든 바보 같은 생각에 고개를 흔들면서 조상들의 이야기이겠구나 생각했다.

아버지가 대답했다.

"한 번 일어났던 일은 다시 일어나기 마련이라는 말이 있지."

마이프허 경은 표정을 바꾸지 않은 채 거대한 어깨를 움찔거렸다. 파도처럼 솟아올랐다 내려가는 어깨 근육을 보고 있자니 자신의 영토에 왕자처럼 버티고 선 호랑이가 떠올랐다. 하얀 산맥에서 딱 한 번 본 일이 있을 뿐이지만, 호랑이의 사나운 노란 눈매와 융단을 씌운 것처럼 부드럽게, 그러나 위협적으로 움직이던 어깨는 잊지 않았다.

"일어난 일을 다시 일어나지 않도록 하는 것이 인간이다."

"한 번 했던 일을 다시 하는 것이야말로 쉽지 않겠나?"

마이프허 경뿐 아니라 카로단도 화가 치밀어 오르는지 검 손잡이로 손을 가져가는 것이 보였다. 넓지만 고립된 네 사람만의 들판에 살기가 흘렀다. 2백 년 전의 일이 뭔지 모르는 사람은 이들 중 나뿐인 것 같다.

마이프허 경의 대답이 들렸다.

"기다렸던 자리다. 반드시 갚겠다."

내가 느낀 위압감과는 반대로 아버지는 조용히 웃었다. 나는 미간을 찌푸리며 생각했다. 볼제크 마이프허는 아버지에게 정말로 개인적 원한을 가진 걸까? 그래서 이 조건 나쁜 결투를 일부러 받아들인 건 아닐까? 공개적으로 검을 들이댈 기회를 잡으려고?

"좋은 생각이다. 나 역시 되풀이된 대결을 2백 년 전과 같이 돌려줄 수 있도록 노력하지. 피할 수 없으니 서로 즐거워야 할 것 아닌가."

나와 카로단은 좌우로 멀찍이 비켜났다. 두 기사는 장창을 꼬나 잡고 말을 수 걸음 뒤로 물렸다. 마상 시합에나 필요한 격식 따위에는 둘

다 관심이 없었다. 양국의 격식이 다른 까닭도 있었지만.

시작을 알리는 깃발이 올랐다.

"하앗!"

"차, 이랏!"

말 두 필이 찬란한 태양 아래 풀을 짓이기고 젖은 흙덩이를 차올리며 달려 나갔다. 두 개의 그림자처럼.

쩡!

두 창이 어디로 어떻게 닿았는지 볼 수 있었던 사람은 아무도 없었다. 나도 마찬가지다. 그러나 다음 순간 장창 두 자루가 동시에 부러져 바닥에 나뒹굴었다. 둘 다 충격을 받은 기색은 없었다. 누가 먼저랄 것 없이 두 자루 검이 뽑혔다. 본격적인 싸움은 이제부터다.

두 말이 서로를 노리며 빙글빙글 돌았다. 한 손으로 검을, 다른 손으로 고삐를 잡고 말을 몰아가는 두 사람의 모습은 폭풍 직전, 대기가 사나운 발톱을 곤추세우는 것과도 비슷했다. 간결한 움직임, 그리고 첨예한 살기가 공간을 일그러뜨렸다. 보는 사람의 목이 졸리는 기분이다. 손바닥에 땀이 흥건했다.

스릉!

두 검이 부딪쳐 미끄러지는 순간 두 군대가 몰아쳐 얽히는 기세가 느껴졌다면 과장일까?

마이프허 경의 검은 내 검보다 조금 작을까 싶은 대검이었는데, 그에 대항하는 아버지의 검은 길이만 길 뿐 상대가 될까 의심스러울 정도로 가늘었다. 그러나 몇 차례 세차게 부딪치고도 부러지기는커녕 날 한 조각 깨어지지 않았다. 그러고 보니 마르텔리조의 롬스트르가 말했듯 마이프허 경은 양손 검을 한 손으로 다룬다. 그것도 아주 가볍게.

차앙! 챙! 챙겅!

거친 발굽소리와 함께 부딪쳐 가는 두 검이 점차 격렬해졌다. 지켜보는 나는 아버지를 말리지 못한 것을 헛되이 후회하고 있다. 양 주먹을 꽉 쥔 채 자기 아버지에게서 시선을 떼지 않는 카로단은 분명 날 때부터 전사로 교육받았겠지.

“하아아!”

“커어!”

이제 보이는 것은 망토와 말, 두 기사의 갑옷 사이로 번뜩이는 검광뿐이다. 언제부터였을까, 그 속에 푸르스름한 빛이 언뜻언뜻 비쳤다.

마이프허 경의 고함 소리가 들렸다.

“으라아아앗!”

아버지가 탄 말이 비틀거리며 물러나더니 무릎을 꿇을 듯 보였다. 나는 검으로 다가가는 손을 간신히 억눌렀다. 마이프허 경은 기회를 놓치지 않고 고삐를 당겨 달려들었다. 아버지도 구경만 하고 있지는 않았다.

이히히히힝!

말 한 마리가 날카롭게 울부짖었다. 곧 결과가 드러났다. 마이프허 경의 말이 풀썩 앞으로 엎어졌다.

“오오오오!”

우리 편 진영에서 한꺼번에 환성이 터져 나오고 세르무즈 군에서 불안에 찬 고함소리가 일어나는 순간, 마이프허 경은 재빨리 말에서 뛰어내려 뒤로 물러났다. 혼자 남은 말이 단말마의 비명을 지르며 버둥거리자 사방의 풀이 짓이겨졌다.

아버지의 말도 더 이상 서 있을 수 없었다. 아버지는 고삐를 놓고 뛰어내려 검을 세워 쥐었다. 아버지의 말이 먼저 공격을 받았을 것이고 마이프허 경이 기회를 잡아 달려드는 순간, 아버지가 상대 말의 배를 노려 검을 찔러 넣은 것이 틀림없었다.

싸움터가 조금 옆으로 옮겨졌다. 나는 말에서 뛰어내렸다. 카로단도 마찬가지였다. 우리 둘은 평지에서 검을 부딪치기 시작한 두 사람 옆으로 급히 달려갔다.

근처로 가자 아버지의 목소리가 들렸다. 두 사람은 저렇게 엄청난 기세로 싸우면서도 줄곧 대화를 했던 것일까?

"옛날에도 이와 비슷한 진행이었다지?"

"닥쳐!"

가까이에서 들으니 마이프허 경의 호흡이 확연히 거칠었다. 그에 반해 아버지는 여전히 냉정한 목소리였고 정확한 검술을 구사하고 있었다. 두 검이 놀랄 만한 속도로 얽히고 떨어지기를 되풀이했다. 두 망토 또한 눈앞의 들판을 뒤덮을 듯 펄럭였다.

어느 순간 검이 맞닿더니 상대를 밀어붙이기 시작했다. 놀랍게도 아버지의 힘은 거인에 비해 조금도 밀리지 않았다. 대등하게 겨루던 두 사람의 발이 반 바퀴 옆으로 움직였다.

츠캉!

얽혔던 검이 떨어지면서 동시에 한 걸음씩 물러났다. 마이프허 경의 몸이 조금 휘청거렸다. 순간 아버지가 검을 우측으로 꺾으며 힘껏 베어 들어갔다.

"우와아아아!"

단숨에 함성이 일어났다. 아버지의 검이 마이프허 경의 배 언저리를 파고들어 사슬 갑옷을 찢었다. 강철로 만들었을 사슬이 너덜거린다. 세상에, 가늘어 보여도 보통 검이 아니었구나.

마이프허 경도 당하고 있지만은 않았다. 거대한 검이 엄청난 기세로 아버지의 어깨를 내리찍는다. 아버지가 그걸 피해 왼쪽으로 몸을 틀자 놓치지 않고 반대쪽을 노려 비스듬히 베었다. 옷깃과 함께 망토의 버클이 잘려 나갔다. 아버지는 재빨리 뒤로 물러나며 한쪽만 걸려 늘어진 망토를 잡아 뜯어 바닥에 내던졌다. 틈을 놓치지 않고 마이프허 경이 달려들어 오른쪽 하박을 노렸다. 아버지의 장갑을 스치고 검날과 손잡이 사이를 내리친 양손검이 굉음을 내지른다.

쩡!

빨리 수세로 전환하지 못한 탓에 아버지의 팔에도 충격이 온 모양이다. 검을 밀쳐내자마자 손을 몇 번 쥐었다 펴는 모습이 눈에 들어왔다. 어느새 두 사람이 내쉬는 거친 숨이 손에 잡힐 듯 가까웠다. 네 개의 발이 대지를 짓이겨갔다. 그들을 뒤쫓는 나는 꺾어진 풀잎의 진한 냄새에 취할 지경이다.

다시 한 걸음, 아버지가 물러났다. 마이프허 경은 재빨리 찌르기로 바꾸어 폭풍처럼 밀고 들어갔다. 아버지가 자세를 낮추는 것이 보였다.

가로로 비스듬히 맞댔다가, 기회를 잡는 순간 힘껏 걷어냈다. 두 검이 날을 긁어대는 소리가 작렬하는 태양 아래 치르릉, 하고 울렸다.

그때까지만 보자면 어느 쪽도 우세도, 열세도 아니었다. 충격은 주고받았지만 둘 다 노련한 나머지 치명타가 파고들 틈을 보이지 않았다. 그러나 맞부딪치는 기세가 너무 강해 피로 또한 빠르게 쌓여갔다. 이런 식으로 좀 더 계속되다가는 체력전으로 넘어갈 가능성도 있었다. 그렇게 되면 누가 유리할까?

둘 다 그런 상황을 원치 않는 것만은 틀림없었다.

"우아아아아!"

한 차례 공격을 받아넘긴 아버지의 검이 허공으로 향한 틈을 타, 마이프허 경이 드디어 도박을 감행했다. 허리를 겨누며 달려드는 검의 기세를 본 내 입에서 비명이 튀어나오려 했다. 그러나 그 순간, 아버지는 믿을 수 없을 만큼 빠른 속도로 몸을 한 바퀴 틀어 검을 쳐내버렸다. 생각지 못한 방향에서 가해진 힘에 처음으로 마이프허 경의 균형이 깨어졌다. 그 순간을 놓칠 아버지가 아니었다.

"끝이다!"

단호한 목소리가 울리자 양 진영 모두 긴장하여 고개를 뺐다. 아버지는 방향을 마저 돌리면서 눈에 띄지 않을 정도로 빠르게 검을 쥔 손의 모양을 바꿨다. 가까이 선 내게도 간신히 보였을 정도다. 왼손을 검 손잡이 뒤로 빼어 균형추를 받치면서 힘을 싣는다. 균형추가 손바닥 위를 미끄러지는 것과 함께 검의 방향이 완전히 바뀌었다. 대처할 수 없는 방향으로 날아간 검이 마이프허 경의 옆구리를 뚫고 들어갔다. 갑옷의 사슬이 뚫리는 소리가 울리고 붉은 피가 분수처럼 튀었다.

"안 돼!"

카로단의 비명이 울리는 순간이었다. 나는 내 눈을 의심했다. 옆구리를 베었던 검이 놀랍게도 다시 방향을 바꿔 반대쪽 날을 이용해 상대의 미간을 내리쳤다. 아직까지 버티고 서 있던 마이프허 경은 즉시 몸을 뒤로 젖혔다. 그리고 그것이 끝이었다.

츠르르…… 푹!

머리를 노린 듯했던 검이 아래로 쇄도하며 마이프허 경의 몸을 가슴에서 배 언저리까지 갈랐다. 그 다음은 피 말고는 아무것도 보이지 않았다.

그제야 아버지의 세 가지 동작은 미리 계획한 것처럼 이어져 있었다는 것을 깨달았다. 지금까지 이 한순간을 노렸던 듯했다. 하지만 보통 검으로는 절대 불가능한 일이다. 사슬 갑옷을 종잇장처럼 잘라내고 사람의 뼈와 근육마저 저렇게 쉽게 가르다니, 내 검인들 저렇게 할 수 있을까?

한데 마지막 순간 낯선 광채를 본 것 같다는 기분이 든다. 핏줄기 때문에 불분명했지만, 그건 대체 뭐였지?

"아버지!"

카로단의 처절한 외침을 들으며 마이프허 경은 잠시 망연히 서 있었다. 무릎이 약간 굽어지고 검을 쥔 모습 그대로, 뭔가 잊어버린 사람처럼 묘한 표정으로 아버지를 바라보면서. 상황을 이해할 수가 없다는 얼굴이었다.

"……."

뭔가 말하려는 것처럼 입술이 움직였다. 어떻게 저 몸으로 저렇게 서 있을 수 있을까? 마이프허 경의 눈이 피 묻은 검을 쥔 아버지를 주시했다. 눈에 점차 핏발이 올랐다. 내 귀까지 들리지 않는 목소리로 무언가를 말했다.

"……."

이윽고 그는 잊었던 것을 깨달은 것처럼 들판 가운데 무릎을 꿇었고, 무너졌다.

"주, 주죽, 주, 죽일 테다!"

카로단이 검을 뽑아들고 아버지 쪽으로 달려간 것은 그때였다.

"그만둬!"

나 역시 검을 등 뒤에서 뽑아들며 달려갔다. 안 된다, 절대로 안 된다. 아버지를 걱정해서가 아니다. 이제는 잘 안다. 아버지는 내내 여유 있게 마이프허 경을 상대했다는 것을. 적당한 기회를 잡으려 했고, 그것을 잡자 쉽게도 그를 죽였다는 것을. 하지만 내가 꼭 막아야 하는 일이 있다.

같은 손에 아들까지 죽는 것은 바라지 않아!

카로단이 먼저 뛰기 시작했지만 달리기에서 뒤처질 내가 아니다. 나는 먼저 도착해 아버지의 앞을 가로막았고, 뒤이어 달려든 카로단의 검을 힘을 다해 쳐냈다.

"으아아아!"

카로단의 눈에 마이프허 경처럼 핏발이 섰다. 미친 듯 검을 휘두르는 것이 자기의 안전 따위는 다 잊은 듯했다. 누구라도 이런 그를 쉽게 죽일 수 있었을 것이다. 하지만 눈이 점차 흐릿해진다. 눈물일지도 모르겠다. 아버지가 이기길 누구보다도 바랐던 나다. 하지만 이런 상황은…….

"이러다가 너도 죽는다는 걸 몰라?"

쳐내고, 또 쳐냈다. 카로단은 나보다 나이가 많았지만 솜씨는 대단치 않았다. 힘만은 놀라웠지만 나도 그 점에서는 지지 않았다. 하지만 난 그와 싸우려는 게 아니었다. 막아야만 했다.

이 순간만은 등 뒤에 서 있는 아버지가 두렵다…….

"비켜! 비켜, 비켜, 비켜!"

카로단은 이미 제정신이 아니었다. 검술도 뭣도 없이 마구잡이로 휘둘러대는 그의 검을 나는 한 차례 위로 올려붙였다가 갑자기 뗐고, 그가 휘청거리는 순간 손을 걷어차 검을 떨어뜨렸다.

"우우욱……."

카로단의 입에서 울음인지 신음인지 모를 소리가 새어나왔다. 카로단과 나는 죽은 마이프허 경의 피가 묻은 풀을 밟고 서 있었다. 나는 빈손이 된 카로단에게 다가가 어깨를 잡아 흔들었다.

"네 아버지는 정당한 결투로 돌아가셨어! 정신 차리고 상황을 받아들여!"

"네놈, 네놈의 아버지는……."

카로단의 붉어진 눈이 나를 쏘아보더니 내 손을 힘껏 떨쳐냈다. 검을 집으려고 주위를 두리번거리는 그를 나는 다시 거칠게 움켜잡았다.

“죽고 싶어? 이런 데서 부자가 같이 죽고 싶어? 개죽음이 그렇게 좋냐, 이 자식아!”

아버지의 얼굴을 돌아볼 수가 없었다. 왜일까. 이 순간 승리의 기쁨보다, 아버지가 죽지도 다치지도 않았다는 안도보다, 하비야나크의 가게 안에서 돌아가신 어머니를 발견했던 순간이 떠오른다. 아버지가 눈앞에서 죽는 것을 본 카로단 속에서 나 자신을 보고 있다. 감정이 점차 치밀어 올랐다.

“그렇게 죽고 싶으면 내가 당장 죽여 줄 수도 있어. 죽은 사람을 위해서라고? 그따위 짓이 죽은 사람을 위한 거라고? 네가 알아? 네가 진짜로 알아? 죽은 사람은…… 죽은 사람은…… 다시는 돌아오지 않는단 말이다!”

앞뒤도 안 맞는 소리를 외치는 내 눈이 뜨겁다. 고개를 흔들어 열기를 떨어내려 했다. 그때 등 뒤에서 아버지의 침착한 목소리가 들렸다.

“카로단 마이프허.”

카로단의 어깨에서 전해오던 떨림이 문득 멎었다. 그는 고개를 홱 쳐들며 아버지를 쏘아보았다. 나는 돌아보지 않았다.

“네 이름은 네 집안 대대로 명예로웠다. 어린 후손의 경솔한 행동으로 무너뜨릴 수 없는 드높은 이름이었다. 엘라비다 족조차 기억할 정도로.”

마브릴 족은 조상의 이름을 물려받는 걸 좋아한다. 조상이 가진 위대함이 자신에게도 나타나길 기대하면서. ‘어제처럼’ 좋은 날을 기원하듯, 어제의 조상이 돌아오길 바란다.

들썩이던 카로단의 어깨가 점차 가라앉았다.

"돌아가라. 가서 검과 살아라. 익숙해지거든 돌아와 나를 쳐라."

카로단의 눈은 초점을 잃은 듯했다. 그가 아버지의 말을 알아들었을까?

아버지의 마지막 말이 울렸다.

"기다리겠다."

그 순간 몸을 지탱하던 정신이 풀린 것처럼 카로단의 다리가 비척거렸다. 그러다가 나무토막처럼 무너져 내렸다. 나는 카로단의 어깨를 잡아 일으켰다가, 밀어제쳐 다시 넘어뜨렸다. 맥없이 자빠진 녀석을 또다시 멱살을 잡아 일으켜 올렸다. 그리고 질질 끌다시피 하며 세르무즈군 진영으로 몇 발짝 갔다.

"구경이나 할 때인가요? 아들이고 아버지고 다 죽을 때까지 기다리겠다는 겁니까!"

나는 녀석을 저쪽 진영으로 힘껏 밀어 버렸다. 카로단은 몸을 가누지 못하고 흙먼지를 일으키며 바닥에 엎어졌다. 그때까지 감히 움직이지 못하던 양측 진영에 바람에 몸을 일으키는 숲처럼 소란이 번져갔다. 곧 기사 몇 명이 달려 나오는 것이 보였다.

나는 맥이 풀리는 것을 느끼며 몸을 돌렸다. 들판에 쓰러진 마이프허 경의 몸과 붉은 피, 그리고 검을 거둔 채 정말로 '마르하드노 시즈카', 검푸른 광풍처럼 우뚝 선 아버지를 보았다. 아버지의 손에는 주인 잃은 투구가 들려 있었다. 저 사람은 내 아버지, 대륙 최고의 검사이다.

그래요, 저렇게 쓰러진 것이 아버지가 아니어서 정말 다행이에요.

하지만…….

결투 내내 느꼈던 불안감은 아버지만을 위한 것이 아니었나보다. 저 결투가 한 사람이라도 죽이지 않기를, 아들을 가진 아버지들이 결코 전장에서 죽지 않기를. 아니, 사랑하는 사람이 있는 누군가는 영원히 죽지 않기를. 나는 그렇게 불가능한 집착으로 그들, 그리고 내 주위 사람들을 바라보고 있다.

한 사람을 삼킨 대지 위로 바람이 불어왔다.

하루를 기다린 장작더미에 불이 올랐다.

불은 느리게 번졌다. 맨 아래 작고 마른 나뭇가지에서 불꽃이 오르자 연기가 먼저 피어올랐다. 바람이 불기 시작하자 쌓아올린 나무들은 삐걱거리며 부대끼는 소리를 냈다.

위이이잉…….

저녁노을이 섬뜩하리만큼 새빨갛게 졌다. 전날 빗줄기가 씻어낸 깨끗한 공기와 종일 맑았던 하루 탓이겠지만, 이성에만 머물지 않는 사람의 마음으로는 어제 오늘 보았던 많은 피를 상기시키는 선홍빛이다.

핏빛 하늘에 뒤지지 않을 벌건 불꽃이 나무더미를 슬금슬금 기어올랐다. 불길이 커지자 장작을 둘러쌌던 사람들이 몇 발짝 물러났다.

들판 너머, 어두워 잘 보이지 않는 세르무즈 진영에도 불길이 올랐다. 들판 양쪽에 오른 두 개의 불은 영혼들을 먼 길로 떠나보내는 살아있는 자들의 인사다.

탁, 타닥, 타다닥.

튀어 오른 불티가 짧은 순간 반딧불처럼 찬란하게 날다가 스러져갔다. 하지만 또다시 튀어오른다. 타는 나무에서 불티들이 난다.

저토록 짧은 생명인데…….

그대는 어찌 떠났나, 이 많은 것을 남기고
친구의 가슴에 지울 수 없는 추억을 남기고
그대는 어찌 떠났나, 빈자리 너무 크건만
그렇게 잠든 듯 누워 깨어날 줄을 모르나.

어찌 하나 남김없이 가져가 버렸나, 그대는
쾌활한 웃음도, 빛나던 눈도, 굳은 악수도
비할 곳 없던 창과 더할 바 없던 검도
그러고 보면 참 용기 있는 사람일세, 자네는.

어찌하여 그리 잊히려나, 꽃 같은 그대는
용감한 자들의 눈에 뜨거운 눈물이 흐르고
고향의 부모는 새순이 돋기만을 기다리는데
어찌하여 그대는 돌아올 수 없는 길을 떠나나.

기사단의 만가(輓歌), 장례 노래다. 기사들이 부르는 노랫소리는 우렁차지도, 부드럽지도 않았다. 그러나 밋밋하고 느린 가락이 가슴 한구석의 상처를 지그시 눌렀다. 시를 읊듯 하는 기사도 있고, 제법 노래답게 가락을 따르는 기사도 있었다. 노랫소리는 가없는 허공으로 퍼지고 스러져 갔다.

구원 기사단은 전사자를 꼭 화장한다고 했다. 유품은 유족들에게 보내는데, 그에게 자식이 있으면 검도 함께 보내지만 그렇지 않을 때는 가장 최근에 입단한 기사에게 검을 인계한다. 검을 받은 기사는 죽은 기사를 반드시 기억해야만 하는 임무를 맡는다. 사람이 정말로 죽는 것은 살아 있는 사람들에게 완전히 잊힐 때라고 했던가. 하지만 이리하여 구원 기사단에 그 사람이 있었다는 사실은 사라지지 않고 남는다.

타오르는 불덩이가 된 장작불이 캄캄한 하늘까지 벌겋게 밝혔다. 불을 둥글게 둘러싼 기사들은 계속 노래를 불렀다.

그대가 밟지 않는 대지가 쓸쓸히 꽃피우고
그대가 볼 수 없는 하늘이 오늘도 눈을 뜨네.
낡은 검을 잡으니 사라진 온기가 느껴지고
닳아빠진 가죽장화도 힘차게 달릴 것만 같아.

그대의 용기와 재능을 저승에서도 필요로 하던가?
타오르는 화장(火葬)불을 향해 묻지만 대답이 없네.
나 언젠가 명예로이 먼저 간 그대 따라 가려마는
한 줌 재 되어 황야에 함께 날릴 그날 언제이려나.

어찌하여 그리 잊히려나, 아름다운 그대는

강건한 자들의 입에 구슬픈 노래가 흐르고
두고 온 연인은 봄꽃이 피기만을 기다리는데
어찌하여 그대는 돌아올 수 없는 길을 떠나나.

언뜻 눈시울이 뜨거워졌다. 카로단이 떠오른다. 지금쯤 어떻게 하고 있을까. 아버지를 손수 장사지내는 심정은 어머니를 태우는 불꽃을 보는 기분과 비슷할 테지.

그대는 어찌 떠났나, 이 많은 것을 남기고……

장작더미 위에는 전사자들의 시신이 눕혀져 있었고, 그 위에 아버지가 가져온 볼제크 마이프허의 투구가 놓였다. 너울대는 불꽃 속에서 투구가 달아오르고 있었다. 눈감은 기사들의 얼굴도 희미하게 보였다. 노래가 되풀이되는 가운데 어느새 모두 흐려져 갔다.

아버지는 다른 기사들보다 장작불에 가까이 서 있었다. 나는 곁으로 다가가지 않았다.

마이프허 경을 이기고도 아버지는 축하나 치하를 받고 싶어 하지 않았다. 오늘은 아버지에게 승리의 날이 아니라 아끼던 부하들을 떠나보내는 날이었다. 가슴 아프게 여기시는 마음을 이해할 수 있었다.

야습을 떠나기 직전, 엘다렌이 했던 말이 다시금 머릿속을 맴돌았다. 내가 망설임 없이 적들을 죽였더라면 지금 장작불 속에 누운 저들 중 하나라도 더 살릴 수 있었을까? 엘다렌이 말한 대로라면 나는 내게 등을 맡긴 그들을 배신한 걸까?

얼굴이 점점 뜨거워진다. 뺨이 확확하게 달아오른다.

어찌하여 그대는 돌아올 수 없는 길을 떠나나……

장례는 밤새 계속되었다. 새벽이 올 때까지.

그날 밤 아무도 잠들지 않았다. 아니, 단 한 사람 잔-이슬로즈를 제외하면. 잔-이슬로즈는 볼제크 마이프허가 죽은 후 단 한마디 말도 하지 않았다. 나르디는 일찌감치 공주를 천막으로 보내어 쉴 수 있도록 배려했다. 벨리앙 오르티스와 테르 이르나우는 세르무즈 군으로 돌려보냈다.

"재는 사라지지만 영혼은 수많은 세상을 떠돌다가 다시 돌아올 것이네. 우리 모두는 이스나에가 되기까지 끝없는 길을 되풀이해 가야만 하니까."

곁으로 다가온 나르디가 나직이 중얼거렸다. 돌아보자 불빛이 그의 뺨에서 붉게 너울거렸다. 나는 미세하게 고개를 끄덕이고 밤하늘을 올려다보았다. 차게 빛나던 별들이 재와 연기로 흐려보였다. 숨을 들이쉬었다. 코로 들어오는 따가운 공기를 마시며 살아있기에 죽은 누군가를 기억할 수 있다는 생각을 했다.

드디어 이스나미르로 돌아갈 수 있다. 온갖 노력을 하고 예상치 못한 일들을 겪은 끝에. 그리고 많은 희생을 이 땅에 뿌리고서.

재와 연기, 불꽃이 치르는 장례는 날이 새도록 계속되었다. 새벽까지 하는 잔치라면 자주 보아왔다. 그러나 장례로는 처음이었다. 이날의 긴 밤과 마침내 온 새벽을 결코 잊을 수 없을 것 같다.

〈6권에서 계속〉

The Stone of Days

세월의 돌 5

기억의 폭풍

초판 발행 2007년 11월 27일
3판 5쇄 2024년 9월 30일

저자 전민희
펴낸이 서인석 | **펴낸곳** (주)제우미디어
출판등록 324-1 | **등록일자** 1992년 8월 17일
Tel: 02)3142-6845 | **Fax:** 02)3142-0075
www.jeumedia.com

만든 사람들
출판사업부 총괄 손대현
편집장 전태준 | **책임편집** 윤여은 | **기획** 홍지영, 김혜리, 신한길, 여인우
영업 김영욱, 박임혜 | **제작** 김금남 | **디자인** 디자인그룹올, 디자인수 | **커버일러스트** 쿤요(kunyo)
도움주신 분 김창원

파본은 본사나 구입하신 서점에서 교환해 드립니다.

ISBN 978-89-5952-412-9
ISBN(SET) 978-89-5952-416-7